REDRUM

Der Exorzismus der Ivy Good – Teil 2
1. Auflage
(Deutsche Erstausgabe)
Copyright © 2021 dieser Ausgabe bei
REDRUM BOOKS, Berlin
Verleger: Michael Merhi
Lektorat: Stefanie Maucher
Korrektorat: Nicole Schumann / Silvia Vogt
Umschlaggestaltung und Konzeption:
MIMO GRAPHICS unter Verwendung einer
Illustration von Shutterstock

ISBN: 978-3-95957-659-8

E-Mail: merhi@gmx.net
www.redrum.de

YouTube: Michael Merhi Books
Facebook-Seite: REDRUM BOOKS
Facebook-Gruppe:
REDRUM BOOKS - Nichts für Pussys!

M.H. Steinmetz
Der Exorzismus der Ivy Good
Teil 2

Zum Buch:

Ivy Good hat das vernichtende Feuer in der Hütte überlebt. Nackt und verzweifelt irrt sie durch die dichten Wälder der Black Hills, einem unbekannten Ziel entgegen. Noch immer tobt in ihr der erbarmungslose Kampf gegen das Wesen mit den vielen Namen, das in ihr haust. Wie ein Parasit nährt es sich von ihrem Verstand und treibt sie allmählich in den Wahnsinn. Es ist nur eine Frage der Zeit, bis ihr Geist daran zerbrechen wird.

Noch besteht Hoffnung, denn Vater Marcus, Gottes Bluthund, hat ihre Spur aufgenommen. Es ist ein Wettlauf gegen die Zeit. Nur wenn Marcus zurück zum Glauben findet, kann es ihm gelingen, das Böse zu besiegen und Ivys Seele zu retten. Doch wer wird am Ende obsiegen?

Zum Autor:

M.H. Steinmetz, Jahrgang 1965, lebt und arbeitet in Rheinland-Pfalz, wo er neben dem Schreiben mittelalterliches Reenactment betreibt, mit dem Messer fechtet und Endzeit-Rollenspiele spielt. Man munkelt, dass seine zombiehaft-dämonische Inspiration einer Séance entsprang, bei der er einem Sukkubus begegnete und sein Faible für Backwoodstorys aus der endlosen Weite der Plains entwickelte. Seine düsteren und oft blutigen Geschichten findet ihr bei verschiedenen Verlagen und in diversen Anthologien.

M.H. Steinmetz
Der Exorzismus der Ivy Good
Teil 2

Horror

Was gibt es Schöneres, als unsere geschriebenen Werke den Menschen zu widmen, die wir lieben. Denn ohne sie wären wir nichts.
Für Maria, Hermann, Petra, Anette und Finya

»Zum Kurnugia, dem Land ohne Wiederkehr, wandte Ištar ihren Sinn, … nach dem finsteren Haus von Irkalla, zum Haus, der es betritt, nicht wieder verlässt, auf den Weg, dessen Beschreiten ohne Rückkehr ist, zum Haus, wer es betritt, des Lichtes entbehrt, wo Staub ihr Hunger, ihre Speise Lehm ist, das Licht sie nicht sehen, sie in der Finsternis sitzen.«
Quelle: Wikipedia

***

»Da liegen auf einem Haufen die Kronen. Es sitzen die Könige da, die vormals gekrönten Häupter, die seit ältester Zeit über das Land geherrscht. Da sitzen die Hohe-, Beschwörungs- und Reinigungspriester, da sitzen die Gesalbten der Götter. Da sitzt Etana, da sitzt Šakkan, da sitzt die Königin der Unterwelt, Ereškigal, und Bēlet-sēri, Buchhalterin der Unterwelt, liegt vor ihr auf den Knien.«
Gilgamesch-Epos, 7. Tafel, 194-204

Prolog

Sie ist die dunkle Göttin, die keine Gnade kennt. Ich bin ihr schwarzer Messias, ihre Vollstreckerin in Fleisch und Blut. Und ich bin verdammt noch mal gut in dem, was ich tue.
V.

Mein Leben ist vorbei ...
Nackt und verstört irrte sie durch den finsteren Wald. Ihre bloßen Füße wirbelten Staub auf, traten in die stechenden Zapfen der Kiefern, doch sie spürte keinen Schmerz. Nicht mehr.

Die Nachtluft kühlte ihren schweißnassen Körper. Ihre fiebrig heiße Haut war mit Dreck und Blut bedeckt. In der Seite und an den Armen hatte sie Blutergüsse, die selbst in der Dunkelheit klar zu erkennen waren. Widerspenstige Dornen hatten ihre Haut mit einem wirren Muster aus Schnitten überzogen, ebenso das Glas des Fensters, durch das sie gesprungen war, um dem Wahnsinn in der Hütte zu entkommen. Was sich in der Hütte in den Black Hills zugetragen hatte, war nun nur eine Erinnerung an Rauch und Asche, die bitter schmeckte.

War es wirklich ich, die sprang? Und bin ich entkommen? Ist es nicht eher so, dass ich wegen eines bestimmten Grundes in die Berge ging?

Sie wusste es nicht. Ebenso wenig wusste sie, warum sie den Hügel hinaufstieg, anstatt nach unten und dort durch die endlos erscheinende Ebene zu laufen, wo sie sich Zivilisation erhoffte. Was waren ihre Gedanken, was ihr Handeln und was das des bösen Geistes in ihrem Kopf?

War sie am Ende selbst das Böse?

Sie wusste es nicht!

Nur eines wusste sie mit Sicherheit. Sie waren eins geworden. Die weiße und die schwarze Schwester waren nun auf ewig verbunden und triebgesteuert in ihren Entscheidungen.

Den langen Ritualdolch hielt sie in der rechten Hand. An der leicht gebogenen Klinge klebte das getrocknete Blut ihres Liebsten, an dessen Namen sie sich nicht mehr erinnerte.

Ihre Augen gewöhnten sich an die Dunkelheit, die plötzlich gar nicht mehr so finster war. Was anfangs schwarz und undurchdringlich erschien, kleidete sich in Schattierungen von Grau. Sie kletterte weiter den Hügel hinauf. Mücken – vom Schweiß angelockt – stachen ihre Rüssel in ihre Haut und saugten ihr süßes Blut. Wenn sich die Insekten gesättigt lösten, hinterließen sie anschwellende rote Höfe um die winzigen Wunden und starben, weil das Blut, das sie getrunken hatten, verdorben war.

Ihre Fußsohlen waren von spitzen Steinen zerrissen und dennoch lief sie weiter. Einmal rutschte sie auf einer glatten Steinplatte aus und brach sich einen Fingernagel ab, weil sie sich an der borkigen Rinde einer Kiefer festklammerte, um nicht zu stürzen. Nur Minuten später erbrach sie sich aufgrund der Anstrengung, die ihren Körper an die Grenzen des Erträglichen brachte. Und darüber hinaus.

Kratzige Zweige krallten sich in ihre Haare, rissen ihr eine Strähne heraus, dass es gemein in ihrer Kopfhaut zwickte. Wütend schlug sie auf das Geäst ein, das zurückschnellte und blutige Furchen auf ihren Brüsten hinterließ.

Im trockenen Gras raschelte es trügerisch. Der grau schimmernde Körper einer Klapperschlange glitt zwischen den Halmen davon.

Ein nackter Mensch war der Natur schutzlos ausgeliefert. Der Körper war zu weich, zu dünnhäutig, um bestehen zu können. Denn in freier Wildbahn ging es um fressen und gefressen werden. Das hatte einst ihre Lehrerin in der Schule behauptet. Damals hatte Ivy gekichert und mit ihren Freundinnen amüsierte Blicke ausgetauscht.

Im Unterholz vor ihr knackten Zweige. Es war ein Reh, das erschrocken stehen blieb und den Kopf zu ihr drehte. Sie sah, wie sich seine dunkel schimmernden Augen vor Schreck weiteten und sich die Nüstern blähten. Dann verschwand es wie ein Schemen zwischen den Büschen, als wäre es nie da gewesen.

Im Blick dieses Tieres loderte die nackte Angst!

Sie erreichte die Hügelkuppe, wo ein Sturm den Wald niedergedrückt hatte. Totholz lag da, wie zum Mikadospiel hingeworfene Hölzchen.

Bleiche Knochen, die langsam verrotten ...

Über den Wipfeln spannte sich der dunkelblaue, von Sternen übersäte Nachthimmel. Jenseits eines bewaldeten Tals erhob sich der steinerne Stumpf, welcher der Devils Tower war. Von vertikalen Narben bedeckt, wirkte er selbst in der Nacht wie das Überbleibsel eines gigantischen Baums, in Urzeiten gewachsen, von Riesen gefällt und versteinert. Am Horizont dahinter fraßen tiefschwarze, von Blitzen durchzuckte Wolken den Sternenhimmel.

Die Szenerie erinnerte sie an einen Film, in dem der Devils Tower eine zentrale Rolle spielte. *Die unheimliche Begegnung der dritten Art* von Steven Spielberg. Außerirdische landeten in dem Streifen auf dem abgeflachten Plateau des Berges. Ivy kam die eine Szene in den Sinn, in der die E.T.s das Haus einer Familie bedrängten. Die Türen von Schränken klapperten, grelles Licht flackerte unter Türspalten hindurch. Es herrschte ein ohrenbetäubendes Getöse und eine Menge Geschirr ging zu Bruch. Sie dachte an die Ereignisse in der Hütte zurück und musste laut lachen. Was waren das doch für miese Anfänger.

Hechelnd öffnete sie ihre verklebten Lippen und schnappte wie ein Tier nach Luft. Ihr Körper sang in einer ihr fremden Frequenz. Sie spürte ihre Wunden, die unzähligen Kratzer, doch sie fühlte keinen Schmerz. Es war eher wie in einem Film, in dem man sah, wie Leute verletzt wurden und man sich die Pein vorstellte, die sie erleiden mussten, anstatt sie selbst zu fühlen.

Dennoch forderte der Missbrauch ihres Körpers seinen Tribut. Ihr war abwechselnd heiß und kalt. Das Zahnfleisch pochte, weil sie Fieber hatte. Die Zunge, die trocken und rau wie Schmirgelpapier war, tastete über die Unebenheiten der Lippen, fanden kleinere Wunden und Risse in der sonst so zarten Haut, die nun eine vertrocknete Wurstpelle war. Wo die Zähne aus dem Fleisch ragten, schmeckte sie bitteren Saft, weil die Übergänge entzündet waren.

Eiter ...

Ihre Augen brannten, wenn sie die Lider schloss. Ein Gefühl, als würden sie in heißem Wasser schwimmen, das salzige Tränen erzeugte, die über ihre Wangen perlten. Sie hob die Hand und bewunderte den Finger mit dem halb herausgerissenen Fingernagel. Er war schwarz, was in der Dunkelheit feuchtes Blut war, das eine kühlende Kruste auf der Haut bildete, die Risse bekam, als sie den Finger beugte. Der Nagel hing noch im seitlichen Bett und bewegte sich wie ein Stückchen Papier. Eine Briefmarke auf einem Brief, der niemals abgeschickt wurde.

Spielerisch berührte sie den Fingernagel, riss ihn sich aus der Nagelhaut und stöhnte unter dem gemeinen Schmerz. Sie musterte das blutige Hornplättchen und bedauerte, dass sie ihn nicht einstecken und mitnehmen konnte. Sie zuckte mit den Schultern und ließ den Fingernagel mit der Erkenntnis fallen, dass der Tod stückchenweise Einzug hielt.

Einen Wimpernschlag später hatte sie ihn bereits vergessen, denn in der Talsohle erweckte ein flackernder Schein ihre Aufmerksamkeit. Zwischen den Wipfeln stieg Rauch auf. Bisher hatte sie den Geruch nach brennendem Holz der Hütte zugeschrieben, die weit hinter ihr als Relikt eines längst vergessenen Lebens niedergebrannt war.

Also doch, es gibt Menschen, die so dumm sind, nachts in den Wald zu gehen, dachte sie und lächelte böse. Ihr Magen rumorte. Sie fühlte die Leere darin. Es wäre gut, etwas zu essen und den brennenden Durst zu stillen, der ihre

Kehle in grobes Schmirgelpapier verwandelte. Ihre Finger schlossen sich fester um den Griff des Ritualdolches, als sie – oder eben das, was sie jetzt war – beschloss, zu ihnen hinabzusteigen.

Der Abstieg weckte Instinkte, von denen sie nicht einmal ansatzweise gewusst hatte, dass sie diese besaß. Sie war nie ein Naturkind gewesen, hatte sich nicht in den Wäldern herumgetrieben wie die anderen Kids, nicht in Bachläufen nach Krebsen gesucht. Sie war ein typisches Trailerpark-Kind, das im ungepflegten Gras des sogenannten Vorgartens spielte. Das höchstens mal unter den Trailer kroch, wenn drinnen gestritten wurde oder ihre Mum einmal mehr besoffen war und nicht wusste, was sie tat. Mum behauptete, die von ihr verteilten Ohrfeigen wären einer schnellen Hand mit eigenem Willen geschuldet. Die Wahrheit war eine andere. Sandy Good war frustriert, weil sie ihre hochgesteckten ökologischen Ziele nicht erreichte, und ließ ihre aufgestaute Wut gern an ihrer Tochter Ivy aus.

Splitternackt pirschte sie leicht geduckt durchs Unterholz und verwandelte sich in ein gefährliches Raubtier, das sich an seine Beute heranschlich. Der Ritualdolch ersetzte Krallen und Gebiss zugleich. Nahezu geräuschlos bewegte sie sich durchs Geäst, achtete darauf, ihre Füße auf Sand zu setzen, weil knackende Zweige oder raschelndes Laub sie verraten konnten. Sie wendete ein Wissen an, das nicht ihr eigenes war.

Die Talsohle war schnell erreicht. Auf ihrer schweißnassen Haut haftete Staub, der ihr einen erdfarbenen Teint verlieh und sie so mit der Umgebung nahezu verschmelzen ließ. In ihrem hellblonden Haar hingen Zweige und Blätter. Sie ging federnd in die Hocke und bog die Äste eines Busches auseinander, um sich die Lichtung anzusehen.

Auf der ebenen Grasfläche standen zwei halbkugelförmige Nylonzelte. Solche, die sich selbst aufstellten, wenn man sie auf den Boden warf. Dazwischen brannte ein kleines Lagerfeuer. Dahinter durchschnitt ein schmales Bächlein die Wiese. An einem Baum lehnte eine abgegriffene Gitarre. Darüber baumelte ein Lebensmittelsack an einem der höheren Äste. An sich ein idyllisches Plätzchen, das zum Verweilen einlud.

Die Zelte ließen einiges vermuten. Highschool-Pärchen, die zum ungestörten Kiffen, Saufen und Ficken in die Wälder gefahren waren. Der Quarterback, der seine Cheerleader-Queen fickte und dabei dem anderen Mädchen auf die Titten glotzte.

Schools out for Summer ...

Oder es waren Christen, die zum Beten und Singen hergekommen waren, damit sie in den Wäldern ihrem Gott näher sein konnten. Nicht außergewöhnlich in den Plains, wo man im entbehrungsreichen Leben jede Pein als Prüfung ansah und Kondome für das Werk des Teufels hielt. Heb einen Stein auf und du wirst mich finden. So ein Quatsch.

Der Teufel wird euch heute Nacht holen!

Die Gitarre sprach für Pfadfinder wie die Lebensmittel im hochgehängten Sack, damit die Bären nicht drankamen.

Habt ihr Arschlöcher noch nie Backcountry – Gnadenlose Wildnis *gesehen, wo der Bär beschließt, das dünne Nylon zu zerreißen, um sich seine Mahlzeit direkt aus der Plastiktüte zu holen, die ein Zelt war?*

Scheiß drauf. Sie waren längst tot, wussten es nur noch nicht. Ein dunkler Schleier senkte sich über Ivys Augen. Sie sah auf ihre Hände und bemerkte, dass die Finger schwarz waren. Die Schlangen auf ihrer Haut waren zurückgekehrt. *Sie* war erwacht.

Sie hob den Kopf und schnupperte wie ein Hund, sog all die Gerüche ein, die von den Zelten ausgingen. Ihre geschärften Sinne entlockten den fragilen Nylonhüllen ihre Geheimnisse. Den Schweiß der zwei Schlafenden in dem roten Zelt, das rechts vom Feuer stand. Den herben, animalischen Duft des Mannes und den zimtig-süßlichen der Frau. Den sämigen, metallischen Geruch des Spermas, welches er in und auf ihr vergossen hatte. Die Reste davon, die auf Bauch und Schenkeln zu einem klebrig weißen Häutchen getrocknet waren. Sein Duft haftete auf ihr wie eine schwere, schweißgetränkte Decke. Der Saft ihrer Fotze klebte wie ihr Speichel an seinem Schwanz und den Eiern, die nun leer und verschrumpelt waren.

In dem anderen Zelt schlief ein Junge. Sie roch eine bittersäuerlich entzündete Wunde in seiner Seite, die ein Schwelbrand war, der seinen Körper fiebrig machte und ihn schleichend mit ockergrünem Eiter vergiftete. Das wollte nicht so recht zu dem Pärchen passen, das gefickt hatte. Der Schlaf des Jungen war unruhig. Von Albträumen geplagt wälzte er sich umher. Wusste er denn nicht, dass sein schlimmster Albtraum in diesem Moment auf der Lichtung stand?

Die schwarze Spinne kroch aus Ivys Mund und entfaltete ihre kratzigen Beine, um Ivys Gesicht in das des Dämons zu verwandeln.

Ich bin aufrecht wie Horus.
Ich bin sitzend wie Path.
Ich bin mächtig wie Thoth.
Ich bin unbesiegbar wie Tum.

Sie schälte sich nahezu geräuschlos aus den Zweigen und lief zu dem Zelt des Pärchens. Die scharfe Klinge zerteilte das Nylon, das sich wie eine Vagina für sie öffnete, um sie ins schwitzig-feuchte Innere zu bitten.

Sie lagen nicht in, sondern auf den Schlafsäcken. Nackt, mit zerzausten Haaren, die Körper von feinem Schweiß bedeckt. Er auf dem Rücken, die Beine leicht gespreizt, die Arme an der Seite. Sie mit dem Kopf auf seinem Bauch, den Mund nicht weit von seinem erschlafften Schwanz entfernt, die Beine angezogen und abgewinkelt wie ein kleines Kind. Eine Hand lag noch auf seinem Oberschenkel. Es war erregend, der nächtliche Besucher zu sein. Der ungebetene Gast, der ins vermeintlich sichere Habitat eindrang und zur tödlichen Gefahr wurde.

Nichts kann euch vor mir bewahren, nichts eure Leben retten!

Hinter ihnen lagen an der Zeltwand zerknüllte Klamotten. Seine Shorts zu ihren Füßen. Ihr rosa Höschen neben seinem Gesicht, als würde er im Traum daran riechen.

In Ivys Augen glomm eine finstere Glut, die an erkaltende Kohle erinnerte und welche ihr die Details des Liebesnestes enthüllten. Ein Fleck im Höschen, der eingetrocknete Pisse war. Eine Automatik lag auf dem geöffneten Rucksack. Ein Messer, das schwerer und länger war als ihr Ritualdolch, stak in den Wanderstiefeln der Frau, erinnerte an eine Rose in einer Vase, die nur einen – dafür aber tödlichen – Dorn besaß. Handschellen, Kabelbinder, ein batteriebetriebener Lötkolben und ein aufgeklapptes Rasiermesser lagen auf einem Stoffbeutel. Die Gegenstände warfen ein anderes Licht auf die Körper der Schlafenden, die sich unter gleichmäßigen Atemzügen blähten. All das und noch viel mehr nahm sie zwischen zwei Wimpernschlägen wahr.

Die Finsternis seufzte ob der Vorfreude auf das bevorstehende Blutbad.

In ihrem Lauf reißen mich fort meine Beine. Und es schallen aus meinem Munde die Worte der Macht. Auf der Suche nach meinen Feinden durchstreif ich den Wald. Wahrlich, sie werden mir ausgeliefert!

Sie können mir nicht entrinnen!

Die Finsternis sank wie ein Schatten aus Nacht auf die Liebenden herab und schnitt dem Mann in einer fließenden Bewegung den Hals von einem Ohr zum anderen durch. In ihrem Kopf flatterten tausend aufgeschreckte Krähen. Krächzten ihr Totenlied aus weit klaffenden Schnäbeln.

Sie zog die Klinge zurück. Blut spritzte aus dem geöffneten Schlund, zeichnete eine Linie aus grellem Rot über das Nylon, welches der Himmel war. Es hörte sich an wie fallender Regen. Die Frau stöhnte, im Schlaf gestört. Ihre Lider flackerten, weil sie die Gefahr spürte, aber nicht begriff.

Die Finsternis, zu der Ivy geworden war, stach ihr in die Nieren, drehte die Klinge und zog sie heraus. Die Frau krümmte sich zusammen und stieß einen Laut aus, der an den Todesschrei eines sterbenden Kaninchens erinnerte. Sie wälzte sich stöhnend im vergossenen Blut, wollte nach dem Messer im Schuh greifen, doch Ivy stieß ihr den Ritualdolch durch die gereckte Hand, durchbohrte Haut, Fleisch und Knochen wie auch das Nylon des Zeltbodens darunter.

Der Mann zappelte. Ivy setzte die Klingenspitze auf seinen Solarplexus und drückte sie mit beiden Händen komplett hinein, drehte sie um neunzig Grad und zog sie abwärts, bis sie am Beckenknochen hängen blieb. Sie brach ihn auf, wie man es mit einem erlegten Tier tat, obgleich sie nicht wusste, dass man es auf diese Weise machte. Ihre Handlungen waren sachlich und ohne jede Emotion. Wie ein Schlachter, der keine Beziehung zum Schwein hatte, das er aufschlitzte, sondern nur an das Fleisch dachte, welches er aus dem geschändeten Leib gewinnen konnte.

Die Frau wimmerte leise, stöhnte den Namen ihres Lovers. »Steven …«

Der Nylonboden schwamm vom vergossenen Blut. Es spritzte auf ihren von finsteren Schlangen gezierten Körper und auf den der lahmgestochenen Frau. Ivy wischte sich die schwarz-verdrehten Haare aus dem Gesicht und schnitt an dem zuckenden Leib des Mannes herum, bis sie Herz, Leber und Nieren freigelegt hatte.

Mit einer herablassend beiläufigen Geste stieß sie der Frau den Ritualdolch ins Rückgrat, weil die versuchte, aus dem Zelt zu kriechen. Sie zog das beeindruckende Messer der Frau aus deren Stiefel und schnitt Stevens warmes, blutgefülltes Herz in kleine Happen, um diese gierig zu verschlingen.

Die Götter hindern das Schlachten nicht. Ich bin das Gestern. Ich kenne den Morgen!

Ich verzehre ihre Herzen, ernähre mich von Kot und Verwesung, die Leber und Nieren innewohnt. Wahrlich, die lauwarmen Seelen erzittern in Angst vor mir!

Alle Götter fürchten mich, denn gewaltig bin ich und groß!

Ivy hatte kein Auge für Kunst oder das Surreale, das sich darin verbarg. Die Muster, die das Blut zeichnete, die Anordnung des Stilllebens, welches das gemeine und dennoch profane Sterben letzten Endes war, vermittelte ihr in einem kurzen und sehr intensiven Augenblick das Wissen um das, was Kunst verkörperte.

Geburt. Leben. Zerfall.

Galt der letzte Gedanke der Opfer ihrer Liebe oder nur sich selbst?

Glauben sie an die Seele und deren Wiedergeburt?

Kaum gedacht war es ihr egal.

›Herausfließendes Leben aus einem zerfleischten Leib‹ würde sie es nennen. Aus dem Moment geboren und nur für diesen bestimmt, weil schon bald madenzeugende Fliegen Einzug halten würden, um die Kadaver in den ewigen Kreislauf von Geburt und Zerfall aufzunehmen. Kunst war Chaos, weil die Natur Chaos war und Chaos und Tod letztlich ein und dasselbe waren. Und Wahnsinn. Eine gehörige Portion davon. Es war die chaotisch-pragmatische

Entscheidung eines wilden, beuteorientierten Tieres, die ihr Handeln leitete. Darin war nichts Böses zu finden.

Auflauern. Anpirschen. Zur Strecke bringen. Aufbrechen. Fressen. Verdauen. Scheißen.

Die Sterbende betrachtend, die jetzt still dalag und deren Atem rasselnd pfiff, fraß sie alles auf. Sie hatte den Kopf gedreht, sodass sich ihre Blicke trafen. Die Frau war zu dem Reh geworden, das oben auf dem Hügel in die Büsche gehuscht war. Ivy zur Wölfin, die sich die Beute gerissen hatte. In den Blicken der beiden schimmerte der nahende Tod. Zwischen den Bissen beugte sie sich nieder und senkte ihre Lippen in den aufgebrochenen Leib, um ihren Durst mit Blut zu stillen.

Das Gift der Ascheschlange

Sie hat Gefallen daran gefunden, ihre Geschichte in die Haut derer zu ritzen, die sie tötet. Die Haut eines erwachsenen Mannes hat eine Fläche von ungefähr zwei Quadratmetern, die einer Frau etwas weniger. Kaum ausreichend für das, was sie zu sagen hat. Deswegen schneidet sie ihnen das Herz heraus, lässt es mich fressen und platziert die Schlange Ouroboros um das Loch, denn sie ist der Selbstverzehrer. Einmal habe ich mir Fleisch aus der Seite geschnitten und es gegessen, weil ich wissen wollte, ob ich wie die anderen schmecke, die ich gekostet habe. So wurde ich selbst zur Ouroboros und werde mein eigenes Herz verschlingen.
V.

Die Nacht im Blood House Inn in Purgatory, Iowa, hatte Ivy verändert. Seth war sich sicher, dass dort der Wahnsinn seinen Anfang genommen hatte. Die schwarze Hexe auf dem Bett, das Treppenhaus, das sich in eine riesige Vagina verwandelt hatte, Ivys mit Honigtau beschmierter Körper, das alles war echt gewesen und kein Albtraum, wie er die ganze Zeit über gedacht hatte.

Die schwarze Hexe war ihnen bis in die Hütte gefolgt. Nicht im eigentlichen Sinn, wie es eine Stalkerin tat. Sie war in Ivy drin, so verrückt sich das anhören mochte, weil sie ein Teil von ihr geworden war!

Anders konnte es sich Seth nicht erklären. Entweder das oder er war vollkommen verrückt geworden, was ihm insgeheim sogar lieber wäre.

Was in der Hütte vorgefallen war, zog in comichaften Bildern an seinem inneren Auge vorbei. Der im

Feuerschein funkelnde Ritualdolch. Die schwarze Frau, die ein Dämon war, aber zugleich auch Ivy. Der Biss der finsteren Schlange, die sich in Rauch verwandelte. Das Gift in seinen Venen. Die mit Asche und Dreck beschmierte Hexe hatte sich auf ihn gesetzt und gefickt, mit ihren dünnen Lippen seinen Schwanz geblasen, wie keine andere zuvor. Nicht einmal Ivy, und die war wirklich gut darin, es ihm mit dem Mund zu besorgen. Bei Gott, er wollte nicht abspritzen und hatte es dennoch getan.

Der durch die Tür stürmende Priester mit der Knarre und dem Rosenkranz, der das Gesicht eines harten Schlägers hatte. Später dann die Nonne, die wie eine Schauspielerin aus einem SM-Porno aussah, nur dass ihr Gewand aus Stoff war und nicht aus Latex.

Das Gift der Ascheschlange hatte ihn gelähmt, seinen Körper in einen tauben Klumpen Fleisch verwandelt, das sich langsam zersetzte. Er hatte mit ansehen müssen, wie der Priester und die Nonne dem Höllengeschöpf – und darum musste es sich zweifelsohne handeln – derart zusetzten, dass es floh und seine geliebte Ivy mit sich riss.

Danach versank alles in einer Finsternis, die kalt und endlos war, aber auch schmierig-feucht wie die Fotze einer Straßennutte in Baton Rouge im Hochsommer, wenn die Gewitter übers Sumpfland zogen und Fliegen mit sich brachten. Das Surren ihrer winzigen Flügel war das einzige Geräusch, an das er sich in Zusammenhang mit der Finsternis erinnerte.

Der Horrortrip glich der surrealen Story eines David-Lynch-Films, in dem Tom Hardy den Priester und Bonnie Rotten die Nonne spielte.

Schussfahrt in den Tod

Die Hütte und das vernichtende Feuer waren zur Erinnerung geworden. Er lag auf der Pritsche im Innern eines Krankenwagens und sah den Lichtschein der rotierenden Lichter in finsterer Nacht. In seinem linken Arm steckte eine Nadel, von der ein durchsichtiger Schlauch zu einem Beutel verlief, der über seinem Kopf baumelte. Der Motor dröhnte hochtourig, sie fuhren schnell.

Sein linkes Handgelenk war an den Rohrrahmen der Krankenliege gefesselt. Halb tot, wie er in der Hütte gewesen war, hatten sie ihn ansonsten nicht festgeschnallt. Wenigstens hatten sie seine Hose wieder hochgezogen und ihm die Stiefel gelassen. Das Shirt, so erinnerte er sich, hatte er bereits in der Hütte nicht mehr getragen. Die Hexe hatte es ihm beim Ficken vom Leib gefetzt.

Neben der Liege saß ein junger Deputy auf einem Behelfssitz und machte sich Notizen in einen zerknitterten Block. Auf dem Wappen auf seinem Ärmel stand Sturgis Police Department.

Ist Sturgis der Ort, zu dem sie mich bringen?

Seth vermutete, dass sie herausgefunden hatten, wer er war. Dass man ihn und Ivy in Wisconsin wegen Bankraubs suchte. Doch das war es nicht, was ihm Sorgen bereitete. Es gab etwas, das weitaus wichtiger war als die gesamte gottverdammte Welt, ja sogar wichtiger als sein Leben.

Ivy!

Das rabenschwarze Höllenbiest, das ihn in der Hütte gefickt hatte, war vor dem Priester und der Nonne in den Wald geflohen und hatte Ivy mitgenommen.

Weil sie Ivy war!

Er wusste es, ohne es gesehen zu haben. Sie war nackt und ohne ihre heiß geliebten fucking roten Cowboyboots in die Wälder gelaufen. Es zog ihm den Magen zusammen, wenn er nur daran dachte, wie verletzlich und hilflos sie dort draußen war.

Seth spürte den Schlangenbiss in seiner Seite. Die Wunde pochte. Er wusste um das schwarze Gespinst, das von dem Biss ausgegangen war und an die Haare eines japanischen Geistes erinnert hatte. Der Priester hatte ihm mit seinen Sprüchen das Gift aus der Wunde getrieben. Die feinen Äderchen, die direkt unter der Haut lagen, hatte er gereinigt. Nicht jedoch die, welche im Innern verliefen. Dort pulsierte das Gift der schwarzen Frau, von seinem Herzschlag gepeitscht, nach wie vor mit unverminderter Kraft. Es bahnte sich seinen Weg vom Körper in den Geist, den es quetschte wie eine reife Frucht. Bis er seinen Willen beugte.

Das Gift. Es ist noch in mir!
Ihr Geschenk vom Leben zum Tod!

Seths Gedanken waren klarer als je zuvor. Sie fokussierten sich auf zwei Dinge.

Erstens: Die Hexe würde ihn brechen, um seine Seele zu fressen. Wenn das Gift seinen Verstand zersetzte, würde er daran sterben. Nur wann es geschehen würde, wusste er nicht.

Zweitens: Ivy war dort draußen und sie brauchte seine Hilfe.

Das genügte, um eine Entscheidung zu treffen.

Seth drehte den Kopf und sah aus dem Fenster. Draußen war nichts als Finsternis, unterbrochen von den vorbeihuschenden Konturen dicker Bäume. Er sah zu dem Deputy zurück und bemerkte, dass der in seine Notizen vertieft war. Seth dachte an Ivy und daran, dass er handeln musste, bevor sie den Wald hinter sich ließen.

»Sorry, Mister, ist nichts Persönliches!«, sagte er mit einem Anflug von Bedauern.

Der Deputy ließ vor Schreck den Notizblock fallen und drehte sich – anstelle direkt zur Waffe zu greifen, wie es ein erfahrener Cop getan hätte – mit erschrocken-besorgter Miene zu ihm hin. Seth hämmerte seine Faust mit voller Wucht gegen sein Kinn. Es klatschte wie bei einem Stück Fleisch, das vom Koch weich geklopft wurde. Es folgte ein Knacken, das von einem abgebrochenen Zahn stammte.

War ein verdammter Fehler, mir 'nen Arm freizulassen!

Anstatt sich zu wehren, gurgelte der Deputy verblüfft auf, kippte rückwärts vom Sitz und schlug sich die Hände auf den blutschäumenden Mund.

Seth wälzte sich von der Liege und ließ sich auf den völlig überrumpelten Mann fallen. Der Schnitt auf seinem Rücken brach auf wie dünnes Glas. Die erschöpfte Haut – noch verdreckt mit grauer Asche – generierte beißenden Schmerz.

Es gab einen harten Ruck im gefesselten Handgelenk, gefolgt vom stechenden Schmerz, weil er sich die Kanüle aus dem Arm riss. Die Landung war hingegen überraschend weich. Seth knallte dem Deputy die Faust einige Male in schneller Folge gegen die Schläfe, dass es klatschte. Der überrumpelte Mann erschlaffte ohne jede Gegenwehr und verwandelte sich in einen mit nassen Lappen gefüllten Sack.

Seth biss die Zähne zusammen und fühlte, wie ihm das Blut vom Rücken lief. Aus der Fahrerkabine hörte er die aufgeregten Stimmen der Sanitäter, die darüber stritten, ob sie anhalten, weiterfahren oder den Sheriff rufen sollten.

Seth blieben nur noch Sekunden. Er fingerte die Hemdtasche des Deputys ab, fand die Handschellenschlüssel und befreite mit einer sehr akrobatischen Verrenkung seinen Arm. Sein nächster Griff ging zum Teaser und der Dienstwaffe des Deputys. Der Anfänger hatte nicht mal den Sicherungsbügel des Holsters geschlossen. Obgleich sein Körper und jeder Knochen darin vor Schmerzen schrien, sprang er nach vorn, zog die Trennscheibe zur Fahrerkabine auf und verpasste dem Sanitäter auf dem Beifahrersitz eine geballte Ladung Elektrizität. Und das in letzter Sekunde, denn der hatte die Finger schon am Sprechfunk. Bevor er die Sprechtaste drücken konnte, sackte er zuckend im Sitz zusammen und ließ das Mikrofon fallen, das an dem langen Spiralkabel in den Fußraum baumelte.

Seth drückte die Automatik an den Hals des Fahrers. »Willst du ein verdammter Held sein? Ich glaube nicht, also fahr an den Rand und halt an!« Er erschrak vor seiner eigenen Stimme, die rau und zerbrochen war.

Der Sanitäter verkrampfte sich im Sitz, sein Gesicht wurde zur bleichen Reflexion in der Frontscheibe. Aber er tat, was Seth verlangte und lenkte den Krankenwagen auf den Schotterstreifen.

»Zieh die Schlüssel ab und gib sie mir«, forderte Seth. Der Mann kam auch dieser Forderung nach und streckte unbeholfen die Hände gegen das Wagendach. »Mister, ich …«

»Maul halten und die Hände durch die Luke. Die deines zuckenden Freundes auch!«

Seth zerrte den bewusstlosen Deputy am Hosenbund zu sich heran und bekam die Kabelbinder zu fassen, die hinten an dessen Gürtel hingen. Er legte die vorbereiteten Schlingen um die durch die Luke gestreckten, schweißigen Hände und zog die Schlaufen fest zu. Mit zwei weiteren fesselte er die des Cops, sodass alle drei Männer miteinander verbunden waren.

Schweigend nahm er dem Cop den Gürtel ab und legte ihn sich um. Er nahm das Funkgerät mit und hing sich eine dieser kompakten Erste-Hilfe-Taschen um. Für einen Moment dachte er an die vielen Polizei-im-Einsatz-Shows und daran, dass die Straftäter grundsätzlich mit nacktem Oberkörper und den Händen auf dem Rücken im Straßendreck endeten. So wie er. Bullshit!

Er nahm sich die schusssichere Weste des Cops und streifte sie sich über die verschwitzte, blutige Haut. Auf seinem Rücken tobte das lodernde Feuer der Wunde. Seth steckte sich noch eine Wasserflasche ein und stieg aus dem Krankenwagen.

Die Blinklichter warfen ihren nervösen Schein auf die Kiefern, die in der Nacht wie die dünnen Beine einer riesigen Spinne wirkten. Die Straße war ein dunkelgraues Band ohne Anfang und Ende. Seth wurde schwindlig, Bäume und Straße verdrehten sich zu einem unlösbaren Knoten. Er war alles andere als bereit für diesen Wahnsinn.

Ivy ...

Seth hatte keine Ahnung, wie er sie finden konnte. Der Wald war finster und dicht und er hatte keine Ahnung, wie weit er von der Hütte entfernt war.

Sie wird zum Devils Tower unterwegs sein, fiel ihm ein, doch den konnte er von hier aus nicht sehen. Er konnte der Straße folgen, die stetig bergauf führte. So würde er zur Hütte zurückfinden, doch dort war Ivy längst nicht mehr. Er konnte dort in den Wald gehen und hoffen, irgendeinen Hinweis von ihr zu finden, sich dabei hoffnungslos verlaufen, stolpern und sich einen gottverdammten Fuß brechen.

Oder er ließ sich mit der schwarzen Hexe ein. Ihr schleichendes Gift befand sich nach wie vor in seinen Venen. Ihm war nicht wohl bei dem Gedanken, sich mit der auf einen schwachen Moment lauernden Finsternis einzulassen. Es war wie auf Raten vollzogener Selbstmord. Sie würde sich nicht mit einem hastig hingeworfenen Happen begnügen und so lange mehr fordern, bis sie alles hatte.

Und wenn es mein Leben kostet. Es geht um Ivy!

Jede Sekunde ein Schritt, mit dem sie sich weiter von mir entfernt. Ich muss handeln!

Seth atmete tief ein und löste die geistige Fessel, die er um das Gift gelegt hatte.

Für einen Moment verwandelte sich die Zeit in zähen Teig. Dann kam Wind auf und die Wipfel der Kiefern ächzten. Ein Vogel kreischte erschrocken und flatterte in die Dunkelheit. Das Funkgerät rauschte knisternd, obgleich er es nicht eingeschaltet hatte. Er erschrak, weil die Glühbirne im Frontscheinwerfer des Krankenwagens mit lautem Knall zerplatzte. Im Wald, der zu einer bedrohlich finsteren Wand anwuchs, brachen Zweige, als würde sich etwas Großes zwischen den Bäumen bewegen und dabei die Wipfel schütteln. Das Böse war erwacht!

Du kannst im Tode nicht trennen, was im Leben vereint, wisperte die kratzige Stimme der schwarzen Frau in Seths Kopf. Die Worte waren Spinnenbeine, die über die Rinde seines Hirns schabten, es umfassten und quetschten. Seth brach in die Knie und presste sich die Hände auf die Schläfen. Das Gift manifestierte sich in einem bohrenden Schmerz, der ihm ölig und nach Pest stinkend aus den Ohren lief.

Du kannst im Tode nicht trennen, was im Leben vereint. Seth Parris. Lauf zu deiner geliebten Ivy. Durchquere den dunklen, finsteren Wald, bis dir die Stiefelsohlen abfallen und sich die Haut von denen Füßen löst. Auf dem Fleisch gehst du dann weiter, bis auch das nur eine klebrige Erinnerung ist, die im trockenen Sand haften bleibt und eine Kruste bildet, wenn sie trocknet. Bis nichts mehr da ist als Knochenstümpfe und verwesender Zerfall ...

Seth lief mit stumpfem Blick in den Wald. Er sah nicht zurück, als der Krankenwagen in seinen Federn ächzte, weil sich eine unsichtbare Gewalt auf ihn herabsenkte.

Die Erkenntnis, dass es vor der Herrin des Gemetzels kein Entkommen gab, glich der Begegnung mit einem Bären in der Wildnis. Man mochte glauben, dass er tumb und träge war, kuschlig womöglich. Bis er sich aufrichtete, die Schnauze mit den schrecklichen Zähnen aufriss und einen anbrüllte, dass ihm der weiße Speichel in langen, schaumigen Fäden aus dem Maul spritzte. Man konnte einem Bären nicht entkommen. Weder auf einem Baum noch auf einer Wiese, denn die Natur kannte keine Gnade. Der Starke holte sich das Fleisch des Schwachen.

Hinter sich hörte er das Knacken brechender Knochen, das Reißen von Fleisch, das die Nacht in einen Eisschrank verwandelte, der seinen Schweiß kalt auf der Haut perlen ließ. Die Farbe Rot schob sich vor seinen verschwommenen Blick, denn wenn er die Augen schloss, zeigte ihm die Herrin des Gemetzels, dass sie diesen Namen wie keine andere verdiente.

Seth blickte nicht zurück, als er zwischen die Bäume trat und der Wald ihn verschlang …

You keep playin' where you shouldn't be playin'

Töten ist nicht einfach nur das Nehmen eines Lebens. Töten ist Kunst. Nicht dass ich Ahnung davon hätte, aber ich empfinde es so. Am Ende, wenn ich den Schauplatz des Tötens verlasse, bleibt eine Szene mit Bedeutung zurück. Eine Aussage. Seht her, das habe ich getan, die Todesbotin. Und ich habe große Lust dabei empfunden.
V.

Die Lichtung wirkte mit den zwei bunten Nylonzelten und dem rauschenden Bach daneben wie ein surreales Gemälde. Verzerrt und verrenkt und alles absolut falsch. Das Böse hatte die Natur verdreht, etwas Hässliches daraus gemacht.

Ivy zog die Frau am Knöchel aus dem Zelt, welches sie kurz zuvor in einen bluttriefenden Tempel verwandelt hatte. In ein Menschenschlachthaus. Sie dachte dieses Wort mit Abscheu, widerte sich selbst deswegen an, weil ihr Mund von ihm gefressen und es ihrem Gaumen geschmeckt hatte.

Die Schlachtung war mit dem Anbruch einer neuen Epoche gleichzusetzen. Die längst fällige Auferstehung des vergessenen Messias. Bald würden sie Tempel errichten, um ihr zu huldigen. Stufenförmige Pyramiden, auf deren Spitzen sie Köpfe abschnitten und in Blut badend Herzen verschlangen.

Sie ließ den Knöchel der Frau los, die stöhnte. Sie hatte noch nicht aufgegeben und kämpfte ums Überleben, obgleich sie ausblutete wie ein Schwein. Dass sie noch atmete, war reines Kalkül. Ivy hatte nur eine der dicken Adern durchtrennt. Das verlangsamte das Verbluten und sorgte gleichzeitig dafür, dass das Hirn der Schlampe genug Sauerstoff bekam, sodass sie nicht in die Bewusstlosigkeit abdriftete. Der Dämon in Ivy wollte, dass sie jedes verdammte Detail des unvermeidlichen Sterbens erlebte.

Ivy drehte den Kopf und sah zu dem anderen Zelt, in dem das aufgeregte Herz des Jungen schlug. Die reißenden Geräusche der Schlachtung hatten ihn aus dem Schlaf gerissen, das Stöhnen des Todes, der letzte, verzweifelte Atem.

Sie hob ihre blutverschmierten Hände, um sie zu betrachten. Eine bröcklige Kruste, die sich wie alte, vertrocknete Schuppen ablöste, hatte sich auf der Haut gebildet. Sie rieb sie aneinander, sodass bleiche, lange Finger zum Vorschein kamen, mit Kuppen, die schwarz waren wie die Fingernägel, die daraus mündeten. Sie fuhr sich über die Arme. Wo sie sich berührte, löste sich die Haut ab, bildete Krümel und Würmchen aus trockenen Schuppen. Darunter war sie so bleich wie eine Made. Dreck und Blut hafteten in den Poren. Fasziniert folgte sie mit dem Fingernagel einer dunklen Linie, die der Körper einer Schlange war und die sich um ihren dünnen Arm wand. Wie Knospen saßen darauf filigrane Köpfe. Gesichter von ihr fremden Menschen, die man mit schwarzer Tinte in die Haut gestochen hatte. Die Ivy ebenfalls fremde Erinnerung an Vanessa holte sie ein.

Vanessa liebte die Linien, die auf ihrer Haut ein eigenes Leben führten, wisperte es dunkel mit einer Note von Traurigkeit hinter ihrer Stirn. *Auch wenn sie deren Sinn nie verstanden hat. Es verbindet uns wie die unendliche Schlange Ouroboros, die sich selbst verschlingt.*

Wir sind eins, du und ich. Verbunden wie die Morgenröte mit der sterbenden Nacht.

»Du kannst mich mal, blöde Fotze!«, begehrte Ivy in einem klaren Moment auf. Ihre laute Stimme verschreckte ein Tier, das durch das Unterholz die Flucht ergriff.

Sie stürmte vorwärts zu dem Baum, an dem der Sack mit den Vorräten hing, und rammte wie ein Widder aus vollem Lauf mit gesenktem Kopf gegen den kratzigen Stamm. Es knallte wie ein zerbrechendes Brett. Ihre Kopfhaut zerriss wie dünnes Papier. In ihrem Schädel explodierte die Sonne und gebar grell funkelnde Sterne hinter ihren Augen. Sie brach in die Knie und wimmerte.

Du kannst mich nicht aufhalten. Ich bin Ereškigal, Schlangengöttin und Herrin der Unterwelt Kurnigua. Dein Fleisch gehört mir. Sieh, wie ich es verrenke!

Becken und Schultern drehten sich in entgegengesetzte Richtungen, bis sich ihre Wirbel verdrehten und laut knackten. Feuer schoss ihr Rückgrat hinauf, eruptierte in ihrem Nacken. Arme und Beine verbogen sich in unnatürlichen Winkeln, knirschten in den Gelenken, bis sie wie ein umgedrehter Vierfüßler dastand, den Bauch oben, den Rücken unten, den Kopf im Genick verrenkt, dass es kurz vor dem Brechen war. Ein winziges Stückchen weiter, und es wäre vorbei …

Ivy erlitt schreckliche Schmerzen. So mussten sich die armen Seelen gefühlt haben, die man im Mittelalter auf die Streckbank schnallte und ihnen die Knochen aus den Gelenken riss. Die Sehnsucht nach dem Tod erwachte als warmer Strom zwischen ihren verdrehten Beinen.

Das Widerwärtigste daran war, dass sie anfing zu laufen. Jede Bewegung wurde zur glühenden Nadel in ihrem Rückgrat. Jeder Zentimeter ein zerstörerisches Knacken in ihren überstreckten Gelenken. Jeden Augenblick würden ihre Knochen der Belastung nachgeben und brechen.

Sie richtete sich umständlich zu normaler Größe auf, drehte sich um und kroch zu der auf dem Rücken liegenden Frau, deren Augen stumm ihren Bewegungen folgten und die versuchte, ihren Blick zu fangen. Ivy sah sie an und lachte. Krächzend. Wie Nägel auf Glas.

Öffne dich meiner Macht und lass ihre Seelen auf deiner Haut knospen, Vanessa!

Vanessa. Ivy wusste inzwischen, dass dies der Name der armen Seele gewesen war, die sie vor ihr und dieser anderen Rothaarigen besessen hatte. Doch Namen oder Körper hatten keine Bedeutung mehr. Die kichernde Herrin des Gemetzels war das Gestern, das Heute, das Morgen. Sie benutzte das Fleisch und zerstörte die darin gefangenen Seelen. Fand sie keinen Gefallen mehr daran, legte sie die Hülle ab wie einen alten, löchrigen Anzug.

Die Klinge senkte sich in den Bauch der Frau, die nicht mehr genug Atem hatte, um zu schreien. Ivy schnitt vom Nabel bis zur Kehle. Gierig grub sie ihre Hände ins rot sprudelnde Nass und brach sie auf wie frisch erlegtes Wildbret. Sie wühlte sich in den warmen Leib. Fraß sich

Kopf voran durch, tauchte mit den Schultern in die nun tote Frau, steckte die dürren Arme hinein.

Der Tod verkam zur obszönen Fresserei und ließ jede Anmut oder gar Sinnlichkeit vermissen. Der Lemmy-Verschnitt aus dem Laden, den sie tags zuvor umgebracht und abgefackelt hatte, stand verbrannt und aufgebrochen wie ein halb gefressener Truthahn zu Thanksgiving daneben und sabberte Eiter. Er war ebenso wenig real wie der geschlachtete Camper, der dümmlich grinsend dreinschaute und auf den Fußballen wippte wie ein Irrer.

Die Natur stöhnte mit Gewitterdonner ob der Grausamkeit auf, wagte aber nicht, sich zu nähern und mit einem jähen Blitz dem Desaster ein Ende zu bereiten.

Der Junge ...

Sie tauchte aus der Nässe des zerfleischten Körpers. Gesicht, Haare, Oberkörper und Arme waren voller Blut. Langsam richtete sie sich auf. Rote Fäden rannen wie zäher Schleim an ihrem schlanken Körper herab. Tropften ihr aus den Haaren und von den Brüsten.

Das einsame Herz im Zelt schlug schnell, sein Atem pumpte aufgeregt. Er hatte Todesangst, war in ihr gefangen wie in einem Käfig. Doch etwas stimmte nicht mit ihm, war von Grund auf falsch. Warum versuchte er nicht zu fliehen oder sich zu verstecken, zu schreien, wenn möglich?

Sie zog das Messer aus dem Fleisch und stand auf. Ivy genoss das Kribbeln, mit welchem das Blut über ihren Bauch und die vor Erregung geschwollene Fotze rann. Es war das Gefühl grenzenloser Freiheit und Macht. Das erste Mal in ihrem Leben konnte Ivy tun, was sie wollte.

Nichts schien unmöglich. Es war, wie die schwarze Frau gesagt hatte, es gab weder Grenzen noch Konsequenzen.

Ich öffne Kurnugia für dich, denn wir sind eins!

Ein Versprechen, das zur Gewissheit wurde. Ivy steckte in der Klemme. Sie hatte Angst, sich in der blutigen Versuchung zu verlieren, wie sie es im Kadaver der Frau bereits getan hatte. Aber war es nicht längst zu spät, um den Pfad des Blutes zu verlassen?

Sie hatte vom verbotenen Fleisch gefressen, bis nichts mehr reinging, hatte geschlungen wie eine hungrige Hündin. Und sie hatte es genossen. Wenn jetzt einer käme, der sie ficken wollte, zur Hölle, sie würde gern die Beine öffnen.

Die Wahrheit war, dass Ivy längst nicht mehr wusste, was sie und was die sumerische Schlangengöttin Ereškigal war. Auch hinsichtlich dessen hatte der Dämon nicht gelogen.

Wir haben Hunger! Wir fressen und schlingen und werden doch nicht satt.

Das Zelt, in dem der Junge steckte, bewegte sich. Drinnen raschelte es knisternd. Sie tat einen Schritt darauf zu. Das Messer zerteilte das Nylon, bis dieses von dem zitternden Körper glitt wie eine nicht mehr benötigte Haut.

Seine Hände waren mit Handschellen auf den Rücken gefesselt. Auf Knien hockte er da. Bis auf eine altmodische weiße Feinrippunterhose war er nackt. Ein vor Angst zitterndes Häufchen Elend, dessen Haut mit Schnitten und Blutergüssen übersät war. Eines seiner Augen war zugeschwollen, schillerte blau bis schwarz.

Ivys Seele verkrampfte sich vor Entsetzen. Die des schwarzen Geistes frohlockte ob der Pein. Der Blick des Jungen war flehend, als sie auf ihn zutrat. Womöglich schwang sogar ein wenig Hoffnung mit, jetzt, wo er sah, dass seine Peiniger tot waren.

Seine Unterhose erblühte in nassem Gelb, weil er sich ob des verstörenden Anblicks der Irren, die sich in Blut und Gedärmen gesuhlt hatte, einpisste. Der beißend scharfe Gestank drang in ihre Nase wie der von verschüttetem Benzin an einer Tankstelle. Er war wertlos und zerbrochen. Seine Seele war ein Haufen wertloser Scherben, die schon Tage zuvor ihren Glanz verloren hatten. Ivy stach ihm das Messer in den Hals und ließ ihn zum Verbluten sitzen.

Keine Seele für die Ewigkeit, nur ein Haufen stumpfer Splitter. Ein zerbrochener Spiegel, der das Zerrbild einer gebrochenen Seele zeigt.

Eine Weile durchstöberte sie die Sachen der Camper, fand die groben Workerboots der Frau und wünschte sich ihre ausgelatschten roten Cowboystiefel. Es war immer ihr Wunsch gewesen, in diesen Stiefeln zu sterben. Eine Marotte, die sie sich in den Kopf gesetzt hatte, seit sie einen Western mit Clint Eastwood gesehen hatte. *Pale Rider*. Ein verbissener Mann, der seine Dämonen bekämpfte und mit Blei besiegte. Ein alter Song fiel ihr dazu ein, der in keinerlei Zusammenhang zu dem Film stand. Ein Gedankenfetzen, der neben vielen anderen wie zähe Watte in ihrem Kopf hing.

These boots are made for walkin'…

Sie durchwühlte die Sachen nicht gezielt, sondern beiläufig, nahm sich eine schwarze Jeansshorts mit abgeschnittenen, ausgefransten Beinen und schlüpfte hinein. Am Gürtel befestigte sie das Messer der toten Frau, in eine der Schlaufen schob sie den Ritualdolch. Sie zog ein ebenfalls dunkles Bustier aus einem Wäschebeutel, in dem es intensiv nach Schweiß und feucht gewordener Kleidung roch, und zog es an. Während es dem Dämon gleich war, empfand Ivy es als falsch, nackt durch die Wälder zu irren. Das Blut und der Dreck auf ihrer Haut waren hingegen angemessen, zeugte es doch von ihren Taten. Zuletzt stieg sie in die Workerboots, aus deren Sohlen getrockneter Dreck in das schimmernde Blut auf den Nylonboden bröselte und surreale Inseln inmitten eines toten Ozeans schuf.

These boots are made for walkin'.
And that's just what they'll do.
One of these days these boots are gonna walk all over you.

Die Kleidung der Fremden gab Ivy einen Hauch von Würde zurück. Sie stand auf und musterte die Automatik des Toten. Würde es das Böse in ihr zulassen, wenn sie sich die Waffe an den Kopf setzte und sich das Hirn aus dem Schädel blies?

Die schwarzen gestochenen Schlangen auf ihrer Haut zogen sich enger zusammen und brannten sich in ihr Fleisch, dass es wie von heißem Öl brannte. Sie erinnerte sich an die Spritzer des Fritteusenfetts, die sie in dem Diner abbekommen hatte, in dem sie einst arbeitete. Neben dem rechteckigen Loch, aus dem der Koch die Teller mit dem Essen reichte, stand die Fritteuse. Der Arsch füllte stets zu viel Fett hinein, sodass es beim Eintauchen der French fries jedes Mal spritzte. Sein Lachen war das einer Ziege, wenn sie davon getroffen zurückzuckte und schrie. Das hier fühlte sich ähnlich an, nur das sie wusste, dass es eine Drohung des Dämons war, auf die weitaus Schlimmeres folgen würde, wenn sie nicht spurte.

Ivy nahm sich die Waffe und steckte sie sich hinten in den Hosenbund. Ohne sich das blutige Chaos erneut anzusehen, lief sie los, denn der Weg zum Devils Tower war nicht mehr weit.

Die gebrochenen Augen des Jungen, der zwar tot war, aber noch in der gleichen Position dahockte, in der sie ihm die Kehle durchgeschnitten hatte, starrten ihr hinterher, bis sich die Zweige hinter ihr schlossen und sie der finstere Wald verschluckte.

Ivy kannte den Songtext auswendig, hatte die wunderbare Nancy Sinatra vor Augen, hörte ihre Stimme, als wäre es ihre eigene, die in ähnlicher Weise den Song summte.

You keep playin' where you shouldn't be playin'!
And you keep thinkin' that you'll never get burnt, ha!
I just found me a brand new box of matches, yeah!
And what he knows, you ain't had time to learn ...

Darauf ein verficktes Amen

Als Kind habe ich das erste Mal Schmerz erfahren, als die Soldaten meine Mutter nahmen. Es war grausam, sie sterben zu sehen. Ich erinnere mich noch genau an das Loch in ihrer Stirn, das blutete.

Als die Finsternis in mich einfuhr und mein Wesen veränderte, lernte ich, den Schmerz zu lieben, denn er war alles, was ich hatte. Er ist wie ein elektrisch geladener Schauer im Regen. Er umfließt dich, hüllt dich vollständig ein, fickt dich in alle Löcher gleichzeitig. Wie ein Blowjob mit einer Rasierklinge.

V.

Schwester Claire war stinksauer. Ihre Mission hatte sich in ein Desaster verwandelt. In einen Albtraum. Nicht nur dass sie mit auf den Rücken gefesselten Händen im Wagen des Sheriffs auf der Rückbank saß, nein, es gab keinen Beweis dafür, dass Ivy Good – oder der Dämon – wirklich verbrannt war.

»Das Fenster auf der Rückseite der Hütte, dort wo Ivy Good eingesperrt war, war schon zerbrochen, als ich die Fackel ins Zimmer warf …«

Vater Marcus schüttelte langsam den gesenkten Kopf. »Und wenn schon!« Einer der Deputys hatte die Schnittwunde an seinem Arm versorgt, sodass er nun nur im Unterhemd neben ihr auf der Rückbank saß.

Claire schnaubte. »Und wenn schon?« Sie drehte den Kopf und sah aus der Seitenscheibe den Cops und Feuerwehrleuten dabei zu, wie sie zusammenstanden und Kaffee aus Pappbechern tranken. Einige der Männer liefen in den rauchenden Trümmern herum und stocherten mit langen Stöcken zwischen die Bruchstücke. Sie war wirklich angepisst. »Das Glas lag auf dem Gras, von innen herausgedrückt. Ich dachte erst, es sei wegen des Feuers gewesen, aber da war noch mehr ...«

Vater Marcus hob müde den Kopf. Er sah alt aus, wie ein verbrauchter Säufer. Die Realität hatte ihn eingeholt. »Spucken Sie's schon aus.«

»Ich maß dem erst keine Bedeutung bei. Vielleicht war ich auch zu ereifert, um es zu begreifen. Das Gras zwischen dem Fenster und dem Wald war verdorrt. Ungeziefer kroch in den toten Halmen. Tausendfüßler, Spinnen, zu viele davon, um normal zu sein ...«

Der unrasierte Priester mit dem Gesicht eines Schlägers drehte den Kopf, dass es in seinem Genick knackte. Sein Blick schweifte zu der niedergebrannten Hütte, in der sie mit dem Dämon gekämpft und Seth Parris gerettet hatten. »Offensichtlich haben sie noch keine Leiche gefunden.« Er schob sich in eine angenehmere Position. »Wir müssen mit dem Sheriff reden!«

Claire trat frustriert gegen die Lehne des Vordersitzes. Sie fühlte sich ausgelaugt und müde, beschmutzt vom Odem des Dämons und wütend darüber, dass er ihr entkommen war. Ihr Körper schrie nach einer ausgiebigen Dusche, denn sie war wie Vater Marcus von Grund auf verdreckt. Ihr blondes Haar war verklebt von Rauch und Asche. Und ihren verdammten Schleier hatte sie auch nicht, denn der war dem Feuer zum Opfer gefallen. Als hätte sie eine aussichtslose Schlacht geschlagen und die Flucht vom Schlachtfeld ergriffen. Dabei war es Ivy Good, die davongelaufen war, nicht sie. Oder der

Dämon, der in dem Mädchen steckte, aber für sie war das inzwischen eins.

»HEY, DEPUTY!«, rief sie durch das offene Seitenfenster des Fahrersitzes dem jungen Kerl neben dem Wagen zu, dem die braunbeige Uniform am dünnen Körper schlackerte.

Der drehte sich um und streckte den Kopf in den Wagen. »Hören Sie auf, hier rumzuschreien, Ma'am. Der Sheriff wird sich gleich um Sie kümmern.«

»Ich muss jetzt mit ihm reden, auf der Stelle. Es ist wichtig!« Claire zwang sich zu einem zuckersüßen, gekünstelten Lächeln, was ihr jedoch nicht im Ansatz gelang, wie sich aus dem Gesicht des Deputy ablesen ließ.

Dann eben auf die dominante Tour, Muttersöhnchen, dachte Claire. »Sofort!«

Und es funktionierte. Der Deputy lief zum Sheriff, einem älteren, aber kräftigen Mann mit leichtem Bauchansatz, der mit einigen Feuerwehrleuten zusammenstand. Sie sah, wie der junge Officer mit ihm sprach, beide zum Wagen sahen und nickten. Kurz darauf öffnete der Deputy die Tür.

Sheriff Cole Cockburn, ein stämmiger Mann mit glatt rasiertem, kantigem Kinn und einem zerfurchten Canyon, der sein Gesicht war, hakte die Daumen in seinen Gürtel und bedachte Claire mit einem skeptischen Blick. Hemd und Hose waren tadellos gebügelt, der helle Stetson sauber. »Deputy Delaware meint, Sie hätten mir was zu sagen, Ma'am?«

Sein abschätzender Blick traf Claire mitten ins Herz, denn sie wusste, wie sie ohne den züchtigen Schleier auf

Männer wirkte. Ihr kamen die Worte ihrer Oberin, Schwester Judith, in den Sinn, die sie wegen ihrer schön geschwungenen Lippen und dem leicht überheblichen und so gar nicht demütigen Augenaufschlag getadelt hatte.

Wenn Sie nicht für eine dieser billigen SM-Flittchenschwestern gehalten werden wollen, achten Sie auf Ihren Schleier und verstecken Ihre blonden Haare. Und den Habit, nun, den empfehle ich Ihnen eine Nummer größer, um Ihre Schlampenfigur zu verbergen, denn Sie wissen, was das für einen Eindruck erweckt …

Ihre Oberin war immer sehr direkt und sie hatte verdammt noch mal recht. Im Kampf gegen Dämonen waren körperliche Reize überaus hinderlich. So auch dem Sheriff gegenüber.

»Auch wenn ich Ihnen ohne Schleier seltsam erscheinen muss, Sheriff, bin ich Schwester Claire und nicht irgendeine Ma'am.«

Der Sheriff zog schräg grinsend eine Augenbraue nach oben. »Wenn es das ist, was Sie mir zu sagen haben, sind wir hier fertig.«

Der Mann war schon im Begriff, sich von ihr wegzudrehen, als Claire ihr eigentliches Anliegen aussprach. »Sie haben noch keine Leiche gefunden, nicht wahr? Ich glaube, dass Ivy Good davongekommen und in den Wald geflüchtet ist!«

Sheriff Cockburn sah sie überrascht an. Aber nicht auf diese Weise, dass er nicht damit gerechnet hätte, mit dem Namen und der Flucht von Ivy Good konfrontiert zu werden. Claire konnte in seinen Augen ablesen, dass er ebenfalls etwas gesehen hatte.

Er sah auf seine Armbanduhr, runzelte besorgt die Stirn und nickte dem Deputy zu. »Ich mach mich auf den Weg. Ruf bitte Martha an und sag ihr, dass ich komme.«

Der Deputy verzog das Gesicht, als hätte er in eine saure Zitrone gebissen. »Nichts für ungut, aber sollten nicht besser Sie das ...«

»Verdammt, Delaware. Sie wissen doch, wie Martha sein kann. Ich spar mir ihre schlechte Laune für später auf.« Dann, an Claire gewandt: »Sie können mir Ihre Geschichte gern in Sturgis auf dem Revier erzählen.«

»Sheriff, bitte, es ist ...«, versuchte Claire zu intervenieren, doch da knallte schon die Tür ins Schloss.

»Scheiße!« Claire trat gegen die Rückenlehne des Fahrersitzes. »Diese verbohrten, hirnamputierten Hinterwäldler!«

»Ich kann Sie hören«, meinte Sheriff Cockburn, schwang sich auf den Fahrersitz des Explorers, ließ den Motor an und schaltete das Radio ein. Beim Anschnallen sah er über die Schulter. »Wissen Sie, ich sollte schon längst zu Hause bei meiner Frau sein und satt im Sessel sitzen, um mir irgendeine Show anzusehen, damit ich diesen Mist hier für ein paar Stunden vergessen kann. Stattdessen sitze ich hier im Wagen.«

Cockburn drehte sich nach vorn, schob den Schalthebel auf ›D‹ und fuhr los. »Werd ein bisschen Country hören. Soll entspannen, hab ich mir sagen lassen.«

Claire war kurz davor zu explodieren. Einzig Vater Marcus' warnender Blick hinderte sie daran, sich in einer wütenden Tirade über den Sheriff zu ergehen.

»Wenn wir erst in Sturgis sind, finden wir sie nie wieder«, flüsterte Claire mühsam beherrscht.

Vater Marcus schüttelte den Kopf, ohne seinen Blick zu heben. »Wenn der Herr will, dass wir es sind, die es zu Ende bringen, wird er uns einen Weg aufzeigen. Bis dahin müssen wir uns in Geduld üben, Schwester.«

»Darauf ein verficktes Amen«, knurrte Schwester Claire und sah aus dem Seitenfenster, damit Vater Marcus den Hass nicht sehen konnte, der sich in ihren Augen spiegelte.

Black

Ich bin eine Lügnerin. Eine Verleugnerin. Die Schlange, die dir den vergifteten Apfel reicht, gepflückt vom Weltenbaum, der wegen mir verdorrte.

Ich lasse deine Liebe zurück, denn du bist nicht von Bedeutung.

Mein Körper zerfällt, verseucht von ihrem Gift, ausgezehrt durch ihre Gier. Ganz gleich, wie viele Herzen ich verschlinge, ihr Fleisch erreicht meinen dürren Magen nicht. Meine Fingernägel sind schwarz vom Wühlen in toten, aufgebrochenen Leibern, aus denen ich klägliche Kraft schöpfe.

Ich bin der grausame Schatten in der Nacht, der um die Häuser schleicht und von Ahnungslosen Leben saugt.

V.

Wolken aus geschmolzenem Blei bedeckten den Himmel. Das zaghafte Licht des erwachenden Tages war träge, grau und müde. Die Luft roch nach Regen.

Ihre Arme umschlangen eine alte Eiche, die inmitten einer Lichtung stand, auf der hüfthohe Farne wuchsen. Sie küsste die raue, vom Zahn der Zeit zerfurchte Rinde. »Verzeih mir, kleiner Weltenbaum!«

Ihr dünner Mund verzerrte sich zu einem hässlichen Grinsen, das die ausgezehrten Wangen hohler machte, als sie sowieso schon waren. Würde sie sich im Spiegel sehen, es wäre eine Fremde, die ihr entgegenblickte. Ivy war auf diese heiße Art schlank, aber niemals klapprig. Jetzt sah sie aus wie eine Crackschlampe mit tief in den Höhlen liegenden, unersättlich hungrigen Augen. Doch das war ihr geringstes Problem.

Mit den Zähnen knirschend grub sie die Fingernägel in die borkige Rinde. »Die Ergrauten entblößen für mich ihre zernarbten, dürren Arme.«

Mit einem harten Ruck riss sie die schützende Hülle vom Stamm und drückte die Handflächen auf das harzig feuchte Holz. »Ich bin die göttliche, verborgene Seele, die die Götter schuf und die Bewohner der Tiefe, den Ors der Toten und des Himmels! Beuge dich meinem Willen, Nungal, gib mir Vanessa zurück!«

Die Eiche erzitterte bis hinauf zur weit ausladenden Krone. Schüttelte sich. Raschelnd erschauerten die Blätter. Wo ihre Hände auf dem Stamm lagen, verglühte das Holz zu schwarzer Kohle. Funken stiegen daraus hervor, schwebten knisternd durch die Luft, erloschen. Das Veröden breitete sich auf dem Stamm aus, wurde zu einem Geschwür, das mit ausfernden Strängen hinauf ins Geäst kroch und hinab in die Erde, wo die Wurzeln saßen.

Die Hitze trieb das Harz – den sogenannten Birkenteer – aus den glimmenden Poren. Zischend rann es über ihre Hände, färbte sie in tiefes Schwarz.

»Ich bin Ereškigal, Herrin des verzehrenden Feuers. Der Anfang und das Ende. Wenn ich sie berühre, zieht Tod bei ihnen ein.«

Sie hob ihre Hände, die finsterer waren als die dunkelste Nacht, und sah sie verwundert an. Ihr Körper schien sich gegen die schwarz gestochenen Linien, die Schlangen und fremde Gesichter waren zu wehren. Wo sie an die verschwitzte Oberfläche krochen, öffnete sich die Haut und weinte blutige Tränen.

Der Mensch wehrte sich gegen den Dämon.

Das Leben gegen den Tod.
Das Fleisch gegen den Zerfall.

Doch Ivy war des Kämpfens müde, ihr Körper ausgelaugt. Was war so schlimm daran, sich dem bösen Wesen Ereškigal hinzugeben? Ihr Fleisch zerfiel, verbrannte, wurde von Urgewalten zerfetzt. Ihr Verstand spielte verrückt, wusste nicht mehr, wer sie überhaupt war. Ivy? Die Herrin des Gemetzels oder Allatum? Oder diese ominöse Vanessa, von welcher der böse Geist ständig wisperte?

Was hatte ein Mensch dieser uralten, göttlichen Kraft auch schon entgegenzusetzen? Sich fallen zu lassen war leicht, denn die Finsternis wartete mit ausgebreiteten Armen, um sie aufzufangen.

Ereškigal triumphierte, denn Verzweiflung war der Saft, in dem sie sich gern suhlte. Jetzt musste sie nur noch das Feuer schüren, solange es heiß war. »O Herr des Schreckens, Oberhaupt der beiden Länder, Herr des roten Blutes und der gedeihenden Schlachtbank, der von Innereien lebt.« Sie tauchte ihre Hände in den heißen Birkenteer und strich sich den Sud in die Haare, bis diese schwarz waren wie nasse Kohle. Die Krone der Eiche ging unterdessen knisternd in Flammen auf.

Ivys zweigeteilter Geist brannte ebenfalls. Die eine Seite stöhnte lüstern in ekstatischen Schauern, die andere weinte vor Kummer, ob all dem Verderben, das ihr wie ein Pesthauch anhaftete. Sie konnte nicht mehr, ihr Wille war gebrochen, wie ihre Kraft verbraucht war. Derweil sie ihren Körper selbst zerstörte, um zu einer anderen zu werden, die sie nicht sein wollte, dachte sie an die einzige

Liebe, die sie je in ihrem jämmerlichen Leben verspürt hatte.

Seth!

Hinter ihr im Wald, in der Hütte, hatte sie versucht, ihn umzubringen. Sie war mit dem Messer auf ihn losgegangen, weil sie sein Fleisch fressen und sein Blut saufen wollte. Sein Herz und seine Seele verschlingen, um sich an ihm zu nähren.

Seth!

Ihr Leben bestand nur noch aus Zerstörung und Tod. Hässlich anzusehen, stinkend und kalt. Je mehr sie zu einer anderen wurde, desto weiter triftete sie ins finstere Nichts.

Das fremde Wesen hingegen erblühte in funkenknisterndem Schwarz, die schmalen Lippen zu einem spöttischen Lächeln verzogen. Sie zelebrierte die Ausgezehrtheit des zerfallenden Körpers, die bleiche, von Wunden und diesen schrecklichen Bildern bedeckte Haut. Als finalen Schritt tilgte sie mit dem Birkenpech das helle Blond von Ivys Haaren und verwandelte sie in Krähenfedern.

Ivy musste sich – zurückgezogen in sich selbst – eingestehen, dass eine morbide Ähnlichkeit zwischen ihnen bestand. Hätten sie sich auf der Straße getroffen, man hätte sie durchaus für Schwestern halten können.

Der weiße Schwan und die schwarze Krähe!

Hat mich die Herrin des Gemetzels deswegen auserwählt?

Weil sie wusste, dass ihre Vanessa dem Wahnsinn verfallen war und nicht durchhalten würde?

Ihr kam der Vergleich zwischen den ungleichen Schwestern in einem Märchen in den Sinn. In der Geschichte gewann das Licht, doch in ihrem Fall hielt sie das für unwahrscheinlich. Die Hoffnung wurde zu einer flackernden Kerze im Wind und konnte jeden Augenblick erlöschen, denn das Leben war kein verficktes Märchen. Doch eine Hoffnung gab es noch, an die sie sich klammerte.

Seth wird kommen und mich retten!

Die Antwort war ein hohles Kichern in den Tiefen ihres Geistes.

Er will, dass du seinen Schwanz lutschst, dich ficken lässt, denn zu mehr bist du nicht zu gebrauchen, Ivy Good. Sieh das endlich ein und gib dich mir hin, dann zeige ich dir, wie du dich an ihm rächen kannst!

NEIN! ICH GEBE MICH DIR NICHT HIN! NIEMALS!

Dein Körper gehört mir ... Finde dich damit ab, Vanessa!

DIE BIN ICH NICHT!

Das warst du immer, doch du hast dich davor verschlossen und den Weg der ewig Unglücklichen gewählt. Hast dich gesuhlt darin ... So hast du mich damals durch den Spiegel gerufen. Du warst verzweifelt, Ivy, dem Wahnsinn nahe, bereit, den letzten Schritt zu gehen. Die Beschwörung in Baton Rouge ...

HÖR AUF!

Ich wusste es von dem Moment an, als ich dich das erste Mal sah. Indem ich in dich gehe, rette ich deine Seele für die Ewigkeit, Ivy Good!

VERDAMMTE LÜGNERIN!

Ein Lachen, das sich boshaft anhörte, aber von unendlicher Traurigkeit war.

Ihr Menschen seid so berechenbar. In Ägypten warfen sie meinen echten, in harzgetränkte Binden gehüllten Körper in sein ewiges Lager, einen Sarkophag voller Blei. O ja, man hat mich schon zu Urzeiten gehasst. Die Angst vor dem Tod, vor der, die die Seelen nach Kurnigua holt, um sie aufzuwiegen. Die Angst vor der Seelenfresserin hat sie dazu getrieben, mich im heißen Sand in einer Pyramide zu verscharren, deren Namen auf keiner Tafel vermerkt, deren Standort als Fluch gewispert wurde.

Die Menschen sind dumm. Wenn man ihnen eine Krume Macht oder gar die Aussicht auf ewiges Leben hinwirft, kriechen sie auf ihren blassen Bäuchen wie Echsen hin und schlingen es gierig in ihre unersättlichen Mägen. Alles, was ich tun musste, war abzuwarten. Als die Revolution in Russland tobte, bot ich mich den verzweifelten Aristokraten an, um eine ihrer verdammten Seelen zu retten. Wie nach Luft schnappende Karpfen bissen sie an, schluckten Köder wie Haken. Sie beschworen mich in das Mädchen Vanessa hinein und ich erfüllte den auferlegten Handel auf meine ureigene Art, die stets in Tod und Trauer endet.

Hundert Jahre blieb ich in ihrem Körper und erlebte ein Jahrhundert des Wahnsinns, weil mir das Fleisch zum Gefängnis wurde, aus dem ich nicht entkommen konnte.

Als sie in jener Schicksalsnacht, in der Vanessa starb, die Mumie zerstörten und die Kanopen mit meinen Innereien zerschlugen und verbrannten, hörte ich deinen verzweifelten Ruf, Ivy Good. All die Todessehnsucht, die deine Seele schwarz machte, der schmerzhafte Kummer, der dein Herz krampft, ja sogar die Trauer, die keine Liebe dieser Welt zu stillen vermag, schwang in deinen Worten mit. Ich musste dich einfach erhören!

Worte, die als zuckersüße Versuchung in ihrem Kopf wisperten.

ALLES LÜGEN! GOTTVERDAMMTE, INFAME LÜGEN!

»Du sagst, ich lüge?« Jetzt war es ihr Mund, der die Worte sprach. Hohn troff von ihren Lippen. »Ich bin die Wahrheit, vor der sich die Sonne verdunkelt … und dich schleudere ich in die Finsternis, damit du zu sehen lernst!«

Das Letzte, was Ivy sah, war der Baum. Die alte, ehrwürdige Eiche. Die Finsternis hatte sie bis in die höchsten Zweige heimgesucht, die wie eine Fackel brannten. Die verzehrende Glut breitete sich rasend schnell aus, sodass Äste und Blätter zu Asche verbrannt auf sie herabregneten.

Wie zum Hohn erklang Musik in ihren Ohren, die nicht länger die ihren waren, sondern nur noch als vage Erinnerung in ihrem Verstand existierten.

Me and my head high
And my tears dry
Get on without my guy

Sie erkannte den Song sofort, weil sie ihn liebte wie kaum einen anderen. Er drückte aus, welchen Schmerz sie in sich trug, wenn sie sich öffnete. Die Hure, die nun ihr Fleisch besaß, hatte in ihren Erinnerungen gewühlt und ihn gefunden, um seine Zeilen gegen sie zu richten. *Back to Black* von Amy Winehouse. Das Lied einer Toten für eine Tote.

Sie mochte diese Art von Musik nicht besonders, doch dann sah sie das Video mit Amy, deren Mimik solch unglaubliche Emotionen transportierte. Verzweiflung,

Hass, Wut, Sehnsucht, Hoffnungslosigkeit, die in einem schwarzen Schlund endeten, der sich Tod nannte und wie eine Knochenmühle alles zermalmend um sich selbst rotierte. Trauer, die sich verzehrte, nur um noch tiefere zu gebären, die sich wie eine kalte Kralle um ihre Seele legte und die rasiermesserscharfen Spitzen hineinbohrte, denn Seelen vermochten durchaus zu bluten. Da blieb kein Platz mehr für Lachen oder Glück. Von dem Moment an liebte sie diese Frau, die der Scheißdämon namens Alkohol unter die Erde gebracht hatte. Nicht der schlechteste Tod, wie Ivy fand.

Sie rechnete mit einem endlosen Sturz in den finsteren Schacht, der keinen Boden hatte. Dafür kam der Aufprall umso überraschender. Er war nicht hart, sondern weich. Ivy schmeckte staubigen, rauen Stoff. Ihre Finger fanden Nähte, die den grob gewebten Stoff in Karos unterteilten.

Ein abgestepptes Polster, weich und widerwärtig ...

Damit ging die Erkenntnis einher, dass die Finsternis gar nicht finster war, sondern von einem Lichtschein durchbrochen, der durch ein kleines, rechteckiges Fenster sickerte.

Ein Fenster bedeutete, dass sie sich in einem Raum befand. Ihr Geist klärte sich zusehends. Ihr Blick kehrte zurück, auch wenn es nur der imaginäre war. Aus der Dunkelheit schälten sich die Umrisse eines kleinen Zimmers, dessen Wände und Boden mit gepolstertem Stoff bedeckt war. Ebenso wie die Tür, in der sich das Fenster befand.

Ivy lehnte an der Wand, die Fingernägel tief in den Nähten vergraben. Der Song hämmerte in ihrem Schädel, der nicht echt war. Sie blickte an sich herunter und sah, dass sie nackt war. Jenseits der Tür erklang das irre Kichern einer Frau. Vor den Mauern, die sich hinter dem muffigen Stoff verbargen, das wütende Donnern eines Gewitters.

Oder ist es eine Brandung, die unaufhörlich von der ungestillten Wut der Gezeiten getrieben gegen die Felsen tost?

Schluchzend drückte sie ihr Gesicht in den Stoff, der nach dem Schweiß kranker Menschen roch. Ihre Fingernägel kratzten über die Nähte, sie suchte nach Fasern, die sie lösen und herausziehen konnte. Nach Halt, denn Ivy begriff, wo sie sich befand.

»Ich bin in einer Irrenanstalt! Du hast mich weggeschlossen!«

»Damit du das Sehen lernst«, wisperte es jenseits der Tür.

And I go back to …
Black …

Die verdorbene Frucht

Als sie die Finsternis in meinen Geist bannten, verlor ich die Kontrolle über meinen Körper. Es ging nicht schleichend wie bei einer Besessenheit durch einen Dämon, sondern wie ein Faustschlag mitten ins Gesicht, stark genug, um dich gegen die nächste Wand zu schmettern.

Am schlimmsten war es, durch die eigenen Augen zu blicken und sie nicht verschließen zu können, wenn sie Schreckliches mit ihren Opfern anstellte. Die Ohnmacht treibt dich in den Wahnsinn, doch mit der Zeit lernst du nicht nur, damit zu leben, sondern ihre Bluttaten herbeizusehnen.

Ich sonnte mich ein Leben lang in ihrer Macht und genoss das Gefühl, dass alle Angst vor mir hatten, weil sie es nicht trennen konnten.

Nachdem ich die Schwelle des Todes überschritten hatte, blieb etwas von ihrer Macht in mir zurück. Also sei auf der Hut, wenn du in mein lächelndes Gesicht blickst, denn ich bin gekommen, um dich zu holen!

Wenn sie in deinen Körper kommt und du deinen Geist nicht verschließt, kannst du die Augen nicht vor den schrecklichen Dingen verschließen, die sie tut.

V.

Sheriff Cockburn fand den Krankenwagen auf dem Nachhauseweg. Er schalt sich einen Narren, weil er Martha vor fünf Minuten angerufen und ihr gesagt hatte, dass er auf dem Rückweg sei. *»Wirklich?«*, hatte sie gesagt. *»Du kannst froh sein, wenn du vor Tagesanbruch daheim bist, Mister Cole Cockburn!«*

Sorry, Ma'am.

Natürlich war sie wach geblieben und stinksauer. Das ›Mister‹ setzte sie nur vor seinen Namen, wenn sie wütend auf ihn war, was in den letzten Jahren nicht mehr allzu oft vorkam. Er war zu alt, um mit den Jungs im Saloon die Zeit zu vergessen. Und sie würde damit recht behalten, dass er erst nach Tageseinbruch zurückkehren würde. Cockburn, der allein im Wagen saß, stoppte am Straßenrand, schnallte sich ab und zog die Waffe. Er schaltete das Signallicht ein und das Fernlicht dazu.

Der Sheriff keuchte, weil das grelle Licht eine Ahnung dessen implizierte, was sich im Fahrerhaus des Krankenwagens abspielte.

Im Rückspiegel sah er die bleichen Gesichter des Priesters und der Nonne, die – abgesehen von einem belanglosen Getuschel – still geworden waren, nachdem er auf die Straße runter nach Sturgis gefahren war. Stattdessen starrten sie ihn die ganze Zeit über schweigend an, was auch nicht angenehmer war.

»Was zur Hölle?« Er beugte sich übers Lenkrad, um besser sehen zu können. Die Frontscheibe des Krankenwagens bestand aus erdbeerrotem Glas. Nicht gleichmäßig, sondern willkürlich gefärbt, als hätte der Künstler mit einem groben Pinsel die Linien gezogen und die Farbe auf das Glas gespritzt. Schlieren ziehende Farbe, die Blut war. Etwa dort, wo der Fahrer normalerweise sitzen sollte, gab es einen ovalen dunkleren Fleck, aus dem nassstrahnige Haare sprossen. Drumherum ein feines Muster aus Rissen, die an ein Spinnennetz erinnerten. Von den Haaren tropfte Blut und er war sich sicher, im Scheitel, der eine klaffende Wunde war, den bleichen Schädelknochen zu sehen.

Cockburn war vor Jahren zu einem Unfall gerufen worden. Ein paar betrunkene Kids waren mit sechzig Meilen gegen einen Baum gefahren. Nicht angeschnallt. Einen hatte es mit dem Kopf durch die Scheibe geschleudert, sodass sein Gesicht wie aufgeklebt aus dem zersplitterten Glas schaute. Er würde den ungläubig-überraschten Ausdruck der toten Augen nie vergessen. Es hatte ausgesehen, als würde er jeden Moment den Mund öffnen, um mit ihm über das Geschehene zu sprechen. Doch das hier war kein Unfall. Der Krankenwagen war rechts rangefahren, wie zu einer verdammten Pinkelpause.

Dass es hier der Schopf war, machte es nicht besser. Cockburn spürte Übelkeit, wie sie seinen Magen presste, wohl in der Vorahnung dessen, was das Innere des Wagens für ihn bereithielt. Es klickte leise, als er seine Dienstwaffe entsicherte. Die acht Patronen schufen eine trügerische Sicherheit. Er wusste instinktiv, dass er zu spät kam und die Show längst gelaufen war. Es war eine andere Art von Bedrohung, die ihn erwartete. Eine, die sich mit kalten Fingern in seinen Kopf krallte und reinster Wahnsinn war. Und gegen den halfen die Kugeln nur, wenn man sie sich selbst in den Schädel jagte.

»Gütiger Gott«, flüsterte die Nonne erkennbar erschrocken.

Hinter ihm raschelte Stoff, ächzte eine Feder in der Rückbank, weil sich der Priester nach vorn beugte. »Sheriff, gehen Sie bitte nicht allein. Wenn das, was das getan hat, noch hier ist, brauchen Sie unseren Beistand!« Seine Worte waren leise, aber eindringlich genug, um Cockburn einen Moment zögern zu lassen.

»Ihren Beistand, sagen Sie? Fragen Sie Ihre Schwester, denn sie war es, die mich an der Hütte niedergeschlagen hat, schon vergessen? Ich pfeif auf Ihren Beistand!«

»Bitte, Sheriff«, versuchte es Vater Marcus erneut. »Für all das gibt es eine Erklärung!«

»Sparen Sie sich das für Sturgis auf.« Cockburn stieg aus. Die Worte des Priesters hatten nicht ihre Wirkung verfehlt. Es sträubte sich alles in ihm, sich dem Wagen zu nähern, aber er hatte keine Wahl. Er war der verdammte Sheriff und hatte seinen Job zu erledigen. Cockburn dachte an Marthas liebevolles Lächeln und daran, dass sie nur wenig von der Gnadenlosigkeit auf der Straße wusste. Sie legte keinen Wert auf die große weite Welt. In den vielen Jahren ihrer nach wie vor blühenden Liebe waren sie höchstens zwei, drei Mal in Minneapolis gewesen.

»Erdrückend« hatte sie es genannt. Dabei hatte ihn Martha an ein bleiches Reh im finsteren Wald erinnert. Ein durchscheinender Schemen, der zwischen den Massen unsichtbar wurde und wie ein Hauch verwehte. *»Die vielen Menschen raubten mir die Luft zum Atmen«*, gestand sie ihm, als sie zu Hause waren, wo der Wind in den Bäumen rauschte und die Vögel sangen. Wo sie allerhöchstens zweimal in der Woche der Postbote besuchte.

Verflixte Gedanken eines alten Mannes, schalt er sich selbst. Cockburn kniff die Augen zusammen, blinzelte Martha weg, weil er Angst hatte, sie mit in die Sache hineinzuziehen. Er trat an die offen stehende Beifahrertür und fühlte, wie sich eine eiserne Fessel um seine Brust legte und diese sich zuzog, um ihn zu erdrücken. Das Atmen fiel ihm schwer. Als er das Desaster zu Gesicht bekam, war es wohl das erste Mal, dass er die volle Tragweite von Marthas Worten verstand.

Die rotierenden Lichter schufen ein Szenario in Rot und Blau, mit Facetten von Gelb und Grün, wo sie sich überschnitten. Cockburn stand keuchend in der Tür, die Augen weit aufgerissen, den Mund zu einem stillen O geöffnet, starrend, erstarrt.

Von der Decke tropfte zähes Blut, auch anderes, was er als Hirn und Fleisch identifizierte. Der Kopf des Sanitäters steckte tatsächlich in der Scheibe. Der obere Teil davon. Was sich unterhalb der Nasenwurzel befand, war noch am verdrehten Körper und erinnerte ihn an eine Suppenschüssel mit Bröckchen und Blut gefüllt.

Die Zungen der Männer hingen fleischig aus den weit geöffneten Mündern. Abgebrochene Zähne steckten darin wie Speck in einem gespickten Rehrücken. Die zerschlagenen Kiefer eine Gratwanderung über scharfkantige Spitzen. Der eine, dessen Kopf noch am Stück war und der Augen hatte, die wie polierte Glaskugeln wirkten, starrte ins Nichts.

Ihre Körper waren in sich verdreht, bis die Wirbelsäulen dem Druck nachgegeben hatten und mehrfach gebrochen waren. Knochensplitter ragten wie Stacheln aus dem rohen Fleisch, denn – und das war wohl am schwersten zu begreifen – die Toten trugen weder Kleidung noch Haut. Jemand – oder besser gesagt etwas – hatte aus ihnen surreale bluttropfende Skulpturen geschaffen und jeden ihrer Knochen gebrochen, um ihre Glieder in grotesk anmutenden Winkeln neu anzuordnen. Dem nicht genug, war das geschundene Fleisch mit zahllosen Schnitten übersäht, die mit dunklem Saft gefüllt verwirrende Muster bildeten.

Ihre Brustkörbe waren nicht nur geöffnet, sondern herausgerissen. Rippen standen hervor wie die Spanten eines verrotteten Schiffes. Gedärme bildeten Haufen zwischen ihren Beinen, wo verschrumpelte Schwänze hervorlugten wie graue Würmer aus einem Nest. Wo die Herzen sein sollten, klafften finstere Löcher.

Cockburn musste den Anblick erst verdauen. Ihm war speiübel. Verunsichert und an die Worte des Priesters denkend, drehte er den Kopf und sah zum Explorer zurück, wo sich die bleichen Ovale der beiden hinter der Frontscheibe abzeichneten.

Wäre es nicht besser, wenigstens den Priester zu holen?

Der Sheriff entschied sich dagegen, denn es gab keinen Beweis dafür, dass der Mann mit dem Tom-Hardy-Gesicht wirklich der war, für den er sich ausgab. Stoisch wand er sich wieder dem Krankenwagen und der weiteren Untersuchung der Fahrerkabine zu.

Haut und Kleidung schwammen in einem Sud aus Körpersäften und Ausscheidungen im Fußraum, wo die Füße ohne Beine in den Schuhen steckten.

Cockburn riss sich mit Gewalt von dem Anblick los, taumelte in den Straßengraben und erbrach bittere Galle, durchsetzt von den kümmerlichen Resten seiner letzten Mahlzeit.

Das hat kein Mensch getan, hämmerte es in seinem Kopf. Ein schwerer Eisenhammer auf einen Amboss, grell im Geräusch, brachial in seiner Gewalt.

Bang – Bang – Bang!

Das Knochenbrechen, das Verstümmeln ebenfalls, aber nicht das mit der Haut. Zu so etwas ist kein Mensch imstande!

Cockburns Hand versuchte, die Waffe ins Holster zurückzuschieben. Er brauchte vier Versuche, bis es ihm gelang.

Cockburn haderte erneut mit sich selbst, ob es nicht besser wäre, zum Wagen zurückzugehen und auf Verstärkung zu warten. Dann fiel ihm ein, dass sich Bob Davis hinten im Wagen befand. Er selbst war es gewesen, der ihn zur Bewachung des Gefangenen abgestellt hatte.

Wie ein Betrunkener schwankend, gelangte er zum Heck des Krankenwagens. Die Türen standen weit offen, sprachen eine Einladung zur Hölle aus, die er nicht ablehnen konnte. Cockburn, der aufrechte, unerbittliche Sheriff von Sturgis County, ein harter Hund der alten Schule, brach wimmernd in die Knie. Einen Moment glaubte er, sein Herz würde aufhören zu schlagen, doch es stolperte nur. Seine Augen jedoch, die gestatteten ihm einen Blick in die Hölle.

Um die Krankenliege herum war alles verwüstet. Die Liege selbst war nach unten gedrückt, als hätte eine gewaltige Faust darauf geschlagen und das Gestänge samt der Räder verbogen, bis sie unter dem immensen Druck gebrochen waren. Geräte waren zerschlagen. Schränke und Schubladen herausgerissen mitsamt ihren Verankerungen. Was aus Glas war, war geborsten. Selbst das

Dach hatte sich nach innen gedrückt, als hätte etwas sehr Schweres auf dem Blech gesessen. Cockburn wusste, dass es in der Gegend kein Tier gab, das ein solches Gewicht hatte. Selbst ein ausgewachsener Grizzly nicht und das machte die Sache noch unheimlicher.

In all dem Chaos fand er Bob Davis.

Natürlich ist er es. Hab ihm ja selbst gesagt, er soll mitfahren und den Verletzten im Auge behalten.

Er kannte Davis von Kindesbeinen an. Ein Ex-Quarterback mit breitem Nacken, verheiratet mit Susan, zwei Kinder, Jimmy und Peg. Bob schrieb seit Jahren an einem Roman über die Black Hills, machte sich ständig in seinem kleinen, zerknitterten Block Notizen. Die Informationen ratterten, mit den dazu passenden Bildern versehen, vor Cockburns Augen runter. Susans glöckchenhelles Lachen, Jimmy und Peg mit Wasserspritzpistolen im Garten herumtollend. Er mit Bob und einem eiskalten Bier in der Hand neben dem Grill stehend, lächelnd. Cockburns Magen zog sich erneut schmerzhaft zusammen. Was hier geschehen war, hatte das Gefüge seiner Welt zerstört.

Gütiger Gott, er ist wegen meines Befehls gestorben!

Wer soll es seiner Frau beibringen, wer den Kindern?, dachte er verzweifelt. *Sie haben sich doch erst das Haus gekauft, 'nen Kredit aufgenommen.* Und: *Er wird seinen Roman niemals zu Ende bringen, verdammte Scheiße!*

Cockburns analytischer Verstand rettete ihn vor der Verzweiflung und dem Griff zur Waffe, um sie gegen sich selbst zu richten. Er zwang sich auf die wackligen Beine und trat an den Krankenwagen heran. Bob war auf äußerst surreale Weise noch da, lehnte mit dem Rücken an der Wand zur Fahrerkabine. Seine Uniform war aufgeklappt wie die Seiten eines blutigen Buches, was durchaus eine bittere Ironie hatte. Seine Kleidung war zum Einband des Grauens geworden.

Bobs Arme waren ausgestreckt, die Hände mit Scheren durch die Handflächen an die Wand genagelt. Sein Kopf durch die Stirn mit der Stange des Ständers, an dem normalerweise die Infusionsbeutel hingen. Sein Hals war gebrochen, denn er erschien Cockburn länger als üblich. Ein horizontaler Schnitt über dem Becken ließ zu, dass das Gekröse des Inneren herausgeglitten war wie Aale aus einem geöffneten Sack.

In Bobs Brust klaffte ein grob gerissenes Loch, direkt über dem Herzen. Jetzt war dort nur noch Finsternis. In seinen Augen steckten Skalpelle. Der ausgelaufene Saft erinnerte an Tränen.

Bob war im Gegensatz zu den Sanitätern nicht gehäutet. Seine Haut, die unter all dem blutigen Geschmiere einen wächsernen Schimmer angenommen hatte, war jedoch von ähnlichen Schnitten wie das Fleisch der Sanitäter bedeckt und das vom Scheitel bis zur Sohle. Gänzlich, keinen Freiraum lassend. Was er auf dem roten Fleisch der Sanis jedoch nicht gesehen hatte, war, dass die Schnitte ein Muster ergaben.

Cockburn zog seine Taschenlampe hervor, schaltete sie ein und richtete den bläulich grellen Lichtstrahl auf Bob. Er erkannte winzig kleine Schriftzeichen, die sich in einer endlosen Reihe um seinen Körper zogen. Lediglich um das Loch in Bobs Brust wand sich eine Schlange, die sich selbst in den Schwanz biss.

Eine derart filigrane Arbeit hatte er bisher höchstens bei Bikern gesehen, die zum großen Motorradtreffen nach Sturgis kamen. Fein gestochene Linien, akkurat geführt, die einen meist nur dem Träger bekannten Sinn ergaben. Doch das hier waren Schnitte. Jeder tief genug, dass die Haut geblutet hatte. Cockburn trat näher heran, bis seine Knie gegen den Tritt am Ausstieg des Krankenwagens stießen. Der Kontakt elektrisierte ihn. In einigen der Zeichen erkannte er Symbole einer Dokumentation wieder, die er vor Wochen im *Discovery Channel* gesehen hatte. Es ging um ägyptische Pyramiden, wo Wände und sogar Decken mit Zeichen, die oft Menschen mit Tierköpfen zeigten, bedeckt waren. Auf der Haut des Toten fand er sie wieder. Sie bildeten Ketten, die von keilförmigen Zeichen unterbrochen wurden.

Keilschrift, erinnerte sich Cockburn an seine weit zurückliegende Schulzeit. So hatte es der Geschichtslehrer genannt. *Keilschrift, noch älter als die Ägypter …*

Es war schon seltsam, wie einem solch längst vergessene Erinnerungen wieder in den Sinn kamen. Der Sheriff schaltete die Taschenlampe aus und verstand überhaupt nichts mehr. Er hatte drei Leichen in übler Verfassung, bedeckt mit uralten Schriftzeichen. Der Verletzte war hingegen spurlos verschwunden. Cockburn wusste, dass niemand ein derartiges Desaster in solch kurzer Zeit anrichten konnte. Die Morde ja, aber nicht die winzigen Zeichen im Fleisch der Sanitäter und auf Bobs Haut. Das war absolut unmöglich.

Die Sache nahm eine Wendung, die ihm überhaupt nicht gefiel. Der große Sheriff strauchelte. Geistig, nicht körperlich. Er hatte in seinem Leben oft Angst gehabt. Doch das hier war anders, das hier war der Tod. Das Grauen aus dem Schlund. Selbst der Wald schien sich davor zu ducken. Verbarg er etwas vor ihm?

Etwa die dunkelhaarige Frau, die das Video aus dem niedergebrannten Laden gezeigt hatte? Ivy Good erschien ihm plötzlich als Statistin. Was, wenn die mysteriöse Dunkelhaarige die ganze Zeit da war und es geschafft hatte, sich im Krankenwagen zu verstecken? War sie diejenige, die zu so etwas imstande war?

Ein dunkler Moment

Cockburn saß wieder in seinem Wagen hinter dem Steuer, mit dem Funk in der Hand. Von hinten redeten der Priester und die Nonne auf ihn ein, doch er konnte ihre Worte nicht verstehen.

Clara war in der Wache, wie jede Nacht von Freitag bis Montag. Bowman behauptete von ihr, dass sie die Seele des Reviers sei, und er hatte verdammt noch mal recht damit. Es tat gut, ihre Stimme zu hören, denn das bedeutete, dass die Welt jenseits des Waldes noch in Ordnung war.

»Sheriff, Ihre Frau hat angerufen, nun ja, ich denke, sie ist sauer, weil Sie …«

»Nicht jetzt, Clara, bitte!« Cockburn räusperte sich, weil seine Stimme wie rostiges Eisen klang. »Du musst auf der Stelle Dale anrufen. Ich brauche ihn morgen Früh hier oben am Elderman's Point, gleich bei Sonnenaufgang!«

»So gut wie erledigt, Sheriff, auch wenn er Ärger mit seiner Frau bekommt, wenn ich ihn wecke!«

Scheiß drauf, dachte Cockburn. »Rufen Sie die Jungs zusammen. Alle, nicht nur die Deputys. Und sie sollen ihre Gewehre mitbringen. Flinten, Automatische, eben alles, was sie haben. Das hier oben gibt 'ne verdammte Treibjagd!«

»Gütiger Gott, Sheriff, Sie machen mir Angst! Ist was nicht in Ordnung?« Claras Stimme klang eine Nuance höher als sie es sonst tat. Cockburn tat es leid, ihr Angst einzujagen, doch es ging nicht anders.

Überhaupt nichts stimmt mehr ...

»Noch was. Rufen Sie den Coroner an. Er soll sein ganzes gottverdammtes Team hier raufschaffen, und zwar vorgestern. Sagen Sie ihm, dass er den großen Wagen nehmen soll.« Er hatte bisher nur einmal den großen Wagen angefordert. Den, in den eine Menge Leichen reinpassen. Das war vor zwei Jahren gewesen, als der Tanklaster in die Gruppe Biker gerast war und in Flammen aufging. Ein höllisches Desaster, von dem das ganze Land noch wochenlang gesprochen hatte. Sie hatten die verbrannten Leichen mit Sägen voneinander trennen müssen.

Clara antwortete nicht. Er hörte sie atmen, doch sie schwieg.

»Clara?«

»Wer?«, kam die zögerliche Frage, die er gefürchtet hatte.

Cockburn rieb sich übers Gesicht, weil seine Haut juckte, doch es änderte nichts. »Bob.« Der Name stach ihm ins Herz. »Bob Davis.«

»O Gott! Seine Frau, die Kinder ...«, stammelte Clara.

Cockburn ließ die Sprechtaste los und schaltete das Funkgerät aus. Er konnte weder ihre noch sonst eine Stimme hören, auch wenn es jeder Vernunft widersprach. Er wollte nicht hören, wie sie sagte, dass es schrecklich sei und tragisch oder ungerecht. Bob war tot, sein Leben unwiederbringlich ausgelöscht. Ein verdammtes Desaster. Ende der Geschichte.

Seine Aufmerksamkeit wurde auf eine Bewegung im Scheinwerferlicht gezogen. Auf der Straße stand ein

Wolf. Cockburn hatte keine Ahnung, wo der so plötzlich hergekommen war. Das Tier starrte ihn an, stand zwischen ihm und dem Krankenwagen. Es war ein schlankes, großes Tier, das die Ohren aufgestellt hatte. Seine Flanken bebten, die Lefzen waren hochgezogen, sodass er die langen, gebogenen Fänge sehen konnte. Das Fell war schwarz wie die verdammte Nacht. Seine Präsenz war ein böses Omen.

Die Tage des Worteabwägens haben begonnen, wisperte es in seinem Nacken. Eine Hand legte sich von hinten um seinen Hals, die kalt war wie Gletschereis. Cockburn riss die Waffe aus dem Holster und fuhr herum, doch hinter ihm hockten nur der Priester und die Nonne, die ihn erschrocken anstarrten. Ihre Münder öffneten sich zu großen O, doch er hörte ihre Worte nicht. Für einen Moment glaubte er, einen Hauch von Rauch verwehen zu sehen, in dem Funken erloschen. Cockburn sah wieder nach vorn. »Gott im Himmel …«

Der Wolf legte den Kopf schräg und sah ihm direkt in die Augen.

Ich komme über euch, die ihr dem Tod gefrevelt habt. Ich werde eure Gedärme herausreißen und es werden keine Kanopen da sein, um sie aufzunehmen.

Eine Stimme wie Nadeln im Kopf. Cockburn befand sich nicht mehr in seinem Wagen, sondern im Fahrerhaus, auch wenn das vollkommen unmöglich war. Eine Frau manifestierte sich aus dunklem Rauch. Ein bleichhäutiges Albtraumgeschöpf mit glühenden Augen, die Haare schwarz und verdreht wie gebrochene Kinderarme. Ihre Haut war von Kohle beschmiert, die Hände finster, die Fingernägel Krallen. Mit einem langen, gebogenen Messer vollführte sie die blutige Arbeit, die er vorgefunden hatte. Holte weit aus. Stach zu. Holte weit aus. Schnitt. Holte weit aus. Riss. Angstgeweitete Augen. Jammerndes Stöhnen. Sterbender Atem …

Eure Herzen sollen nicht wie üblich in den vertrockneten Körpern bleiben. Ich werde sie herausnehmen und essen. Erst wenn ihr alle vor mir kniet, werde ich hinabsteigen ins Totenreich, um zu ruhen.

Im nächsten Moment befand er sich hinten bei Bob. Sie hockte auf der Liege, machte eine Handbewegung. Bobs Knochen brachen alle zugleich aus den Gelenken und verursachten einen Schmerz, der ihn aus der Ohnmacht holte. Kreischend wie eine Furie nahm sie Scheren, die eigentlich stumpf waren, und trieb sie durch seine Handflächen, um ihn zu kreuzigen.

Ich bin die Herrin des Gemetzels.

Ihr Messer schlitzte Bobs Bauch tief auf, dass alles herausfiel wie aus einem zerschnittenen Sack. *Aale*, dachte Cockburn. *Tote, lange Fische, die stinken …*

Ich bin die Zerfleischerin.

Sie öffnete Bobs Brustkorb und schnitt mit tausendfach geübten Bewegungen sein Herz heraus, wurde dabei vom aus den Arterien spritzenden Blut übergossen, das sie gierig soff. Sie stopfte sich das noch schlagende Herz in den Mund und fraß es auf. Schmatzend. Den Muskel knirschend durchtrennend.

Ich bin die Todbringerin.

Eine Last legte sich auf den Krankenwagen, drückte ihn zusammen, verwüstete sein Inneres, wie sie das der

Menschen zerstörte. Cockburn sah Schlangen auf ihrer bleichen, mit Blut und Asche beschmierten Haut, die sich um ihre Arme und Beine wickelten, darauf glitten und zischelten. Er sah grün angelaufenen, ursprünglich goldfarbenen Schmuck, der auf ihrer Haut graugrüne Stellen hinterließ, wenn er sich verschob. Roch ihren animalischen Gestank, sah die kleinen, aber festen Brüste. Ihre Scham, die feucht und lüstern glänzte.

Ich bin die, die eure Seelen frisst!

Cockburn sah, wie sie Bobs Haut in einer Geschwindigkeit mit der Spitze des Messers bearbeitete, dass die Konturen ihrer Hand verschwammen. Zeile um Zeile tat sich blutend hervor. Sie hockte gebeugt vor dem gekreuzigten Mann, den nackten, festen Arsch nach oben gereckt, sodass er ihre rosenrote Fotze sehen konnte, die obszön fordernd klaffte. Man hätte meinen können, sie lutschte an Bobs erschlafftem Schwanz, stattdessen schnitt sie und schnitt und schnitt und schnitt. Cockburns Schwanz hingegen wurde hart und groß, wie seit Jahren nicht mehr. Von der widerlichen Kreatur ging eine Anziehungskraft aus, der er sich nicht entziehen konnte. Sie verkörperte die verbotene, verdorbene Frucht von Gottes heiligem Baum. Die Schlange, die in den Blättern lauerte und diese mit ihrem Gift verdarb.

Als sie mit ihrem Schnitzwerk fertig war und alles Blut im Wagen auf ihr und Cockburn verteilt war, dass es fädenziehend herabtropfte, drehte sie sich in Bobs Gedärmen kniend um und sah ihm direkt in die Augen. Zwei im Höllenfeuer schmorende Pforten, die seinen Blick verbrannten.

Ihr Gesicht, das ebenmäßig wie das einer Göttin geformt war und ihn an diese Nofretete aus dem Museum denken ließ, war jetzt direkt vor ihm. Ihre Lippen, die zuvor grau und schmal waren, blühten von Bobs Blut benetzt in obszönem Rot, verzerrt von abgrundtiefer Boshaftigkeit.

Geh nach Hause, alter Mann. Geh nach Hause und weine im Schoß deiner Frau. Denn kommst du mir nach, wirst du sterben!

Cockburn saß wieder im Explorer hinter dem Steuer, hatte sich eingenässt und weinte wie noch nie zuvor in seinem Leben.

Der brennende Dornbusch

Wir hinterlassen eine Spur aus Asche. Verbrannte Erde, auf der nichts mehr gedeiht. Denn wo wir sind, hält die Verwesung Einzug, breitet sich aus als schwarzes Geschwür, das Leben frisst.
V.

Seth sah den brennenden Baum von der Lichtung aus, zwischen den verstümmelten Leichen kniend, inmitten einer Szenerie, die er nicht verstand. Die sein Verstand nicht begreifen konnte, weil ihm solche Gewalt fern war.

Seine Aussage, dass Campen scheiße ist, fand hier grausame Bestätigung.

Es dämmerte und der Himmel schämte sich in düsterem Grau. Die Luft schmeckte nach Regen. Er strich mit der geöffneten Hand über das Gras, das rot war vom Blut der Toten.

Er liebte Ivys dunkle Seite, die sie manchmal an besonders melancholischen Tagen zur Schau trug. Sie behauptete, es sei der schwermütige Geist des Südens, der sie an regnerischen Tagen heimsuchte und sie in Niedergeschlagenheit zwang wie in ein Korsett.

Seth wusste um das kaputte Leben, das hinter ihr lag. Die traurige Geschichte, die ihre Seele bedrückte. Sie war labil und flüchtete sich bei Problemen schnell in die Dunkelheit ihrer selbst. Hatte das Monster, das ihren Körper in Besitz genommen hatte, sie deswegen ausgewählt?

Doch so sehr er sich sträubte, so innig er diese Frau liebte, schlichen sich erste Zweifel ein. Womöglich war das Schlachtfeld, in dem er stand, der für alle Zeiten verdorbene blutgetränkte Boden. Das Wissen um die Hand, die das Messer geführt hatte, um das grausame Schlachten zu verrichten, ließ ihn an Ivy zweifeln. Es war die gleiche Hand, die zärtlich sein Gesicht gestreichelt hatte. Der Mund, der ihn geküsst und der nun das verbotene Fleisch verschlungen hatte. Die Lippen, die ihn unzählige Male liebkost hatten und die nun rot waren vom Blut der sinnlos Gemetzelten.

War es wirklich nur der böse Geist gewesen, der das hier angerichtet hatte?

War es denkbar, dass sich Ivy in der Finsternis wiedergefunden hatte?

Oder – was wahrscheinlicher war – hatte sie ob des Wahnsinns, der sie gefangen hielt, den Verstand verloren?

Seth schüttelte die düsteren Gedanken ab, weil er drohte, sich darin zu verlieren. Die Wahrheit war, dass er es nicht wusste. Auch nicht, was geschehen würde, wenn er Ivy gegenüberstand. Was er jedoch wusste, war, dass die Schnittwunde auf seinem Rücken blutete und der Biss der Geisterschlange brannte wie ein verdammtes glühendes Eisen im Fleisch, wie man es zum Kennzeichnen von Rindern benutzte.

Das böse Gift in ihm war nicht getilgt, im Gegenteil, es verlieh ihm die notwendige Stärke, die Sache bis zum bitteren Ende durchzuziehen. Seth wusste, dass diese geliehene Macht einen hohen Preis hatte. Jemand würde sterben. Entweder er oder Ivy oder sie beide, was er insgeheim für das Beste hielt.

Den Anblick auf der Lichtung nicht mehr ertragend begann er mit dem Aufstieg zum Devils Tower, der sich vor den grauen Wolken wie ein düsterer Schatten erhob. Ein gebeugter Riese, der im Begriff war, sich zu erheben, um die Welt zu zerschmettern. Davor der lodernde Baum, der ihn in abstrakter Weise an den brennenden Dornbusch aus der Bibel erinnerte ...

Wölfe

Sie hat mir beigebracht, wie ich mich heimlich in die Köpfe der Unbeständigen schleiche, um die Versuchung zu säen. Es ist ein gewispertes Wort hier, das Aufblitzen eines Bildes dort, das den Keim sprießen lässt.

Gewalt und Sex sind meine Schlüsselmeister zum Tor des Geistes. Das Verbotene, das in der Nacht geschieht. Die Faszination der Zerstörung des menschlichen Körpers. Sex als Werkzeug der Demütigung. Das Zelebrieren der Unterwerfung durch das Abspritzen ins Gesicht der Knienden. Und immer ist es Nacht, weil diese armen Irren glauben, sie könnten sich vor mir in der Dunkelheit verbergen.

V.

»Sheriff?« Marcus rutschte nach vorn, sodass er zwischen den Sitzen hindurch den völlig zusammengebrochenen Mann ansehen konnte. Die Luft im Explorer stank nach Erbrochenem und Pisse, war verbraucht wie eine alte Unterhose.

»Wir müssen hier raus«, flüsterte Schwester Claire in einem fort. Marcus sah den kalten Schweiß auf ihrer Stirn und das verhaltene Wippen ihres Körpers. Nicht mehr lange und die Frau würde ausrasten.

»Sheriff«, versuchte es Marcus erneut.

Der Blick des Mannes wechselte von glasig zu wach. Cockburns Gesicht war wächsern, als er Marcus ansah. »Vater …«

Marcus sah dem Mann an, dass er unter Schock stand. »Hören Sie, Sheriff, ich muss wissen, was Sie gesehen haben!«

Cockburn dachte einen Moment über die Frage nach, schnaufte schwer. »Was ich gesehen habe, wollen Sie wissen? Die verdammte Hölle hab ich gesehen. Blut. Knochen. Fleisch. Gedärme. Einen toten Freund, bestialisch abgeschlachtet. Seine Haut, beschrieben mit, hm, Hieroglyphen ... Ich sollte zu Hause sein, bei meiner Frau, verflucht noch mal!«

Marcus versuchte, seiner Stimme einen beruhigenden Klang zu verleihen. »Wir haben es hier mit Mächten zu tun, gegen die Kugeln nichts ausrichten können. Deswegen sind wir in die Black Hills gekommen, Sheriff Cockburn. Die Frau in der Hütte, Ivy Good, trägt das Böse in sich. Und nur wir können es stoppen!«

Der Sheriff sah ihn in einer Mischung aus Verwunderung und Ungläubigkeit an. »Das Böse, sagen Sie?«

Marcus nickte eifrig. »Sie nennt sich ›Herrin des Gemetzels‹. Ein uralter Dämon, der seit Äonen die Menschen heimsucht, um sie zu verderben.«

Cockburn schluckte hart. Sein Gesicht wurde zur reglosen Maske, als Marcus den Namen der Finsternis aussprach. Mit zitternden Fingern tippte er sich an die Stirn. »Ich kenne diesen Namen, hab ihn gehört, hier, in meinem Kopf ...«

»So schleicht sie sich ein«, flüsterte Schwester Claire von hinten. »Wispernd in unseren Köpfen, die Gedanken der Unbedarften verwirrend. Was dort drüben geschehen ist, ist ihr Werk, nicht das eines Menschen. Der Tod Ihres Freundes geht auf das Konto des Dämons.«

Der Sheriff drehte sich wieder nach vorn, sah zum demolierten Krankenwagen. »Was soll ich nur seiner Frau und seinen Kindern sagen?«

Jetzt war es Claire, die sich nach vorn beugte. »Dass Sie die Mörderin Ihres Freundes jagen und stellen werden, Sheriff. Genau das sollten Sie ihnen sagen.«

»Da haben Sie verdammt recht«, stellte Cockburn nickend fest. Seiner und Claires Blick kreuzten sich im Rückspiegel. »Angenommen ich glaube Ihnen das mit dem Dämon. Wie würde er ablaufen, der Exorzismus? Das ist es doch, was Sie tun wollen, nicht wahr?«

»Wir müssten in die Hütte am Elderman's Point. Dort ist die Ausrüstung, die wir brauchen.«

Cockburn ließ den Wagen an. »Bei Gott, ich tu's nur, weil ich es Bob und seiner Familie schuldig bin.«

Stacheldraht

Schmerz ist die einzige wahre Emotion, das ultimative Empfinden. Als die Finsternis in mich einfuhr, empfand ich einen starken seelischen Schmerz, der mich hundert Jahre begleiten sollte. Wäre meine Seele ein Herz, wäre seine Haut dick und wulstig vernarbt von unzähligen Schnitten, manche so tief, dass sie nicht mehr heilen.

In Courtsend lehrte mich der Doktor, was ärztlich angeordneter körperlicher Schmerz bedeutet. Stell dir Schnitte im Zahnfleisch vor oder Nadeln, die man an den Zahnhälsen entlang hineinschiebt, bis sie auf den Kiefer treffen, um dort am Knochen zu kratzen. In den besonders intensiven Momenten des Schmerzes konnte ich in einer Klarheit sehen, die nah am Göttlichen war.

Stell dir einen klaren Wintermorgen vor. Die Temperatur ist weit unter null, der Himmel azurblau, die Sonne allerdings noch nicht aufgegangen. Gras und Blätter sind mit Frost bedeckt und funkeln. Alles ist rein und frisch, die Luft glasklar. Das ist eine vage Ahnung dessen, was ich gesehen habe.

Soll ich dich heute Nacht von meinem Schmerz kosten lassen?
V.

Claire rieb sich die Handgelenke und sah dem SUV des Sheriffs hinterher. Er hatte sie zur Hütte gebracht und ihnen dort die Handschellen abgenommen. Der Mann war vollkommen am Ende, doch seine Warnung ließ keinen Zweifel offen. Wenn sie sich vor seiner Rückkehr von der Hütte wegbewegen würden, würde er sie ins Stadtgefängnis von Sturgis sperren und den verdammten Schlüssel wegwerfen.

Ein Witz, wenn man bedachte, dass er sie mitten in der Wildnis zurückgelassen hatte. Immerhin war er so nett gewesen, ihre Sachen in der Hütte zu deponieren, bevor die Cops den Escalade mit nach Sturgis nahmen.

Der Einsatz lief nicht ansatzweise wie geplant. Sie hatten die Cops am Arsch und den Dämon verloren. Claire ging in die Hütte, machte die Tür zu, schloss zweimal ab und lief schnurstracks ins Schlafzimmer. »Wir waren so dicht dran, aber jetzt haben wir auch noch die Hillbillycops am Hals.«

Marcus durchstöberte die Küchenschränke nach Alkohol. Er gierte nach einem Drink. Geistig ausgebrannt ergab er sich dem Zittern, welches seine Hände ergriff und wie ein kalter Regenschauer über seinen Körper schwappte. Er bemaß die Nacht nicht ganz so negativ wie Schwester Claire. Sie hatten die erste Schlacht geschlagen und gegen den Dämon bestanden, das war mehr, als er sich erhofft hatte. Niemand war gestorben. Aber geflohen war das Miststück keineswegs. »Der Mann hätte es ohne uns nicht geschafft. Jetzt hat der Dämon nichts mehr außer Ivy Good und diesen endlosen Wald, in dem man die Hand vor Augen nicht sieht. Wer weiß, womöglich haben wir Glück und sie bricht sich das Genick in 'ner Schlucht oder ein Bär erwischt sie … Eben das, was uns passieren würde, würden wir jetzt kopflos losziehen.«

Claire raufte sich die Haare und kratzte sich auf dem Kopf, weil die aufwallende Wut ihre Kopfhaut juckend machte. Wie konnte Vater Marcus nur derart gelassen sein?

Mit fahrigen Bewegungen löste sie die Geiselschnur und warf sie auf den Nachttisch. Sie würde zu härteren Mitteln greifen müssen, denn das Band brachte sie nicht auf das Level, das sie brauchte, um zu funktionieren. Ihr Körper verlangte nach einer Dusche und dem heißen Wasser, mit dem man sich verbrühen konnte. Doch sie wusste, dass der Herr sicher mehr fordern würde, wenn sie nackt unter dem dampfenden Strahl stand.

Aber es ging nicht. Nicht in dieser Nacht, eingepfercht in eine Hütte mit einem Priester, der an sich selbst, vor allem aber an Gott zweifelte. Das fachte ihren Zorn nur noch mehr an.

Claire zerrte die Tagesdecke vom Bett, ließ den staubigen geblümten Fetzen achtlos auf den Boden fallen und zog den Reißverschluss der Tasche auf. Sie drehte sie um und kippte deren Inhalt kurzerhand auf die Bettdecke. Mit den immer gleichen Bewegungen breitete sie ihre Ausrüstung aus, ordnete sie in gewohnter Reihenfolge an. Zog das Messer aus der Scheide und wog es in der Hand. Ihr Körper erschauerte unter dem hitzigen Kribbeln, von dem sie wusste, dass es nur durch eine Weise befriedigt werden konnte.

Ich bin das Schwert des Herrn, doch bringe ich auch die notwendige Schärfe mit, um in aller Konsequenz zu handeln? Ich darf nicht zweifeln. Nicht an Gott oder mir oder an der einzig wichtigen Sache!

Sie trat vor den Spiegel und gab sich selbst eine Ohrfeige. Und noch eine. Der lächerliche Schmerz, der dabei entstand, entfachte die Gier nach mehr. Ihr eigener Zorn verlachte ihren jämmerlichen Versuch, zur Besinnung zu kommen. Ihr Gesicht verschwamm im Glas, wurde zu einem undeutlichen, verzerrten Schemen.

Ich bin ein Werkzeug, das nur etwas Schliff braucht, um schneiden zu können, bis es gänzlich zerbricht!

***

Marcus hatte eine halb volle Flasche Whiskey gefunden und holte sich ein Glas aus dem Küchenschrank, um es vollzuschenken. Zufrieden sah er sich die flache Flasche an.

Knob Creek. Verdammt stark gebrannt und mir zu kräftig im Geschmack, aber he… Wie war das doch gleich mit dem Teufel und den Fliegen? Ich sollte an meinen Vergleichen arbeiten, dachte Marcus und grinste schräg.

Im Gegensatz zu der Hütte, in der sie Ivy Good begegnet waren, brannte hier kein Feuer im Kamin und es war unangenehm kühl. Als hätte die Hütte längst ihren letzten Atem ausgehaucht und das Herz im Holz aufgehört zu schlagen. Ausgetrocknet und verbraucht, wie sein eigenes.

Über den meisten Möbeln hingen weiße Laken, um sie vor dem Staub zu schützen. Marcus war zu erledigt, um sie wegzuziehen. Seth Parris' Entgiftung hatte ihn ausgelaugt. Er hatte hell gebrannt in diesem Moment, war der verdammte Dornbusch in der Wüste gewesen, doch nun fühlte er sich leer, brauchte eine Pause. Eine weitere Konfrontation in dieser Nacht würde er nicht überstehen, das war gewiss.

Er befreite einen der Sessel von seiner staubigen Hülle, setzte sich hin und legte die Füße auf den Tisch. »Morgen Früh«, sagte er müde, mehr zu sich selbst als zu Schwester

Claire. »Ich bin fertig, ausgebrannt.« Er rieb sich übers Gesicht. Raue Haut schabte auf kratzigen Stoppeln. »Gleich nach Sonnenaufgang gehen wir in den Wald und bringen es zu Ende. Sie will zum Devils Tower, da bin ich mir sicher. Dort werden wir sie finden.«

***

Claire schnaufte schwer. Von einem plötzlichen Schwindel ergriffen, stützte sie sich auf das viel zu weiche Bett, das zugleich das einzige in der Hütte war. Ihr Herz hämmerte wie verrückt. Die Enttäuschung, die Wut war, brachte ihr Blut zum Kochen. Was sie heimsuchte, waren die üblichen Nachwehen einer bösen Präsenz. »Was macht Sie so sicher, dass sie genau dort hingeht? Ich meine, sie kennt sich hier nicht aus. Nackt und ohne Schuhe kommt die doch nicht weit. Ich muss Sie nicht an Ihre eigenen Worte erinnern.«

Marcus lachte kurz auf. »Das Böse leitet sie. Es wird ihren Körper dazu zwingen, ihn benutzen, bis er nicht mehr funktioniert. Sie verbrauchen wie eine Batterie. Es ist stets das gleiche Spiel. Wie diese Kinder, von denen man manchmal liest. Die einen Welpen geschenkt bekommen und ihn kaputtspielen, bis er aufgibt und stirbt. Zu viel falsche Liebe. Zu viele Lügen.« Er nahm einen langen Schluck, beließ den rauchig schmeckenden Whiskey einige Sekunden im Mund, bevor er ihn schluckte. Zurück blieb das taube, leicht pelzige Gefühl, das er so mochte, wenn er trank. Der Vorbote der nahenden Betäubung. Die Loslösung von seinem verdammten Leben, das so schrecklich kompliziert war. Das Vergessen auf Zeit. »Ich kenne mich mit solchen Orten aus. Hab viel darüber gelesen und noch mehr aus den stinkenden Mündern der Dämonen erfahren.«

Claire stieß sich vom Bett ab und kam zu ihm ins Wohnzimmer. Erst wollte sie ihn wegen des Whiskeys zurechtweisen, weil sie auf Streit aus war. Doch sie überlegte es sich anders und holte sich stattdessen ein Glas, um sich ebenfalls einen Drink einzuschenken. Warum auch nicht. Niemand konnte wissen, ob sie die Jagd überlebten. Sie ließ sich schwer in den Sessel gegenüber von Marcus' fallen, ohne das Tuch zu entfernen. Staub wirbelte auf, kitzelte in ihrer Nase. »Ganz schön theatralisch, wenn Sie mich fragen. In der Schwesternschaft gehen wir da, hm, wie soll ich es ausdrücken, pragmatischer vor.« Sie trank. »Wir verlieren keine Zeit. Sie hingegen ...« Sie zuckte mit den Schultern.

»Ein Prospekt auf dem Tisch auf der Veranda hat mich darauf gebracht, während ich auf Sie wartete. Über die Gegend hier und den Devils Tower. Das touristische Highlight.« Er lachte rau, hörte sich an wie einer dieser gebrochenen Säufer, die nachmittags in den Taverns herumhingen. »Da stand 'ne Menge über die spirituelle Bedeutung des Felsens für die Ureinwohner drin. Und was über Knochen von Menschen, die man am Ufer eines unterirdischen Sees fand. Das alles kam mir bekannt vor. Ich erinnerte mich an eine andere Geschichte ...«

Claire strich sich eine blonde Haarsträhne aus dem Gesicht, kam sich ohne den Schleier unvollständig vor. Verletzlich und nackt. Sie trank, um ihr leeres Herz mit trügerischer Wärme zu füllen. »Okay, ein Prospekt also. Und weiter? Erzählen Sie mir, was es mit dieser Erinnerung auf sich hat?«

»Als der Lichtbringer niederstürzte und in die Erde schlug, tat sich ein trichterförmiger Krater auf, der bis zum mythologischen Mittelpunkt reichte. Das Zentrum der Unterwelt. Und da wusste ich es. Welche Religion wir auch hernehmen oder von welcher Epoche wir sprechen, es ist stets das Gleiche ...«

»Dante Alighieris Gesang vom Abstieg in die Hölle«, sinnierte Claire. Sie hatte nie viel von diesem theatralischen Aufbau der Unterwelt gehalten, weil die Dämonen allgemeinhin einen Dreck darauf gaben, wer sich welchen Sünden hingab. Für die war es nur wichtig, dass man es tat. »Aber was hat das mit der Herrin des Gemetzels zu tun? Die ist zu weit entfernt, zu alt!«

Marcus schenkte sich nach. »Verstehen Sie denn nicht? Zugegeben, ich brauchte auch eine Weile, aber dann sah ich die schwarze, von Schlangen gezierte Hexe. Begriffen habe ich es erst jetzt, wo ich Zeit hatte, nachzudenken. Sie haben recht, die Herrin des Gemetzels entspringt einem Zeitalter weit vor dem Christentum, sogar vor den Ägyptern. Aber vom Sinn her ist es das Gleiche.« Die Räder in Marcus' Kopf begannen sich zu drehen. Von sich selbst überrascht, stellte er fest, dass er es noch konnte. Eins und eins zusammenzuzählen, um die Verknüpfungen zwischen den Wesenheiten des Bösen herzustellen. »Das Pantheon der Sumerer ist der Weltenbaum, aufgeteilt in Ebenen. Die Krone, der Himmel, der Stamm, die Erde, die Wurzeln, die Unterwelt. Ganz oben wohnt der göttliche Himmelsvogel, im dicken Stamm die Göttin

Lilith und in den Wurzeln unter der Erde die Schlange als Symbol der Unterwelt.«

Über sein Wissen ehrlich erstaunt, beugte Claire sich vor, um Marcus näher zu sein. Das Feuer in seinen Worten ging auf sie über. Plötzlich übte der alte, verbrauchte Mann einen Reiz auf sie aus, der in ihren Lenden zog. »Es ist so offensichtlich, dass wir es übersehen haben. Die erste Erwähnung Liliths als dämonische Gottheit. Der Devils Tower als Stamm des Weltenbaums!«

Marcus hielt es nicht mehr auf dem Sessel. Er stand auf, musste sich bewegen, war plötzlich von Tatendrang erfüllt. War dies das Zeichen, auf das er gewartet hatte? Der Fingerzeig Gottes? Er war sich dessen plötzlich vollkommen sicher. »Als wir im Ordenshaus den Dämon befragten, sprach er vom Weltenbaum, von der Lilith und ihren vielen Namen. Den Wurzeln, die ins verdorbene Wasser reichen. Als Inanna den Stamm spaltete, vertrieb sie Lilith in die Wurzeln, wo sie zur Schlange wurde. Ich bin mir sicher, der Devils Tower ist der Stumpf des Weltenbaums und der See darunter angefüllt mit dem verdorbenen Wasser! Deswegen weiß ich, dass sie dort hingeht. Es ist ihr Reich, in das sie zurückkehrt!«

»So viele Namen«, flüsterte Claire, die dahinter verborgene Wahrheit erkennend. Die Gefahr des Scheiterns, die daraus erwuchs. »Sie war seit jeher das absolut Böse, die Todbringerin. Hat sich nur Masken übergestreift, um uns zu täuschen.« Sie sah zu ihm auf, weil sie ein ungutes Gefühl überkam. »Scheiße, ich weiß nicht, ob wir es schaffen, Vater Marcus! Wir sind nur Menschen, verstehen Sie, was ich meine? Nur aus Fleisch und Blut und Knochen, zerbrechlich wie Puppen und schwach im Geist.«

Marcus sah sie an, nahm die Flasche und goss ihr nach. Er hob sein Glas, sah sie an und nickte. »Der Herr im Himmel hat uns dazu auserwählt, die allererste Göttin der Unterwelt zu vernichten, Schwester Claire. Das ist unsere Bestimmung. Wir haben keine Wahl. Wenn wir sie nicht aufhalten, wird sie die Hölle auf Erden entfesseln und alles niederwerfen, was uns heilig ist.«

In seinen Worten lagen weder Emotionen noch Eifer. Er sprach schlichtweg aus, was zu tun war, führte sein Glas an die Lippen und trank. War er bereit dafür? Nein. Aber er würde sein Bestes geben, um die Herrin des Gemetzels dorthin zurückzujagen, wo sie hergekommen war. Und wenn er dafür in die Unterwelt hinabsteigen musste, sollte es eben so sein.

***

Claire atmete durch, stieß mit ihm an. Ihre Wange brannte von den selbstzugefügten Schlägen. Sollte sie den Priester im Angesicht des Todes um mehr bitten? Um die Beichte der besonderen Art? Ihm gestehen, wie sie funktionierte, damit er ihre Selbstzweifel ersticken konnte? Um Gottes willen, nein! Er war ein altes, ausgebranntes Wrack. Okay, er hatte Power, wenn es darauf ankam, strahlte diese selbstverständliche Dominanz aus, die ein Exorzist aufbringen musste, um einen guten Job zu machen. Der väterlich-erfahrene Liebhaber womöglich. Insgeheim stellte sie sich die Frage, wie er im Bett sein mochte. Hatte er es drauf, eine Frau bis zur Ekstase in den Arsch zu ficken?

Sie rang sich ein Lächeln ab, um die Abscheu vor ihren eigenen Gedanken vor ihm zu verbergen. Gleichzeitig wollte es ein Teil von ihr genauer wissen. »Wir sind beide Fanatiker, Vater, wenn auch von vollkommen anderer Couleur. Sie das Buch und ich das Schwert.« Sie stand auf und öffnete die Knöpfe ihres Habits.

Marcus lehnte sich im Sessel zurück und sah sie überrascht an. »Was wird das?«

Das Kleid glitt von ihren schmalen Schultern. Es schwebte herab wie ein Leichentuch, breitete sich auf dem staubigen Boden aus, um sie wie ein See aus dunklem Stoff zu umgeben. Marcus musste unwillkürlich an Blut denken. Eine große Pfütze davon, frisch vergossen.

»Sie haben Ihre Seele Gott geweiht. Ich gehe einen Schritt weiter und weihe ihm auch noch meinen Körper. Mein Fleisch ist sein Tempel!« Sie streckte die Arme aus und nahm eine Haltung ein, die Marcus an die des gekreuzigten Messias erinnerte. Claire war schlanker als er vermutet hatte. Aber nicht von dieser klapprigen Art, wie man sie oft bei Junkies sah, sondern sehnig und trainiert. Ihre Arme waren definiert, die Muskeln lang und hart. Die Jungfrau Maria mit Kind spannte sich in gestochen scharfen Linien auf ihrem flachen, festen Bauch, reichte hinauf zu den Ansätzen der kleinen, aber straffen Brüste. Darüber den Spruch, den er nie richtig verstanden hatte. ›Deus lo vult‹. Gott will es!

Was will Gott wirklich?
Unseren blinden Gehorsam?
Diener, die keine Fragen stellen?

Er starrte Claire an wie ein Idiot, der noch nie eine nackte Frau gesehen hatte.

Ihr Fleisch ist sein Tempel.

Und bei Gott, Schwester Claire hat verdammt schönes Fleisch!

In einer verlegenen Geste führte er das Glas zum Mund und trank. Er konnte den Blick nicht von ihr nehmen. Sie war eine Skulptur, wie sie Marcus noch nie zuvor gesehen hatte. Eine Madonna. Ihre Nacktheit überrumpelte ihn vollkommen. Die letzten Jahre beschränkten sich die nackten Körper auf die ans Bett gefesselten Besessenen, die ihm obszöne Offerten anboten, die er stets ablehnte. Die alles getan hätten, nur damit er sie losband und von ihnen abließ.

Bis auf ein einziges Mal. Da bin ich schwach geworden, der feucht glänzenden rosa Wunde im emporgereckten Becken erlegen …

Marcus war sich sicher, dass dies der Grund war, weswegen er hier war. Gott hatte ihm diese Aufgabe auferlegt, damit er für seine Sünden Buße tat. Das Problem war allerdings, dass er seine Tat nicht im Geringsten bereute. Er hatte jeden verdammten Stoß in die Nässe der ans Bett gefesselten Besessenen genossen, ihre klebrigen Lippen gekostet wie ihre üppigen Brüste.

Ich habe für einen kurzen Moment des Glücks vom verdorbenen Fleisch gekostet.

Glück? Nein. Es war Geilheit gewesen. Das schnöde Abspritzen eines Freiers in die Fotze seiner Nutte …

Schwester Claire drehte sich um, damit er den von einem Strahlenkranz umgebenen gekreuzigten Jesus sehen konnte. Wenn sich ihre Muskeln spannten, hatte es den

Anschein, dass es der Messias war, der sich bewegte. Der seinen vorwurfsvollen, aber dennoch mitleidigen Blick auf ihn richtete, um ihn zu einer Entscheidung zu zwingen.

Eine Entscheidung?
Welche denn?
Ob ich sie jetzt und hier auf dem verdammten Tisch ficke?

Marcus erschrak vor den Gedanken, die er nicht haben durfte. Claires nackte Haut, die straff war, aber an Armen und Beinen die eindeutigen Zeichen der Selbstgeißelung trugen, weckte eine vergessen geglaubte sexuelle Begierde, die sich durch seinen Schwanz verdeutlichte, der losgelöst von seinem Willen steif wurde. Der hart gegen den Stoff seiner Hose drückte, dass er erschrocken hoffte, dass Claire es nicht sah. Er selbst wagte nicht, hinabzublicken, um es zu überprüfen.

»Ich bin bereit, mich für den Herrn zu opfern. Sie auch, Vater Marcus? Gehen wir gemeinsam den Weg der Schmerzen?« Claire wandte sich ihm zu und lächelte. Oder war es Wahnsinn, der aus ihrem Blick sprach? »Denn wir werden Schmerzen erfahren, wenn wir gegen das Böse stehen, seelisch wie körperlich, das muss uns bewusst sein.« Ihr Bauch bebte vor Aufregung. »Wir werden uns entscheiden müssen, wenn der Augenblick der Wahrheit kommt – und das wird er, wenn wir am verdorbenen See stehen und dem Bösen die Wurzeln ausreißen!« Sie strich sich an den Seiten ihres Körpers entlang. Ihre Finger folgten den geschwungenen Linien des fleischlichen Tempels, dessen Reiz die Luft zum Glühen brachte und die Hütte gänzlich ausfüllte.

»Wollen Sie mich schlagen, Vater? Mir die Sünden austreiben?«

Marcus kannte den Tonfall, in dem ihre Worte klangen. Das mühsam verborgene Hitzige. Tausendmal hatte er ihn aus den vertrockneten Mündern der Lügner gehört und ihnen bis auf dieses eine Mal widerstanden.

Das Kainsmal, das auf meiner Seele brennt ...

Er sah zu ihr auf, dachte an den Stacheldraht, den er am Abend auf einer Rolle neben der Hütte liegen gesehen hatte und stand auf ...

Flagrum

Es sind immer die Albträume, an die man sich erinnert. Die jede Nacht wiederkehren wie blutgeile Zecken. Man kann sie sich ausreißen und zertreten, doch ihr Gift wird man nicht mehr los.

Meine suchen mich jede Nacht aufs Neue heim, saugen an meinem Verstand, nagen an meinem Geist. Und dennoch sind sie das Einzige, was mir von meinem Leben geblieben ist.

So habe ich gelernt, die grausamsten meiner Träume zu lieben, denn sie sind ein Spiegel meiner selbst.
V.

Schwester Claire fand Vater Marcus mit einem dampfenden Becher schwarzen Kaffees in der Hand auf der Veranda der Hütte stehend, kaum dass das Grau des anbrechenden Tages müde durch die Blätter der Bäume sickerte.

Sie trug den Habit, hatte jedoch lang mit sich selbst gehadert und hätte den wesentlich praktischeren Hosen um ein Haar den Vorzug gegeben. Doch es war ihr nicht richtig erschienen. Wenn sie dem Dämon gegenübertraten – und das würden sie –, musste sie durch ihr Äußeres aufzeigen, für was ihr Inneres stand.

Nach dem, was in der Nacht geschehen war, grenzte es an ein Wunder, dass sie überhaupt aufrecht stehen konnte. Auf ihrem Rücken tobte ein Chaos aus Schmerz und Zerstörung. Sie fühlte, wie sich ihr Unterhemd nass an die geschundene Haut schmiegte.

Es werden sich Krusten bilden, in die sich die Fasern einfügen werden. Es wird wehtun, sich auszuziehen, wenn alles vorbei ist. Die Wunden werden aufbrechen und bluten ...

Wenn ich diesen Wahnsinn überlebe, dachte sie, *und nicht als zerfetzte Leiche ende, aufgebrochen und ohne Herz im unterirdischen See treibend, langsam versinkend ...*

Nur wenige Stunden später – die sie in einem Schlaf verbracht hatte, der ein Delirium gewesen war – war ihr Verstand klarer als jemals zuvor. Sie hatte begriffen, weshalb Gott ihr Vater Marcus gesandt hatte und warum sie nur gemeinsam das Böse niederzuwerfen vermochten.

Vater Marcus drehte sich zu ihr um. In seinem Hemdkragen leuchtete ein frisches Kollar. »Ich hoffe, Sheriff Cockburn taucht hier auf, bevor es anfängt zu regnen!«

Kein Wort des Grußes oder der Nachfrage, wie es ihr ging oder was sie fühlte, aber das erwartete sie auch nicht. Er hatte sie schlafen lassen und damit war es genug. Sie wand sich von ihm ab, um in die Hütte zurückzugehen, blieb aber im Türrahmen stehen. »Woher wussten Sie, was ich brauche?«

»Es darf keine Frage offenbleiben, nichts zwischen uns stehen, was unausgesprochen ist, denn das ist es, was der Dämon gegen uns einsetzen würde, um unseren Glauben zu brechen«, lautete seine lakonisch aufgesagte Antwort. Er trat hinter sie und verdunkelte den im Zwielicht liegenden Eingang. Sie konnte ihn riechen, den Schweiß, der in seiner Kleidung haftete, die Tröpfchen des vergossenen Blutes der vergangenen Nacht. »Wir haben uns füreinander geöffnet und kennen uns nun, Schwester Claire.

Kein Geheimnis steht mehr zwischen uns. Wir sind bereit zu tun, was getan werden muss.«

Damit war alles gesagt. Sie nickte und ging in die Hütte zurück, um sich für das Unvermeidliche vorzubereiten. Sie bewaffnete sich in dem Wissen, dass Messer und Pistolen nichts gegen das Wesen des Dämons ausrichten konnten. Die einzig wirksame Waffe trugen sie in ihrer Brust. Und wenn alles nichts half, konnte sie mit den weltlichen zumindest noch dafür sorgen, dass niemand überlebte und so verhindern, dass der Dämon einen neuen Wirt auswählte.

Dass sie den Habit trug, hatte einen weiteren Grund. Ein breiter Ledergürtel, gespickt mit Stacheldraht, lag um ihre Taille. Wenn sie sich bewegte, ihren Körper drehte oder sich bückte, erinnerten sie die eisernen Stacheln daran, dass sie aus Fleisch und Blut bestand und als Werkzeug Gottes eine Aufgabe zu erfüllen hatte. Erst wenn alles getan war, würde sie den Gürtel ablegen.

Die kleinen Wunden schärften ihre Sinne, machten sie wach.

Die Dornenkrone Christi, deren Stacheln die dünne Kopfhaut durchbohren und die Blutgefäße darunter schlitzen ...

Die Nacht blieb als fiebriges Delirium haften. Während sie ihre Stiefel schnürte, dachte sie darüber nach, wie es wohl wäre, gekreuzigt zu werden. Nicht wie die Jesusfiguren an den Kreuzen auf den Altären, sondern so, wie es die Römer gemacht hatten.

Alles fing mit der Geißelung an, wozu eine Peitsche benutzt wurde, die man Flagrum nannte. Diese hatte fiese Enden, in welche Eisenstücke und Bleikugeln eingeflochten waren, um Haut und Fleisch auf dem Rücken der Delinquenten zu verwüsten. Vierzig Schläge waren erlaubt, doch nur neununddreißig wurden ausgeführt, um bei einem Verzählen kein Vergehen zu begehen.

Anschließend wurde man an den grob behauenen Querbalken des Kreuzes gebunden, dem Patibulum, welchen man selbst bis zur eigentlichen Hinrichtungsstätte zu tragen hatte. Claire stellte sich die Qualen vor, wenn das offene Fleisch unter dem immensen Gewicht des grob behauenen Patibulums wie durch einen Hobel zerschunden wurde.

Zur Fixierung des Delinquenten lag das Kreuz noch auf dem Boden. Die Nägel wurden nicht etwa durch die Handflächen getrieben, denn die Nagelköpfe rissen leicht aus dem Fleisch, wenn das Körpergewicht daran zerrte. Stattdessen trieb man sie zwischen Elle und Speiche hindurch. Dadurch wurde der Blutverlust gering gehalten. So verhinderte man, dass die arme Seele schnell verstarb, dafür langsam und unter schrecklichen Qualen. Die Beine überkreuzt, stellte man die Füße auf das Suppedaneum, was ein schräges Brett war.

Auf Höhe des Gesäßes wurde das Sedile befestigt, ein kleines Sitzbrett, sodass der Delinquent seine Arme entlasten konnte.

Claire hatte mit Begeisterung gelesen, dass all das nur dazu diente, die Todesqualen auszudehnen. Oft kam es vor, dass die armen Seelen drei Tage brauchten, um zur Hölle zu fahren.

Letztendlich sackte der Körper entkräftet in sich zusammen und dem Delinquenten war es nicht mehr möglich, sich zu heben, um Luft zu holen.

Claire wusste um die visionäre Macht der Atemnot. Wenn sie sterben sollte, dann auf diese Art. Ans Kreuz genagelt, dem Herrn im Leid wie in der Liebe nah. Langsam und qualvoll erstickend.

In der Nacht hatte sie sich unter den von ihr geforderten Schlägen, die ihren Rücken in den frisch gepflügten Acker Gottes verwandelten, Vater Marcus geöffnet. Sie hatte damit gerechnet, dass er versuchen würde, es ihr auszureden oder sie davon zu überzeugen, dass ein friedlicher Tod eher zu Gott führen würde. »*Zu Gott, ja*«, hatte sie gesagt, »*aber niemals zur Erleuchtung.*«

Aber es war anders gekommen. Überraschend anders. Der Mann hatte sie lang und nachdenklich angesehen und genickt und war in den Schuppen gegangen, um ihr den Gürtel anzufertigen, den sie nun um ihre Hüften trug. Anschließend hatte er sich ihrem Rücken gewidmet.

***

Das Schmatzen von breiten Reifen auf dem Schotter, welcher den Weg zur Hütte bedeckte, lockte sie nach draußen. Es war der verdammte Sheriff aus Sturgis und er war nicht allein gekommen. Hinter dem bulligen Ford Explorer mit den Sternen auf den Türen folgte ein Streifenwagen und ein doppelachsiger Dodge-Ram-3500-Truck, auf dessen Ladefläche sich ein Käfig voll hechelnder Hunde befand.

Vater Marcus lief dem Sheriff entgegen, der mit steifen Bewegungen aus dem SUV stieg. Letzte Nacht war

Cockburn nur ein alter, verängstigter Mann gewesen, der an seinem kümmerlichen Universum zweifelte, doch scheinbar hatte er seine Haltung zumindest teilweise wiedergewonnen.

Claire mochte den Mann nicht. Allein die Art, wie er sich den Hut zurechtrückte. Ein verdammter John Wayne für Arme. Sie hatte keine besonders hohe Meinung von diesen Landdespoten, die dachten, Herrscher über ihre Stadt zu sein, nur weil sie ein paar besoffene Hinterwäldler gewählt hatten.

Wenn man allerdings genauer hinsah, sah man die Spuren, welche die Nacht hinterlassen hatte. Seine Haltung war nicht mehr aufrecht, eher gebückt und mit hängenden Schultern, als läge eine schwere Last auf ihm. Sein Blick wirkte nicht mehr hart und stechend, sondern verbissen. Sie war sich sicher, der Mann wollte nicht hier sein, musste es aber, weil er der verdammte Gesetzeshüter war. Ein alter Wolf, der seine Zähne verloren hatte. Womöglich würde er – wenn alles vorbei war und er noch lebte – in den Wald gehen, um zu sterben, wie es alte Wölfe nun mal taten.

Marcus drehte sich um und winkte sie herbei.

Der alte Mann, welcher der Sheriff nun mal war, sah sie aus müden Augen an. »Hören Sie«, sagte er, räusperte sich und schob seinen Hut nach hinten. »Es ist so, dass wir miteinander auskommen müssen.« Der Sheriff musterte ihre Tracht und die schweren Schuhe dazu und zog seine Schlüsse. »Mir schmeckt die ganze Sache überhaupt nicht, das können Sie mir glauben. Die Sache läuft folgendermaßen ab: Sie und Vater Marcus halten sich zurück, solange wir es nicht, hm, okay, mit spirituellen Dingen zu tun haben. Ist das ein Problem für Sie?«

Vater Marcus zog seine Aufmerksamkeit auf sich, bevor Claire etwas sagen konnte. »Wir sind Ihnen dankbar, Sheriff. Sie haben das Sagen!«

Er lachte rau.

»Allerdings würde ich es eher übernatürlich als spirituell nennen.«

Sheriff Cockburns Schultern strafften sich. Der Mann richtete sich auf, wirkte wie ein Bär, der sich für einen letzten Kampf entschieden hatte, sich stellte und seine Pranken hob. »Verarschen Sie mich nicht! Ich habe Respekt vor den Leuten der Kirche, das können Sie mir glauben, aber bei Gott, verarschen Sie mich nicht, verstanden?«

Marcus hob in einer entschuldigenden Geste die Hände. »Will ich nicht, Sheriff. Ich verbinde mit Spiritualität nur etwas anderes als das, was uns am Devils Tower erwartet.«

Claire wollte etwas sagen, doch Marcus gab ihr durch einen Blick zu verstehen, ruhig zu bleiben. *Nur jetzt*, dachte sie. *Für den verdammten Moment werde ich still sein.*

Cockburn rückte seinen Hut zurecht, während er nach den richtigen Worten suchte. »Sie müssen wissen, ich bin kein besonders gläubiger Mensch, geh nicht mal regelmäßig in die Kirche. Vor ein paar Stunden hat sich meine Meinung über diesen ganzen Hokuspokus verändert, doch ich tu mich verdammt schwer damit.«

Er sah Marcus direkt in die Augen. »Ich bin erst mal froh, dass Sie hier sind. Wir können voneinander profitieren, so sehe ich das.«

»Sie geht zum Devils Tower«, meinte Marcus lakonisch und packte die Schulter des Sheriffs, um ihn an sich heranzuziehen. »Aber es wird Ihnen nicht gefallen, was Sie dort vorfinden werden!« Sein Mund war dicht an Cockburns Ohr, doch seine Augen sahen zu Claire. »Kugeln werden Ihnen dort oben nichts nützen, Sheriff. Wenn es so weit ist, muss ich mich darauf verlassen können, dass wir nach meinen Regeln spielen. Da wird keine Zeit für Diskussionen oder Machtspielchen bleiben.«

Cockburn streifte mit einer sehr bestimmten Handbewegung Marcus' Hand von seiner Schulter und funkelte ihn wütend an. Mit der Berührung war er definitiv zu weit gegangen. »Fassen Sie mich noch mal an und ich breche Ihnen Ihren verdammten Arm, Priester oder nicht, verstanden?« Der Sheriff sah sich zu seinen Männern um, die mit dem Ausladen der Hunde beschäftigt waren. »Wenn der Zeitpunkt gekommen ist, lassen Sie es mich wissen, Vater. Für alles Weitere haben wir auf dem Weg noch genügend Zeit.« Damit war für den Moment alles gesagt. Cockburn drehte sich um und ging zu seinen Deputys, um ihnen mit Dales Hunden zu helfen.

Claire ergriff Marcus' Arm und zog ihn zur Hütte. Sie war stinksauer. »Was sollte das eben? Sind wir jetzt Scheißverbündete, der Sheriff und wir? Ist das so? Haben Sie das so beschlossen?«

Marcus' Gesicht war regungslos, sein Blick starr auf ihr maskenhaftes Antlitz gerichtet. Natürlich war sie wütend.

Es war keine Zeit gewesen, um sich zu besprechen, und er hatte das Beste daraus gemacht. So einfach war das. »Die haben Hunde, Claire. Wir werden sie finden, bevor sie noch mehr Unheil anrichten kann!«

»Bullshit!« Claire war außer sich, weil sie wusste, wie diese Countrycops tickten. Machten gern einen auf Cowboy und dachten, jedes Problem mit ihren verdammten Knarren lösen zu können. Spuckten Kautabakrotz auf die Straße und schlugen sich gegenseitig auf die Schultern, wenn alles vorbei war. Mit ihr nicht. Auf keinen Fall. »Gehen wir das allein an, ohne die!« Sie streckte den Arm aus und zeigte auf die Männer, die ihre Gewehre luden und dampfenden Kaffee aus Plastikbechern tranken. »Glauben Sie ernsthaft, die nehmen uns für voll, wenns darauf ankommt? Dass die uns die Austreibung machen lassen, bei all den Gewehren und Hunden und dem Testosteron?«

Marcus packte Claire an den Armen, schüttelte sie. »Wir haben verdammt noch mal keine Wahl. Schon vergessen, dass er uns nach der Show bei der Hütte jederzeit einlochen kann? Wenn wir Ivy Good finden wollen, bevor sie die Hölle auf Erden entfesselt, brauchen wir Sheriff Cockburn, die Hunde und die Ortskenntnis, die uns beiden offenkundig fehlt!«

Claire trat einen Schritt zurück, um sich von seiner Berührung zu befreien, und verschränkte die Arme. Sie mochte es gerade nicht, angefasst zu werden. Nicht auf diese Art, nicht in diesem Moment und schon gar nicht unter den Augen der aufgeputschten Männer. »Sie werden alle sterben! Können Sie mit dieser Schuld leben, Vater Marcus? Können Sie das?«

Der Rosenkranz klimperte leise zwischen seinen Fingern, als er nickte. »Was auch immer geschieht, es ist Gottes Wille!« Damit war alles gesagt.

Was folgte, war das stoische Vorbereiten auf eine Menschenjagd mit ungewissem Ausgang. Die Hunde schnüffelten an einem schwarzen Shirt, das ihnen Sheriff Cockburn unter die Nase hielt. Die Tiere fiepten nervös, zerrten an den Leinen, die in der riesigen Pranke eines Hünen in Latzhose endeten, dessen Gesicht vollständig von krausen braunen Haaren bedeckt war. Der Hundeführer war ein verdammter Höhlenmensch.

Die Tiere hatten kurzes beigebraunes Fell, waren drahtig, aber dennoch muskulös. Sie waren mit ihren etwa sechzig Zentimetern Schulterhöhe groß, aber nicht riesig und hatten Schlappohren, die Claire an Salatblätter erinnerten. Ihre Augen jedoch, die jagten ihr eine Heidenangst ein, denn die waren klein und lagen tief in den Köpfen. Geschützt, wenn es ans Kämpfen ging, und das würde es unweigerlich, wenn sie Ivy Good aufspürten.

Die Männer waren von ähnlichem Schlag, da konnten auch die Uniformen nicht drüber hinwegtäuschen.

Sie mochten Familienväter sein, Brüder oder einfach nur nette Burschen. Doch sobald der Wald sie in sich aufnahm, veränderten sie sich. Es war, als würden sie in eine andere – archaische – Haut schlüpfen. Das Dickicht und die mit jedem Schritt anwachsende Entfernung zur Zivilisation weckte ihre animalischen Instinkte. Ivy Goods Einfluss würde in gleichem Maße zunehmen und das

Böse in ihnen schüren, sie in die Wölfe verwandeln, die sie im Grunde schon immer waren.

Schwester Claire wartete, bis alle im Wald verschwunden waren. Erst dann folgte sie ihnen. »Das wird ein böses Ende nehmen, Vater Marcus«, flüsterte sie. »Ein rabenschwarzes, bitterböses Ende …«

***

Cockburn, der einige Meter vor Schwester Claire lief, hatte gehört, was sie gesagt hatte. Seine Ohren waren noch immer gut. Der verdammte Zeh schmerzte wie verrückt, was für ihn ein untrügliches Zeichen war, dass sie vermutlich recht hatte. Dieser Tag würde schlimm enden.

Kurz bevor Dale mit den Hunden ankam, hatte er mit Martha telefoniert. Sie hatte nach dem ersten Läuten abgenommen, was bedeutete, dass sie auf dem Stuhl neben dem Telefon saß und wartete. Vermutlich im Nachthemd und mit den Pantoffeln an den Füßen. Er hatte ihr von dem Krankenwagen erzählt und dass sie in den Wald auf die Jagd gingen. Die unschönen Details hatte er ausgelassen. Martha hatte geantwortet, dass sie ihn liebte und für die Jungs Apfelkuchen machen würde und Kaffee, damit sie sich stärken konnten, wenn es vorbei war. Er musste ihr nicht sagen, dass er in dieser Nacht nicht nach Hause kommen würde und am Tag darauf auch nicht so schnell.

Es waren nicht die Worte, mit denen sie sich alles sagten, denn die waren auf das Pragmatische beschränkt. Es waren die Pausen, in denen sie sich nah waren und jeder den anderen atmen hörte. Das war schon seit jeher so gewesen, ganz gleich, ob sie nebeneinander auf der Veranda saßen oder telefonierten. Sie hatte aufgelegt und es hatte sich angefühlt wie ein Abschied für immer.

Die Wurzeln des Weltenbaums

Die Menschen klammern sich im Angesicht des sicheren Todes an ihr bisschen Leben. Sie können sich nicht mit dem Unvermeidlichen abfinden. Im Laufe der Jahre habe ich die Erfahrung gemacht, dass ihre Auflehnung aus drei Phasen besteht.

In der ersten kämpfen sie mit allem, was sie haben. Sie schlagen, beißen und kratzen, werfen einem Sand in die Augen, wenn möglich. Selbst wenn man ihnen eine Hand oder den ganzen Arm abschneidet, kämpfen sie verbissen weiter.

Danach folgt die zweite Phase, die ich Resignation nenne. Sie zerbrechen, geben sich und die Welt auf und scheinen sich in ihr Schicksal zu fügen. Doch das tun sie nicht. O nein, sie hoffen und ducken sich zum Sprung, wenn sich die Gelegenheit bietet.

Die dritte Phase leitet das unmittelbar bevorstehende Ende ein. Wenn sie begreifen, dass es keinen Ausweg mehr gibt, fangen sie an zu betteln und zu flehen. Sie bieten sich an, alles zu tun, um nicht zu sterben. Ich habe sie meine ungewaschene Fotze lecken lassen und sie haben es mit Genuss getan, weil ich versprach, dass sie danach gehen dürften, was eine Lüge war. Sie wussten es und taten es trotzdem.

Ich frage dich: Hat je ein Wolf ein Schaf aus Mitleid am Leben gelassen, obwohl es bereits blutige Flanken hatte? Es kommt vor, dass er mit der Beute spielt, doch gefressen wird das Schaf am Ende immer.

V.

Der Parkranger, den sie sich am Fuß des Devils Tower geschnappt hatte, hatte sie ausreichend gesättigt, sodass sie nun in die Höhle unter dem großen Felsen kriechen konnte. Wie eine vollgefressene Schlange mit ausgebeultem Körper, die satt war und vor Boshaftigkeit triefte, bewegte sie sich abwärts.

Vermutlich hätte sie wertvolle Stunden damit zugebracht, den verborgenen Eingang zur Höhle zu finden. Der dickliche Kerl mit dem roten runden Gesicht hatte es ihr unter dem Messer verraten, mit dem sie ihm die Finger abschnitt, um sie wie Snacks zu verzehren. Das Knacken der Knöchelchen zwischen ihren Zähnen hatte ihr einen wohligen Schauer beschert.

Sich selbst bepissend, hatte er ihr den Schlüssel gegeben, damit sie das Gitter aufsperren konnte, das man angebracht hatte, um leichtsinnige Touristen davon abzuhalten, in die gefährlichen Tiefen zu steigen. Oder – das konnte sie in seinen in Todesangst geweiteten Augen lesen – um etwas davon abzuhalten, herauszukommen und auf die Jagd zu gehen. Er hatte um den Schrecken aus der Tiefe gewusst, der Legende aus Fleisch und Blut, die die alten Indianerstämme fürchteten. Der vergessene Stamm, der unten in den Tiefen hauste, am Ufer des unterirdischen Sees.

Sein Herz und seine Leber hatten nicht sonderlich gut geschmeckt. Sein Schwanz war klein und ebenso runzlig wie seine Hoden, die ob der Angst winzig verschrumpelt waren. Den Rest hatten die Kojoten besorgt, die ihr schon geraume Zeit folgten.

Als sie aus dem Wald getreten war, hatte sie die Tiere zum ersten Mal bemerkt. Sie blieben auf Abstand, liefen parallel und nicht in der Absicht, sie anzugreifen. Vielmehr war es das getrocknete Blut auf ihrer Haut und –

was sie an die Schakale in Ägypten erinnerte – die Präsenz des Todes, die sie anzog. Sie waren die Wächter der finsteren Pforte und begleiteten die unter einer Kruste aus Dreck verborgene Göttin mit dem langen schwarzen Haar zu ihrem angestammten Platz.

Ihre dünnen Finger stießen das Gitter auf, das in den rostigen Scharnieren eine Warnung kreischte, besser nicht ins Dunkle zu gehen. Ihr Blick streifte mitleidslos das zusammengekauerte Bündel, das neben dem Eingang hockte und die Frau war, die der Ranger für Geld um den Felsen geführt hatte.

Der Trail ihres Lebens. Unvergesslich!

Ein schmales rothaariges Ding Mitte zwanzig, das sein Leben noch vor sich hatte. Ein paar harte Schläge hatten genügt, um ihren Widerstand zu brechen. Ein Stich mit dem Dolch in die Seite, damit sie nicht davonlief.

Lahm gestochen. Auf Gedeih und Verderb ausgeliefert ...

Die Wolken, die in ihrer Farbe mit der des Lochs wetteiferten, weinten bittere Tropfen, die schmierig-helle Linien auf ihre schmutzige Haut zeichneten und an Tränen der Verzweiflung erinnerten. Donner rollte wie eine Lawine den Felsen herab, der das versteinerte Gehölz des Weltenbaums war. Blitze zuckten im Licht des grauen Tages, der alles fraß, was Farbe war.

Als sie sich zu den Kojoten umdrehte, die von dem Menschenkadaver fraßen und an ihm zerrten, sodass sich seine Hände und Füße wie bei einer Marionette bewegten, rauschte Wind durch die Wipfel der Bäume. Er schüttelte sie durch, dass die Äste knackten wie spröde Knochen.

Ereškigal, welche die Herrin des Gemetzels war, strich sich eine klebrige Strähne aus dem Gesicht und richtete sich auf, den Mund zu einem bösen Lächeln verzerrt, die Augen funkelnd. Triumphierend reckte sie die Arme gegen den wütenden Himmel. Es war an der Zeit, die Worte zum Eintritt in die Unterwelt zu sprechen. »A'phopis im Süden. Ereškigal im Westen. Kiskil-Lilla im Osten. Aradat-Lilit im Norden. Die unersättlich verschlingende Finsternis. All das bin ich!«

Die Kojoten ließen von dem Leichnam ab, drehten ihr die Köpfe zu und legten sie in den Nacken, um zu heulen. Sturmwind peitschte um den unheiligen Felsen, jaulte in Kanten und Spalten, dass es sich anhörte wie geplagte, weinende Seelen.

»Ich komme über euch, die ihr dem Tod gefrevelt habt. Ich werde eure Gedärme herausreißen und es werden keine Kanopen da sein, um sie aufzunehmen, also werde ich sie verschlingen!«

Aus einiger Entfernung stimmten Wölfe in das Heulen mit ein. Weit oben, wo der Felsen endete, rotierte eine dunkle Wolke, die aus krächzenden Krähen bestand. Schwarz befiederte Leiber, die nach Aas und Augen gierten.

Aufrecht stand sie da, vom Wind umtost, die Arme gegen den wütenden Himmel gereckt, Messer in den Händen haltend. Ihre Stimme wurde zu einem Kreischen aus Nägeln auf Metall. »Eure Herzen sollen nicht wie üblich in den vertrockneten Körpern bleiben. Ich werde sie herausnehmen und fressen. Ich werde hinabsteigen ins Totenreich und das Verderben entfesseln. Das vergessene

Volk wird aus dem Allatum heraufsteigen und euch verschlingen, so wie es einst war und wieder sein wird, denn ich bin das Gestern, das Heute, das Ende aller Tage!«

Ein Blitz spaltete berstend einen Baum, der trotz des Regens brannte wie eine in Öl getränkte Fackel. Aus dem Wind wurde ein zerrender Sturm, aus dem Regen ein Wolkenbruch, der jeden Weg binnen Sekunden in Schlamm verwandelte. Der Kampf hatte begonnen. Ereškigal war zurückgekehrt und gefiel sich in ihrer Erscheinung wie in ihrem Namen.

***

Tief unten, in Ivys finsterem Gefängnis
Die Musik war verklungen, Ivys rauchig dunkle Stimme wie ein Hauch verflogen. Eine Einbildung, die verblasste. An ihre Stelle war ein Gong getreten, der weit entfernt in stets gleichem Rhythmus geschlagen wurde und Finsternis transportierte. Die Fingernägel tief in den Nähten des muffigen Stoffes gekrallt, hörte sie andere, die wie sie in den Tiefen ihres Geistes verloren waren. Wispernde dünne Stimmen, die von endloser Qual flüsterten.

Oder, was wahrscheinlicher – weil logischer – erschien, war, dass sie sich in einer Psychiatrie befand. Dass sie krank war und man sie weggesperrt hatte, um zu verhindern, dass sie – was auch immer – mit sich selbst oder anderen anstellte. Sie sah auf, weil ein Schatten das Licht, welches durch das vergitterte Fenster in der Tür fiel, für einen kurzen Moment verdunkelte.

»Du bist also die Neue!« Ein Hauch, der die Worte zu ihr trug. Eine dünne Stimme, dunkel in ihrem Klang, aber nicht blass in ihren Absichten. Sie trug Kälte mit sich, die in Ivys Zelle kroch, sich in den Wänden ausbreitete wie Frostblumen im ewigen Eis der Arktis. »Willst du denn gar nicht wissen, wo du dich befindest? Was mit dir ist?«

Natürlich wollte sie es wissen. Ivy tat einen zögerlichen Schritt auf die Tür zu, achtete aber darauf, den Kontakt zum rauen Stoff nicht zu verlieren. Die Fäden, so alt und stinkend sie auch sein mochten, gaben ihr Halt. Etwas stimmte jedoch nicht. War sie eben noch nackt, trug sie nun ein einfach geschnittenes weißes Kleid, das sie an ein altmodisches Nachthemd erinnerte. Es war wie sie selbst nicht mehr ganz sauber. Die Ränder waren ausgefranst und schmutzig. Es roch, als würde sie es schon lange Zeit tragen, tagsüber wie nachts, wenn sie schlief. Womöglich konnte sie sich nur nicht mehr daran erinnern, das Kleid angezogen zu haben, weil sie verwirrt war.

Die Hütte im Wald. Ein Bett, auf dem ich lag. Ein Mann, der meine Stirn kühlte …

»Courtsend«, flüsterte die kalte Stimme, um ihre Frage zu beantworten, bevor sie gedacht wurde. »Ein altes Gebäude aus roten Steinen, das sich gegen den Sturm stemmt, der das Wasser der Themsemündung ins Land drückt. Eine Psychiatrie, die es nicht geben dürfte, mit Insassinnen, die man auf Nummern reduziert hat …«

Also doch eine Klapsmühle, dachte Ivy, ihren Verdacht bestätigt wissend. Von plötzlicher Schwäche ergriffen lehnte sie sich an den Stoff, um in seinem Duft nach altem Schweiß zu versinken. Angst schnürte ihr die Kehle zu. Sie wollte raus ins Licht treten, in die Sonne lachen. Stattdessen war sie hier gefangen und wusste nicht, wie lang. War das bei fortschreitendem Wahnsinn etwa so, dass man jedes Gefühl für Raum und Zeit verlor?

»Sie werden mit ihren Spritzen und Messern und Bohrern zu dir kommen. Dich an den Stuhl binden, der mit seinen Drähten dein Gehirn zum Schmelzen bringt. Werden es öffnen und darin herumschneiden, bis nichts mehr von dir übrig ist. Womöglich einen Eispickel durch das Auge ins Hirn treiben, dass du nur noch lallst und sabbernd wippend auf der Bettkante sitzt.« Das Fenster in der Tür verdunkelte sich. »Es sei denn ...«

Hoffnung blitzte auf. Sie tat einen weiteren Schritt Richtung Tür. »Es sei denn, was?«

Ein kalter Hauch streifte ihr Gesicht, sodass sich die Härchen auf ihrer Haut aufstellten. »Es sei denn, du gibst dich deinem Wahnsinn hin und wirst eins mit der, die in dir wohnt!« Die Stimme erklang aus der Dunkelheit vor ihr. Das Licht erblühte jenseits des Fensters und offenbarte ihr die Sprecherin. Eine Frau, dünn wie sie selbst, mit mageren, langen Armen und dürren Fingern. Das Gesicht hungrig und schmal, die Augen dunkle Steine in blasser Haut, die von schwarzen Schlangen und Köpfen geziert war. Schwarzes strähniges Haar, das aus Krähenfedern bestand, die ihren Glanz verloren hatten, fiel ihr bis zu den Hüften.

Ivy wich zurück, bis sie den Stoff der Wand in ihrem Rücken spürte. »Wer bist du?«

Die Frau schien über ihre Frage nachzudenken. Ihre Brüste, die in etwa die Größe ihrer eigenen hatten, hoben sich unter gleichmäßigen, aber flachen Atemzügen. »An diesem Ort haben Namen keine Bedeutung«, erklärte sie mit Trauer in der Stimme. »Meine Eltern nannten mich Vanessa. Die Bedeutung des Namens ist das Pseudonym einer heimlichen Geliebten.« Sie sah zur Tür. Ivy kam das Profil von Vanessas Gesicht seltsam vertraut vor, weil …

Nein, das kann nicht sein. Es ist der Wahnsinn, die geistige Verwirrung, die mir das vorgaukelt!

»Hier in Courtsend«, fuhr Vanessa fort, »nennt man mich Dreizehn!« Die Unglückszahl spuckte sie verächtlich aus. Ihr Gesicht verhärtete sich zu einer Fratze des Hasses.

Ivy durchzuckte ein verrückter, sich unweigerlich aufzwängender Gedanke.

Du und ich, wir sind eins!

***

Zurück im vom Sturm umtosten Hier und Jetzt

Ereškigal griff der Rothaarigen ins Haar und riss sie grob auf die Beine. Sie packte sie am Hals und warf sie gegen den Felsen. Es gab einen trockenen Knall, wo ihr Hinterkopf auftraf. Die junge Frau wimmerte, ihre Augen waren groß und voller Tränen. Ereškigal lachte und stach ihr die Klinge ins rechte Auge, dass es platzte und auslief. Die Gequälte quiekte wie eine angestochene Sau, während das Schleimige aus dem Augapfel wie Rotz über ihre Wange lief. Sie brabbelte dabei wirres Zeug, das der bittern Wahrheit entsprach.

»Damit du nicht vergisst, wer hier führt und wer folgt!« Um ihre Worte zu unterstreichen, schnitt sie ihr in die Schulter. Der Stoff des weißen Shirts färbte sich sofort rot.

Die Frau schluchzte, holte schnatternd Luft, war kurz davor, die Besinnung zu verlieren. Ereškigal gab ihr zwei harte Ohrfeigen und trat zurück. »Wie heißt du?«

Die Frau hielt sich verzweifelt eine Hand auf das Loch, das ihr Auge hinterlassen hatte, und sah sie mit dem Verbliebenen angsterfüllt an. Zwischen ihren Fingern sickerte helles Blut hervor, folgte den Linien auf ihrer Haut. »Sue. Bitte, ich will nicht sterben.« Ihre Brüste hoben sich im schnellen Rhythmus ihres Atmens. »Werd nichts sagen, hab nicht gesehen! Wenn … Wenn ich … Was ich sagen will, ist …«

Ereškigal stieß die Klinge nach vorn, sodass diese wenige Millimeter vor Sues gesundem Auge verharrte. »Du wirst sterben, finde dich damit ab. Es liegt in deiner Hand, wie qualvoll es sein wird.« Sie führte die Klinge näher an das angstvoll geweitete Auge heran. »Und jetzt führ mich zum See oder soll ich dir erst eine deiner Titten abschneiden?«

Sie gab Sue einen derben Stoß, sodass sie in den Gang stürzte. Getrieben vom dunklen Schatten, der hinter ihr den Eingang verdunkelte, schaffte sie es sogar auf die Beine und lief, eine Spur aus roten Tropfen hinterlassend, tiefer hinein. Ihre zitternden Finger fanden die Taschenlampe an ihrem Gürtel und schalteten sie ein. Was Welt war, blieb nach der ersten Biegung zurück.

Ereškigal zwang Ivys geschundenen Körper hinab. Es fiel ihr schwer, sich aufrecht zu halten. Der Zerfall, der mit der Besessenheit einherging, schritt schnell voran. Bald würden die inneren Organe ihren Dienst verweigern, sich in Fäulnis auflösen und im eigenen Saft schwimmen. Die Haut – das größte Organ überhaupt – war ein Desaster aus Schnitten und Blutergüssen, übersät mit Wunden, die sich entzündet hatten und in denen Eiter blühte. Das Zahnfleisch blutete inzwischen ebenfalls permanent. Aber es blieb noch Zeit. Ereškigal wusste, dass sie es schaffen würde, Altes wiederherzustellen, bevor das Neue seinen Dienst versagte.

Die Luft im Felsen kühlte die regennasse Haut und ließ sie frösteln. Sie berührte mit ihren schwarzen Fingern die rauen Wände und hinterließ eine Spur aus knisternder Asche. Es ging tief in den Berg hinein und steil nach unten. Vor ihr tanzte der Lichtkegel der Taschenlampe in Sues Hand, huschte von einer Wand zur anderen, zur grob behauenen Decke und auf den Boden.

Sue schwankte wie eine Betrunkene, brabbelte unverständliches Zeug vor sich hin. Fetzen davon erzählten von ihren Freunden, ihrer Mum, um die sie sich mehr sorgte als um ihr eigenes, kümmerliches Leben. Sie waren im Streit auseinandergegangen, nach einer unangenehmen Aussprache über Männer, die Frauen sitzen ließen. Sie sprach mit Gott, der sie betrogen hatte, und nannte ihn einen Lügner. Ereškigal mochte den kupfernen Glanz ihrer Haare, der sie an die frühe Morgenröte in ihrer Heimat erinnerte.

Sie erreichten ein zweites, stabileres Gitter. Hinweisschilder warnten vor dem, was in der Tiefe lauerte, sprachen von Lebensgefahr und dass der Zutritt strengstens verboten sei. Ereškigal schlug Sue hart gegen den Rücken, sodass diese mit dem Gesicht ans Gitter knallte und stöhnend davor zusammensank. »Aufmachen! Sofort!«

Sue klammerte sich an die Stäbe, zog sich daran hoch. Sie spuckte Blut, weil ihr beim Aufprall ein Zahn abgebrochen war. »Bitte …«

Ereškigal trat ihr in den Rücken. »Aufmachen, oder ich schneid dir den Kopf ab!«

Sie fand es faszinierend, wie viel Überlebenswille in der verletzten Frau steckte. Wie sie sich in der Hoffnung, das Unvermeidliche doch noch abwenden zu können, an den mit feuchtem Dreck verklebten Stäben nach oben zog und den Schlüssel ins Schloss steckte und ihn drehte.

Knirsch – knirsch.

Sie wusste, die Frau würde bald den Punkt erreichen, an dem sie das Unvermeidliche begreifen und sich weigern würde, fortzuschreiten. Dann fing das Flehen und Jammern und Weinen an. Das Betteln um ein wenig mehr Lebenszeit. Die Umkehrung des Schreckens, das Wegreden des Todes. Ereškigal verachtete dieses Beharren auf ein schlagendes Herz. Die Feigheit, sich daran zu klammern, als würde es die Ewigkeit bedeuten. Die Menschen hatten kein Recht darauf, denn alles, was ihnen geschenkt wurde, war für einen Wimpernschlag aus den Äonen der Zeit geliehen. Sie hingegen war die göttliche Unendlichkeit. Die sich selbst verschlingende Schlange Ouroboros, ohne die es weder das Gestern, das Heute, noch das Morgen gab.

Sue stand als Symbol der überheblichen Menschen, die den Glauben an die Unendlichen verleugneten, sich der Göttlichkeit verweigerten. Sie lehnte schwer atmend an der klammen Wand, drückte sich die Hand auf die blutende Wunde in ihrer Seite und starrte sie aus dem verbliebenen Auge in einer Mischung aus abgrundtiefem Hass und ungläubiger Trauer an.

Ereškigal gab ihr einen Tritt, der sie auf den Boden beförderte. Einen in die Seite, in der sich die Wunde befand. Das Fleisch, denn nichts anderes war die Frau in ihren Augen, nahm die Tritte nahezu lautlos hin. Sie fügte sich in ihr gottgegebenes Schicksal.

Sie ging an Sue vorbei und betrat den Schacht dahinter, der eine von Menschen in den Stein gemeißelte Röhre war. Älter als der Gottessohn der Christen, den sie Messias nannten. Sie schloss die Augen, legte den Kopf in den Nacken und atmete die nach feuchtem Moos schmeckende Luft ein. Ließ sich von ihr umwehen, ihren gestohlenen Körper vom Hauch umschmeicheln, der auf schräge Art heilend wirkte. Die vergessene Welt umarmte sie mit ihrem schalen Odem.

Willkommen, Ereškigal, Herrin der Unterwelt Kurnugia. Die Wurzeln des Weltenbaums, welche das Allatum sind, erwarten dich, wisperte der Wind aus der Tiefe.

Zufrieden lächelnd drehte sie sich zu der Rothaarigen um und riss sie an den Haaren zu sich heran, um sie vor sich her in den abwärts führenden Gang zu stoßen. »Wisse, ich bin die Herrin des Schreckens, Königin der finsteren Länder, Herrin des roten Blutes und der gedeihenden Schlachtbank, die von Innereien lebt. Du bist das Opferlamm, dessen Blut ich saufe!«

Schluchzend setzte sich das verletzte Bündel Mensch in Bewegung und folgte dem Gang, der nach der ersten Biegung in eine natürliche Höhle überging. Sie hatte

Ereškigals Prophezeiung verstanden und dennoch begehrte sie nicht auf.

Der Weg weitete sich zum Spalt, viele Meter hoch, aber nur einen breit. Der Boden war feucht und mit rutschigen Algen bewachsen. Es ging eine halbe Stunde stetig – ohne Verzweigungen oder Kurven – bergab. Die Wände waren bemalt. Es waren archaische, in einfachen Strichen auf den Stein gemalte Szenen, welche die Jagd auf einen Bären beschrieben. Das Tier stand aufrecht da, die Pranken erhoben, umringt von Männern mit Speeren, die Indianer waren.

Je tiefer sie stiegen, desto düsterer und bizarrer wurden die Zeichnungen, über die der Lichtkegel der Taschenlampe huschte. Die Linien wirkten härter und schwarz war die einzige Farbe, die dafür verwendet wurde. Hier war ein Wald mit dürren, abgestorbenen Bäumen. Dort ein Haufen Knochen, bedeckt mit Ruß. Ein Berg, nein, eher ein Stumpf, welcher der Devils Tower war. Wolken, aus denen schwarzer Regen fiel. Der Abdruck einer roten Hand, feucht und glänzend.

Ereškigal schnaubte wütend, verpasste der Frau, die sich am Felsen abstützte, einen harten Stoß in den Rücken. »Lauf weiter und betatsch nicht die Wände, sonst schneid ich dir die Hände ab.«

Der Lichtstrahl stach in glitzernde Schwärze. Nach einer letzten Biegung wichen die Wände zurück und weiteten sich in einen gigantischen Felsendom, groß genug, dass das Licht die andere Seite nicht fand. Sie hatten den unterirdischen See erreicht. Das tote, finstere Wasser schillerte wie altes Öl.

An seinen Ufern war der Boden grau und mehr Staub als Sand. Bleiche Knochen lagen überall verstreut herum. Mal einzeln, halb vergraben, andere in sauber aufgeschichteten Haufen. Daneben verrottete Kleidungsstücke, auf denen weißer Schimmel blühte. Altmodisch wie modern und achtlos hingeworfen, oft zerrissen und voll von dunklen Flecken. Selbst Schuhe und Stiefel, alles von schmierig grauem Pilz bedeckt. Darüber erhob sich die mächtige Kuppel aus in sich verwundenem, versteinertem Geflecht, das von unten betrachtet Wurzelwerk glich oder einem düsteren Himmel, aus dem erstarrte Tentakel ins trübe Wasser fischten. Beides war möglich und nichts auszuschließen.

Sie packte das Menschenbündel am Kragen und zog es hinter sich her, bis sie das Ufer erreichten. Dort ging sie nach links und um den See herum. Im ölig glucksenden Wasser schwamm altes Holz, das aussah, als hätte man es erst kürzlich aus einem Feuer gezogen und aus Spaß in die Brühe geworfen. Es passte zu den Spuren bloßer Füße im feuchten Sand, die frisch waren. Und das, obwohl beide Gittertüren verschlossen waren.

Ereškigal lächelte still in sich hinein, als sich in der Dunkelheit im Wasser stehende Pfähle abzeichneten, die dick waren wie die Körper kräftiger Männer. Am Ufer stand ein rechteckiger, tischhoher Stein mit grob behauenen Kanten. Um ihn herum standen dünne Holzpfähle, deren obere Enden mit Lumpen umwickelt waren. Sie stieß die Rothaarige darauf zu und hob ein paar schimmlige Gürtel aus dem Dreck.

Ereškigal hob in einer nebensächlich wirkenden Geste die Hand und die provisorischen Fackeln entzündeten sich knisternd. »Dies ist also der Ort, an dem du sterben wirst, Menschenfrau.«

Krähen

Nachdem sie in mich gefahren und die hohen Herrschaften dem heißen Blei zum Opfer gefallen waren, versteckte man mich auf einem Karren unter einem Berg ausblutender Leichen. So entkam ich den Männern mit den Gewehren.

Ein Gewitter zog übers Land. Die blutgetränkte Kleidung der Leichen sog sich voll und wusch das Blut heraus. Es floss über mich hinweg und durch die Ritzen des Karrens. In jener Nacht habe ich das erste Mal Blut von Menschen gekostet. Am nächsten Morgen folgte das mürbe gewordene Fleisch, das bitter schmeckte.

Die Gesichter habe ich vergessen. Krähen hockten in den Bäumen, schüttelten das nasse Gefieder und krächzten ihr heißeres Lied. Und heute, jenseits des Todes, bin ich selbst zur Krähe geworden und singe mein dissonantes Lied vom Verderben ...

V.

Eine Weile war nichts zu hören als das Knacken der Zweige unter den Stiefeln, das Hecheln der Hunde und das angestrengte Atmen der Männer. Bald mischten sich die ersten Regentropfen hinzu, fielen schwer und fett auf die Blätter, stoben auf Nadelzweigen auseinander, um wie Nebel auf sie herabzufallen. Der Himmel war von düsteren Wolken bedeckt, aus denen es verhalten grummelte. Sie waren tief in den Wald eingedrungen und zu Störenfrieden der Stille geworden. Die Hunde führten sie einen steilen Hang hinauf und herunter, wo ein mit feinem Nebeldunst verhangenes Tal lag.

Claire hatte sich zurückfallen lassen und bildete die Nachhut der Gruppe. Kurz bevor sie die Kuppe erreichten, hatte sie gehört, wie sich die Männer über sie unterhielten. Deputy Einfältig mit Aushilfscop Hinterwäldler. *»Geiler Arsch.« »Zu heiß für eine Nonne.« »Nette Titten unter dem Kleid.«* Und: *»Die hat sicher Haare auf den Zähnen.«* Das übliche dumme Gerede eben, das junge Männer von sich gaben, wenn sie sich ungestört wähnten. Sie hätte etwas sagen sollen, ganz sicher sogar. Den Männern, die immerhin für das Gesetz standen, einen verbalen Einlauf verpassen, doch sie ließ es gut sein. Womöglich war es das letzte Gespräch, das die beiden in dieser Art in ihrem langweiligen Leben führen würden.

Scheiß drauf!

Der Abstieg ins Tal wurde vom Krächzen von Krähen begleitet, die sie nicht sehen konnten. Sie hörte ihr aufgeregtes Geflatter, das Hacken ihrer starken Schnäbel. Die Dunstschwaden schmeckten klebrig, erinnerten an Spinnfäden, in die man manchmal beim Spazierengehen hineinlief. Auf unmerkliche Weise verlangsamte es ihre Bewegungen. Claire fröstelte trotz der feuchten Wärme. Hier war etwas faul.

Zu dem Lärm der Krähen gesellte sich das Summen von Fliegen. Einer Unmenge davon. Es erinnerte sie an einen lang zurückliegenden Sommer, als sie noch klein war. Campingwochenende im August. Der Kadaver einer Katze im Gebüsch, bedeckt von grün und blau schillernden Schmeißfliegen. Es hatte fürchterlich gestunken. Auch hier stank es. Säuerlich, nach Exkrementen und süßlich, nach faulem Obst. Die Männer liefen langsamer. Ihr Atmen änderte sich wie ihre Worte, die jetzt verhaltener klangen. Sie flüsterten, obwohl es keinen Grund dazu gab. Die Hunde reagierten auf etwas, das sie noch nicht sehen konnten, aber witterten. Sie hechelten aufgeregt. Einer knurrte sogar. Speichel tropfte ihnen zäh aus den Lefzen.

Weil sie Blut riechen!

Kurz darauf tauchten sie in das zerstörte Zeltlager ein, das am Bachufer lag und sich in ein Schlachtfeld verwandelt hatte. Krähen hockten wie schwarz gefiederte Schatten auf rot schimmerndem Fleisch, die Köpfe nass vom Blut, die Schnäbel tropfend. Protestierend breiteten sie ihre Flügel aus und stoben als rauschende Wolke auseinander, um sich auf den Zelten und umstehenden Bäumen niederzulassen und sie zu beobachten. Die Gesichter der Deputys wurden lang und bleich, einer erbrach sich neben einem Busch. Claire wusste nicht, ob es dieser Delaware oder Bowman war. Es war ihr egal. Der bärenhafte Dale hatte alle Hände voll zu tun, die Hunde vom blutigen, fliegenumschwirrten Menschenfleisch fernzuhalten. Cockburn stand mit hängenden Schultern da und schüttelte den Kopf. Ein Hauch von Mitleid stahl sich in ihren Geist.

Als sie aus dem Nebel in die Szenerie tauchte, kniete Vater Marcus neben der Leiche, die aufgrund der Brüste als Frau zu identifizieren war. Ihr Körper war aufgebrochen, das Fleisch von den Schnäbeln der Krähen zerhackt. Dennoch konnte sie die in die bluttriefende Haut eingeritzten Zeichen gut erkennen. Dicht geschriebene Reihen, die vom Scheitel bis zu den Zehen reichten. Um das Loch – wo das Herz gewesen war – wand sich eine Schlange, die sich selbst in den Schwanz biss.

»Ouroboros«, flüsterte Marcus heiser und ohne zu ihr aufzusehen. »Der Selbstverzehrer. Eins ist alles ...«

Claire schluckte die bitteraufsteigende Abscheu hinunter, zwang sich dazu, langsam und tief zu atmen. »Ist mir bekannt. Tutanchamun. Erste Erwähnung. Bei den Skandinaviern als Midgardschlange. Bei den Hindus ebenfalls. Und im Garten Eden, als Schlange, die den Apfel reicht.«

Marcus sah auf, erhob sich schwerfällig mit knackenden Knien. »Die Allgegenwärtigkeit der Verlockung des Todes, Schwester Claire.« Er zeigte auf Brust und Gesicht der Leiche. »Aber das hier ist eindeutig ägyptisch.«

Claire war sich dessen nicht sicher. »Soll das bedeuten, dass die Herrin des Gemetzels nun die Oberhand hat und auf der Scheißdämonenleiter nach oben klettert?«

Marcus schüttelte den Kopf. »Sie steht in der Hierarchie weit oben. Höher, als Satan je steigen könnte. Ob sie sich nun Ereškigal, Herrin des Gemetzels, Schlangengöttin, Allatum oder sonst wie nennt, es ist ein und dieselbe Wesenheit. Nicht göttlich, aber verdammt nah dran.« Er drehte sich im Kreis, sein Finger wanderte von der Frauenleiche zu den zerfleischten Überresten eines Mannes bis hin zu dem knienden Jungen. »Sie hat ihre Seelen gefressen, um sich zu nähren, und das ist überhaupt nicht gut.«

Cockburn, der vor dem Jungen mit der durchgeschnittenen Kehle stand, schnaufte schwer. »Welcher Mensch ist zu so etwas imstande?«

Claire trat zu dem alten Mann hin und legte ihm sanft die Hand auf die Schulter. Es tat ihr leid, dass er dieses Dilemma so kurz vor der Pension noch miterleben musste. »Kein Mensch, Sheriff, sondern etwas abgrundtief Böses, das Ivy Goods Körper missbraucht.«

Cockburn hob bedrückt die Schultern, den Blick weiterhin auf die Leiche gerichtet. »Macht das denn noch einen Unterschied?«

Claire schüttelte den Kopf. »Wenn Sie mich fragen, Nein.«

Selbst wenn sie den Dämon aus dem armen Mädchen treiben konnten und sie das Prozedere halbwegs unbeschadet überlebte, würde sie sich vor den weltlichen Gerichten wegen der Morde verantworten müssen. Das bittere Ende von Ivy Goods Weg war die Hinrichtung, denn in South Dakota wurde bei besonders schweren Delikten die Todesstrafe verhängt.

Vierfacher Mord. Todeszelle. Giftspritze. Besser für sie, wenn sie bei der Austreibung draufgeht, dachte Claire zerknirscht. Die Chancen dafür standen gut. Der Dämon hatte die Kontrolle über ihren Körper erlangt. Ivy steckte sicher noch in ihrem Fleisch, aber konnte sie sich dort auch behaupten?

Claire drehte sich zu Cockburn und seinen Männern um und stöhnte auf. Die Dornen des Stacheldrahtgürtels bewegten sich in ihrem Fleisch wie eiserne Würmer.

Cockburn entging ihre steife Haltung keineswegs und er setzte eine besorgte Miene auf. »Alles in Ordnung, Schwester?«

»Wir sollten uns beeilen«, antwortete Claire seine Frage ignorierend. Er würde es nicht verstehen. Niemand tat das. »Wie weit ist es noch bis zum Devils Tower?«

Cockburn, der gerade einen Funkspruch abgesetzt hatte, damit jemand hier raufkam und sich um die Leichen kümmerte, nickte in Richtung des Hügels jenseits des Bachlaufs. »Dort hinauf, hinter den Bäumen. Wenn nicht so'n Scheißwetter wär, würden wir ihn vermutlich sehen.« Der Sheriff zog den Hut ab und wischte sich den Schweiß von der Stirn. Sein grimmiger Blick richtete sich auf die düsteren Wolken, in denen sich ein mächtiges Gewitter zusammenbraute. »Keiner sollte bei diesem Mistwetter hier draußen sein, Ma'am.«

»Sparen Sie sich das Ma'am, Sheriff. Sie sollten besser dankbar dafür sein, dass wir mit Ihnen hier sind.«

Cockburn runzelte die Stirn, bedachte sie mit einem langen Blick. »Das Problem mit euch Stadtleuten ist, dass ihr euch 'nen Dreck auskennt in den Wäldern. Das Wetter über uns zum Beispiel, das wird 'ne üble Nummer. Der Felsen wirkt wie ein riesiger Magnet. Er zieht die Blitze an.«

»Steht Ihnen frei, umzukehren, wenn Sie Schiss haben«, meinte Vater Marcus aus dem Hintergrund, während er eines der Zelte untersuchte. Er sah zu dem alten Sheriff auf. »Ich könnte es verstehen und unter uns gesagt, es wäre alles andere als feige. Denn das, was uns dort oben erwartet, ist weitaus schlimmer als ein verdammtes Gewitter.«

Cockburn setzte sich den Hut auf, winkte ab und ging zu seinen Deputys, die ihm die blutverschmierten Führerscheine der Toten gaben. Der Sheriff rieb mit dem Daumen über die Bilder und musterte die Gesichter. Er drehte sich zu Claire und Marcus um und streckte ihnen die Plastikkarten entgegen. »Das hier verbietet es mir aufzuhören. Wir sind es diesen armen Leuten schuldig weiterzumachen.« Er lachte bitter. »Und außerdem, ihr Stadtmenschen würdet den Eingang zu den Höhlen doch ohne uns niemals finden!«

Claire atmete auf. Was sie auch dort oben in den Felsen erwartete, sie würden um jede Hand und jede Waffe dankbar sein.

Gott hat euch auserwählt, ihr wisst es nur noch nicht ...

Über ihr im Baum hockten die Krähen mit ihrem nassen, blauschwarz glänzenden Gefieder. Schüttelten ihre vom Regen schweren Flügel, beäugten die Menschen mit ihren kleinen, wie Brunnenwasser schimmernden Augen.

Einer der Deputys, es war Delaware, schraubte eine Thermoskanne auf und goss dampfenden Kaffee in einen orangefarbenen Plastikbecher. Er reichte ihm dem Sheriff, der daran nippte und ihn an die anderen weiterreichte. Wie Jäger, die zwischen ihrer blutigen Beute standen.

Der hünenhafte Dale kniete neben seinen Hunden und kraulte ihr nasses Fell. Die Augen der Tiere waren auf das Fleisch gerichtet.

Eine Krähe schüttelte ihr tropfendes Gefieder, plusterte sich auf und krächzte. Ihre Knopfaugen waren auf Claire gerichtet, die dachte, ihr eigenes Spiegelbild darin zu erkennen. Eine Veränderung ging mit ihnen vor, langsam und schleichend, nicht aufzuhalten. Die Saat des Bösen, die aus dem blutgetränkten Boden atmete und alles vergiftete, was sich auf ihm befand.

Sie weiß alles, sieht uns durch die Augen der Totenvögel.

Die Krähe drehte ihren Kopf, legte ihn schief, als hätte sie Claires Gedanken gelesen.

Wer wird sterben und wer überleben?

»Niemand«, krächzte die Krähe höhnisch und flog davon.

Hass ist besser als Verzweiflung

Jeder braucht eine Zuflucht, einen Ort, an den er sich zurückziehen kann. Auch ich. Allerdings ließ sie mir keine Wahl, sondern pferchte mich nach dem Tod in die Psychiatrie auf Foulness Island. Es ist Nacht und regnet. Der Sturm tobt vom Meer kommend gegen die Küste, dass das Gebäude erzittert. Und alle sind sie noch da, die Wahnsinnigen wie die Normalen.

Aber das ist gut so, denn ich verzehre mich nach den Elektroden an meinem Kopf, den Strom, der mein Hirn zum Kochen bringt. Ich liebe die mit Eis gefüllte Badewanne, die vor Rost kaum noch stehen kann. Den hart aufgedrehten Wasserstrahl, die Knüppel der Pfleger, die meine Knochen brechen. Den aufgezwungenen Schwanz in meinem Mund, der mir in den Rachen ejakuliert.

Auf diese Weise sterbe ich jede Nacht erneut, nur um in der nächsten alles nochmals zu durchleben.

V.

Ihr Geist driftete davon. Trieb im Sog der Unendlichkeit. Womöglich hatte sie geschlafen, doch erholt hatte sie sich nicht. Die Dunkelheit war erfüllt vom Jammern alter Weiber. Vom Weinen der Jüngeren, die noch Hoffnung hatten an diesem deprimierenden Ort.

Selbst das Meer brandete traurig und verzweifelt gegen die felsige Küste im vergeblichen Bemühen, zu verschlingen, was sich Land nannte. Das Wasser bestand aus salzigen Tränen, aus Hoffnungslosigkeit vergossen, das Ufer nicht findend.

Ivy versank in einer tiefen Depression, stärker, als sie es je erlebt hatte. Es hatte keinen Sinn, sich gegen das

Unvermeidliche aufzulehnen. Besser in der Endlosigkeit aufzugehen wie eine Träne im heißen Sommerwind.

NEIN!

Ein plötzliches Aufbegehren rettete sie aus der tödlichen Lethargie, welche die Selbstaufgabe letztendlich bedeutete.

Alles ist endlich und das hier ist nichts weiter als eine beschissene Illusion, in die mich die Schlampe gestoßen hat, die in meinem Geist sitzt wie eine dicke fette Spinne.

Ich will leben!

Alt werden mit Seth.

Die Liebe besiegt den Tod, wie's in den beschissenen Märchen halt ist.

Ivy schloss die Augen und löste ihre Fingernägel aus dem Stoff, der bisher ihr einziger Halt vor dem drohenden Wahnsinn war. Wenn sie ihre Liebe retten wollte, musste sie diesen Ort verlassen, an dem man die gepeinigten Seelen zum Vergessen wegschloss.

Sie lief zur Tür, wo das scheue Licht durch das fettschmierige Fenster sickerte und von wo die fremde Frau zu ihr gesprochen hatte. Ihre nackten Füße versanken im gepolsterten Boden. Ivy dachte an feuchten Sand an einem stürmischen Strand. Sie berührte sie auf zaghafte Weise, weil das mit rauem Stoff bespannte Holz die Macht besaß, sie auf ewig wegzusperren. Oder sie einzusperren, in der düsteren Welt der Psychiatrie, die Courtsend ohne Zweifel war. Im jenseitigen Flur erklangen Geräusche wie ein Fluch aus dem Mund einer alten Hexe.

Es erklangen die Schritte von schweren Männern, die sich leise unterhielten. Einer lachte verhalten, klimperte mit einem Schlüsselbund. Es folgte ein kurzer Moment der Stille. Das Knirschen eines Schlüssels, der sich ins Loch bohrte und sich drehte, um die Tobzelle aufzuschließen.

Ivy keuchte, weil sich die schwarze Spinne um ihr Gehirn krallte, die Beine aus Angst vor dem Unvermeidlichen krümmte. Unerbittlich grimmiger Schauer ließ sie fröstelnd bis an die Wand zurückweichen.

Die Tür schwang nahezu lautlos auf. Zwei dunkle Umrisse, die Männer waren, standen im sich in die Tobzelle ergießenden Licht. Drinnen duckten sich die Schatten und ließen Ivy schutzlos zurück.

Was wird es sein, das Unvermeidliche? Was wollen sie von mir? Mich holen, um mich zu quälen, so wie es Dreizehn prophezeit hat?

Der eine Mann war gedrungen, aber massiv gebaut und hatte einen kahl rasierten Schädel, der rund war und ohne Hals auf den Schultern hockte, wie es bei einer Bulldogge der Fall war. Seine Nase war breit und lag flach zwischen dem wulstigen Mund und kleinen, eng stehenden Augen in seinem Gesicht. Der andere war groß und schmal und hatte das Gesicht einer Ratte, das mit nervös flatterndem Blick Hinterhältigkeit versprach. An den Hosengürteln ihrer weißen Pflegeranzüge waren hölzerne Knüppel befestigt, deren Holz grau war und am oberen, verdickten Drittel von Flecken dunkel verfärbt, was ihnen ein obszönes Aussehen von altmodischen Dildos verlieh.

Blut, dachte Ivy, *das sind Blutflecke*. Ein Umstand, der ihr Befinden nicht verbesserte. »Geht weg«, flüsterte sie, obgleich sie wusste, dass die Männer ihrem Flehen nicht folgen würden. Sie waren gekommen, um sie zu holen.

Bulldogge warf ihr eine weiße, mit Schnallen besetzte Jacke vor die Füße. Der Stoff war abgenutzt und an den Rändern ausgefranst und braun, wie es auch das Nachthemd war, das sie trug.

»Anziehen!«

Ivy sah auf das Bündel, schob es mit dem Fuß von sich. Sie würde einen Teufel tun und in eine Zwangsjacke schlüpfen. »Fick dich«, knurrte sie den Mann an und bereute es sogleich wieder. Die Arme vor der Brust verschränkend wich sie in den Winkel des Raums zurück, der noch dunkel war.

Die Bulldogge kicherte hämisch und zog den Schlagstock aus der Halteschlaufe. »Ich hatte gehofft, dass du das sagst!«

Als die beiden die Zelle betraten und den Schatten durchquerten, verwischten für einen kurzen Moment ihre Konturen. Die Gesichter wurden grau und eingefallen, die Augen bleich und ohne Leben. Ihre Haut fleckig, an manchen Stellen aufgeplatzt und mit eitrigem Wasser gefüllt, in dem kleine weiße Würmchen schwammen.

Im Licht verblasste die Vision des Zerfalls. Männer mit Knüppeln drangen auf Ivy ein, die in einer hilflosen Art von verzweifelter Gegenwehr die Arme nach oben riss, um ihr Gesicht zu schützen. Das Holz hämmerte gegen ihre Unterarme, verursachte Schmerzen wie giftige Schlangen, die durch ihre Venen zuckten.

Aber war es nicht so, dass dies ein Ort des Geistes war, wo es keine Schmerzen geben kann, weil ich keinen Körper besitze?

Oder bin ich nur eine weitere Verrückte in der Klinik am Ufer der tosenden See?

»Auf die Knie mit dir, Fotze!«, kreischte Ratte mit schriller Stimme, die in ihren Ohren schmerzte.

Ivy strauchelte, prallte von den Schlägen getrieben an die Wand. Bulldogge schlug ihr in den ungeschützten Bauch, sodass sie von Atemnot getrieben nach vorn kippte. Die Ratte hatte nur darauf gewartet und hämmerte ihr das harte Holz auf den Scheitel. Ivy sah grelle Blitze und klappte zusammen.

Die Bulldogge kniete sich hin und riss sie an den Haaren in eine sitzende Position, während die Ratte ihre erschlafften Arme in die engen Ärmel der Zwangsjacke stopfte. Dass er dabei ihre Brüste streifte, schien kein Zufall zu sein. Bulldogge lachte rau, als Ratte ihre Arme an den überlangen Ärmeln nach hinten zog und die Schnallen an den Enden der ledernen Riemen festzurrte.

In der fiesen Art eines Eckenstehers lächelnd packte er Ivy am Hals und drückte fest zu, dass sie glaubte, zu ersticken. »Du lernst es nie, was? Kapierst du nicht, dass es besser ist, zu tun, was wir verlangen? Aber glaub mir, das begreifst du noch, du dämliches Stück Scheiße!«

Ivy, die mit der Ohnmacht um die Vorherrschaft rang, schaffte es kaum, ihre flackernden Lider zu öffnen. In der Jacke den Männern hilflos ausgeliefert, blinzelte sie den roten Schleier in ihren Augen weg, der Blut war, das aus ihrem aufgeplatzten Scheitel sickerte. Der Schlag auf den Kopf hatte ihr eine ordentliche Platzwunde verpasst, was sie erneut daran zweifeln ließ, dass sie sich nur vor dem bösen Geist in eine dunkle Kammer ihres Verstands geflüchtet hatte.

Er sprach davon, dass ich es nie lernen würde, als würde er mich schon lange Zeit kennen, was aber unmöglich stimmen kann ...
Oder doch?

Ivy kam in einem Zustand absoluter Wehrlosigkeit zu sich, auf Knien und ans Licht gezerrt, den ausgebeulten Schritt des bulligen Pflegers vor Augen. Sie roch den dumpfen Schweiß, der bitter aus seiner Hose stieg. Sie ruckte mit den Armen, versuchte, sie anzuheben und über den Kopf zu streifen, was ihr aufgrund der Schlaufen, mit denen die Ärmel auf Hüfthöhe festgezurrt waren, misslang. Ivy schnappte nach Luft, konnte aber nur flach atmen, weil die Jacke zu eng geschnallt war und ihren Brustkorb einengte. Ihre Lage war schlichtweg aussichtslos.

Das Nachthemd war hochgerutscht, der Stoff entblößte ihre blassen Beine, die schmutzig waren, als hätte sie sich in Asche gewälzt.

Die Bulldogge blickte gering schätzend auf sie herab. »Gefällt dir, was du siehst?«

Ivy sah auf, antwortete aber nicht und bekam dafür von der Ratte den Knüppel ins Kreuz. »Der Mann hat dich was gefragt, Dreckfotze!«

Die Wucht drückte sie nach vorn, mit dem Gesicht direkt in den stinkenden Schritt, der hart war wie das Holz, das sie als Stichflamme im Rückgrat spürte.

Bulldogge griff ihr mit seinen dicken, von Schwielen bedeckten Fingern ins Haar und bog ihr den Kopf in den Nacken, dass ihr Genick knackte. »Wenn ich will, dass du meinen Schwanz lutschst, machst du's Maul auf und erledigst deinen Job. Und wenn du damit fertig bist und alles schön geschluckt hast, bedankst du dich bei mir, verstanden?«

»Fick dich, Arschloch!«, spuckte sie ihm entgegen. Sie war gefesselt, geschlagen und in einer verdammt üblen Position, aber gebrochen war sie deswegen nicht. Es gab noch Hoffnung, dass sie erwachen würde und dieser beschissene Albtraum vorbei wäre.

Die Pfleger wechselten einen schnellen Blick. Ratte legte von hinten seinen Arm um ihren Hals und drückte erbarmungslos zu. Mit der anderen Hand riss er ihren Kopf an den Haaren zurück, sodass sie zwangsläufig den Mund öffnen musste.

Bulldogge hatte nicht vor, ihr seinen Schwanz in den Mund zu schieben. Stattdessen zwängte er den Griff des Knüppels zwischen ihre Zähne, dass sie glaubte, gleich würde ihr Kiefer brechen. Das Holz schmeckte nach dem Handschweiß des Mannes. Dumpf wie ungewaschener Schritt.

Ivy bekam schlagartig keine Luft mehr, würgte und schmeckte bittere Galle. Sie warf sich in der Jacke hin und her, doch Rattes Griff war zu stark.

Lachend bewegte Bulldogge den Knüppel und fickte mit dem abgegriffenen Holz ihren Mund. Bitterer Speichel rann ihr aus den Mundwinkeln, bildete sämig-weiße, zähe Fäden, die ihr das Kinn hinabliefen.

Zähne oder Kiefer, eins davon würde gleich dem Druck nachgeben und brechen. Das alles erinnerte Ivy an einen Deep Throat, den eine Pornodarstellerin dem

Schwanz eines Typen verpasste. Fäden ziehend glitt das harte Fleisch aus ihrem Mund und wieder hinein. Würgend lutschte sie weiter und zog sich dann zurück, um sich ins Gesicht spritzen zu lassen. Oder war es gallertartige ausgewürgte Galle, die sie ausspuckte?

Ratte holte sich ihre Aufmerksamkeit, indem er ihr übers und ins Ohr leckte. Sein Atem war heiß, roch nach Zahnfäule, Kaffee und Zigaretten.

Aus den Winkeln ihrer verdrehten Augen sah Ivy, dass sich Bulldogge grunzend an den Knöpfen seiner Hose zu schaffen machte, während er ihren Mund aufs Übelste mit dem Knüppel fickte.

Ein Schatten verfinsterte für einen Augenblick die Tür, ein Geruch von Rosen wehte in den Raum. Nein, keine Rosen, eher etwas Künstliches, das wie Rosen duften wollte, aber viel zu ordinär dafür war.

»Ich glaube nicht, dass der Doktor das gutheißen würde!«, verkündete die Krankenschwester, die mit einem süffisanten Lächeln die Tobzelle betrat.

»Obgleich ich es gern sehen würde, wie die verdammte Drecksschlampe deinen fetten Schwanz bläst.« Der Kittel, der gleichzeitig ihr Kleid war, schien Ivy einen Tick zu kurz, die Schuhe dafür viel zu hoch.

Es ist mein kranker Geist, der diese Abziehbilder eines Pflegepersonals generiert. Alles ist falsch ...

Die Schwester ging neben Ivy in die Hocke und leckte sich die kirschrot geschminkten Lippen. Die unter dem Häubchen hochgesteckten Haare schimmerten in dem spärlichen Licht, das in der Zelle herrschte, viel zu golden. Und sie stank, das konnte das billige Rosenparfüm nicht verbergen. Ivy dachte in ihrer Verzweiflung an vergammelten Fisch, was die Brücke zu etwas Totem schlug, denn genau danach roch diese Frau: Nach Tod!

Die Finger, mit denen die Schwester die Hose der Bulldogge öffnete, waren dünn und fahl, in den Gelenken schwarzfleckig. Die ehemals langen Nägel abgebrochen, der rote Lack gesplittert.

Ivy bäumte sich trotz des Holzknüppels in ihrem Mund auf und tat sich schrecklich weh damit, ohne jedoch etwas zu bewirken. Sie wollte raus aus dieser Anstalt, oder, was wahrscheinlicher war, aus dem düsteren Loch, welches sich in ihrem Kopf aufgetan hatte, um sie in den Wahnsinn zu treiben.

Der Schwanz der Bulldogge sah aus wie eine fette, verdorbene Wurst, von der sich die Pelle schälte. Die lila geschwollene Spitze wurde von einem Eitertropfen gekrönt, den die Schwester genüsslich ableckte. Schmatzend saugte sie den Rest des Schaftes ein, wobei sich beim Lutschen die Haut gänzlich vom aufgeschwemmten Fleisch löste.

Ivy wurde bitterelend. Der Vergleich einer Weißwurst drängte sich ihr auf, weil man von der die Haut abzuzelte. So nannte man das: Zuzeln!

Eine Wurst, die im Wasser gekocht, tagelang vor sich hin gammelte und so zur bleichen Wasserleiche wurde. Der Würgereflex wurde nicht mehr von dem Holz in ihrem Mund ausgelöst, sondern von einer allumfassenden Übelkeit, allein durch die Vorstellung des Geschmacks des halb verfaulten Geschlechtsorganes verursacht.

Sie triftete von Schmerz und Abscheu getragen davon. Bulldogge kam und spritzte grunzend Eitersperma in den Mund der Schwester in einer derartigen Menge, dass es ihr aus den Mundwinkeln lief und zäh auf Ivys Gesicht tropfte. Ohnmacht und Erbrechen gingen mit grausamem Ersticken einher. Dankbar nahm sie die Dunkelheit an, die der unweigerliche Tod sein musste. Sie hatte es endlich geschafft.

»Der Tod kann nicht trennen, was im Leben vereint«, flüsterte eine dunkle Stimme an ihrem Ohr. Umrisse schälten sich als Schatten in Grau und Weiß aus der Dunkelheit, verschwommen und unscharf wie verwackelte Fotografien.

Der Tod kann nicht trennen, was im Leben vereint. Worte, die wie Teig durch ihren Geist tropften. Die eine Erinnerung weckten, die nicht ihre war.

Die Sprecherin verwandelte sich von einem dunklen Umriss in eine schwarze Krähe, die Vanessa war. Patientin Nummer Dreizehn.

Im selben Moment wurde sich Ivy ihres Körpers bewusst, der in Feuer zu baden schien. Und tatsächlich, sie hockte auf einem Schemel in einem mit unangenehm heißem Wasser gefüllten Tank. Die Zwangsjacke trug sie noch, denn sie konnte nach wie vor ihre Arme nicht bewegen. Ihre Beine waren an die des Schemels gefesselt und ihr Hals steckte in einer ledernen Krause, welche den gesamten Tank bedeckte, sodass die Hitze nicht entweichen konnte. Nur Ivys Kopf lugte daraus hervor.

Der Tank, in dem sie steckte, war nur einer in einer langen Reihe, die sich im Halbdunkel verlor. Und es war der einzige, über dem eine einsame, gelbliches Licht spendende Lampe hing. Der Boden war beige gefliest. In den Fugen blühte Rost wie getrocknetes Blut. Die Luft war feucht und schmeckte nach Schimmel. Durch ein vergittertes Fenster weit oben im Nichts flackerten Wetterleuchten. Die Brandung war jetzt näher und lauter. Sie konnte die Wucht der Wellen spüren, die gegen das felsige Ufer brandeten.

Vanessa lehnte in ihrem schmutzigen Nachthemd am Tank und spielte mit einer Strähne ihres stumpf-schwarzen Haares.

Das Gefieder einer toten Krähe, dachte Ivy.

»Du vergisst, wer du bist, nicht wahr?«, stellte Vanessa fest. »Deine Erinnerungen versinken im tosenden Ozean, werden von Strudeln in die Tiefe gezogen.«

Ivy holte rasselnd Luft. Das heiße Wasser machte ihre Haut weich, schien sie aufzulösen. Sie dachte an gekochtes Fleisch, das sich vom Knochen löste, grau und fahl.

»Das hier ist ein Ort der Toten«, sprach Vanessa weiter. »Die Schatten können den Zerfall nicht länger verleugnen. Das Chaos, welches die, die sich Ereškigal nennt, angerichtet hat. Wenn du bleibst, wirst du unweigerlich sterben.« Sie beugte sich näher zu Ivy heran, bis ihr bleiches Gesicht mit den hohlen Wangen umrahmt von nachtschwarzem Haar direkt vor ihr schwebte. »Ich muss es wissen, denn ich bin für sie gestorben!«

Ivy ruckte in ihren Fesseln, die sich nur noch enger zogen. Verzweiflung krallte sich um ihr Herz. Tränen rollten aus ihren Augen, benetzten salzig ihre bebenden Lippen. »Ich mag nicht hier sein!«

Vanessa lächelte böse, was ihre dünnen Lippen nur noch schmaler machte. »Es ist deine Schuld, Ivy Good. Als du sie in jener Gewitternacht gerufen hast, trafst du eine Wahl.« Eine Hand mit bleichen Fingern legte sich kalt um Ivys Hals und drückte zu. »Eine, die ich niemals hatte und dafür hasse ich dich!«

Sie spuckte Ivy ins Gesicht, knirschte mit den Zähnen vor unbändiger Wut und gab ihr einen gemeinen Stoß mit dem Handballen gegen die Stirn, dass Ivy für einen Moment schwarz vor Augen wurde. Aber wenigstens ließ sie ihren Hals los.

Das Wasser kroch wie ein hitziges Fieber in den letzten Winkel ihres Körpers, die Knochen sogar. »Hör auf, bitte! Ich … Ich kann doch nichts dafür, es war nur ein Spiel, mehr nicht!«

Vanessa lachte auf und stieß sich von der Wanne ab. Die schwarz gestochenen Köpfe auf ihrer Haut drehten sich Ivy zu, verhöhnten sie mit ihren Blicken. »Du denkst, du kannst mit der Finsternis spielen?« Sie machte eine Handbewegung, als würde sie etwas in der Hand halten und es auf einer unsichtbaren Ebene bewegen. »Ein Stück Holz über ein Brett schieben und alberne Fragen stellen, die keinen Sinn ergeben? Die toten Seelen verarschen? Wie naiv bist du eigentlich?«

Ivy schluchzte. Aus Angst, Verzweiflung, Wut und weil sie den Fehler begriff, den sie vor einem Jahr in Baton Rouge begangen hatte. Vanessa hatte recht. Sie war naiv gewesen und es noch. »Ich machs wieder gut«, flüsterte sie die Worte, die eine Lüge waren.

»Weißt du eigentlich, dass Krähen niemals ein Gesicht vergessen? Aber mehr noch. Sie können unterscheiden, ob ihnen einer wohlgesonnen ist oder ihnen Schaden zufügen will.« Vanessa sprang wie eine Katze auf den Wannenrand, wo sie sich hinkniete und dahockte wie dieser Nachtmahr auf dem berühmten Gemälde. Sie legte den Kopf schräg und lächelte. »Ich bin so eine Krähe, weiß, wann du mich anlügst, also spar dir dein mitleidiges Gesülze.« Sie beugte sich vor, entblößte die langen grauen Zähne einer Toten. »Dachtest du, deine Liebe zu Seth sei ein wunderschöner Zufall? Oder war es nicht eher so, dass du Ereškigal um ein besseres Leben angebettelt hast und sie dich erhörte?«

Der gemeine Unterton war ein Schlag in Ivys Gesicht, der ihre Seele traf. Aufgeschwemmt vom heißen Wasser entleerte sich in einem Schauer der Erkenntnis ihre Blase. Vanessas Worte trafen sie wie ein giftiger Dorn mitten ins Herz.

»Niemals!«, stammelte sie hilflos. »Seth liebt mich!«

Vanessa kroch auf dem Wannenrand näher, richtete sich auf und zog das schmutzige Nachthemd hoch, bis sie ihre klaffende, glänzende Scham sehen konnte. »Er liebt dich, weil er dich ficken darf. Würde ich ihm meine Fotze zeigen, würde er mich lieben!«

Ivy schrie wütend auf. »Ich hasse dich!«

Vanessa griff an den ledernen Verschluss, der die Abdeckung der Wanne zusammenhielt, und riss diesen mit einem brutalen Ruck heraus. »Endlich begreifst du, Ivy Good. Hass ist besser als Verzweiflung!«

Wo sie eben noch gestanden hatte, flatterten Krähen krächzend auseinander, um mit rauschendem Gefieder in den dunklen Winkeln des Baderaums zu verschwinden. Die unvermittelte Freiheit begreifend, stieg Ivy aus dem dampfenden Wasser, glitt als ein Fisch auf die klebrigen Fliesen und schob sich mit windenden Bewegungen davon, weil sie keine Arme hatte.

Iya

Ich würde gern wissen, wie es ist, angebetet zu werden. Sie behauptet, dass sie vor Tausenden von Jahren Tempel errichtet haben, um ihr zu huldigen. Es wurden Menschenopfer gebracht, um sie gnädig zu stimmen. Empfindet sie etwas dabei? Macht es sie nass zwischen den Beinen? Sieht sie auf einem Thron sitzend – sich selbst fingernd – dabei zu, wie den Opfern die Köpfe abgeschnitten werden und die Priester das Blut in Schalen auffangen, die aus Schädelknochen bestehen?
Ich würde es tun ...
V.

Donner rollte in kurzen Abständen über die Berge, getrieben vom Heulen des Sturms. Der bleifarbene Tag wurde von grellen Blitzen durchzuckt. Das Rauschen des herabstürzenden Regens übertönte das Schnaufen des Suchtrupps, der sich den Hang zwischen den gebeutelten Kiefern hinaufquälte. Der Aufstieg zum Devils Tower wurde zur halsbrecherischen Rutschpartie. Ständig glitten sie auf dem aufgeweichten Boden aus, tauchten Knie und Hände in den gierig schmatzenden Schlamm. Einzig die Hunde zogen wie verrückt an den Leinen, wollten hinauf, wo die Fährte frisch war.

Wo die Bäume sich einem Geröllfeld öffneten, das zum Fuß des Devils Tower führte, blieb Sheriff Cole Cockburn wie ein geschundenes Pferd schnaufend stehen und lehnte sich gegen einen krummen Baum. Sein gerötetes Gesicht glänzte feucht.

Vater Marcus schüttelte in einer so nutz- wie hilflosen Geste Regenwasser von der Jacke. »Als würde dieses Dreckstück nicht ausreichen, um uns den Tag zu versauen …«

Der Sheriff bedachte ihn mit einem zustimmenden Blick. »Da haben Sie verdammt noch mal recht, Vater.«

Dale nahm die Hunde kürzer und stopfte sich einen fetten Batzen Kautabak in die Backe. Die Deputys tauschten vielsagende Blicke untereinander und traten zur Seite, um Claire durchzulassen.

Sie war angepisst. Nicht wegen der dummen Sprüche der jungen Kerle von vorhin, sondern weil sie mehrmals ausgerutscht und hingefallen war. Der Stacheldrahtgürtel hatte Wunden in ihr Fleisch geschnitten. Der damit verbundene Schmerz schnitt wie die Krallen von wütenden Katzen in sie hinein. Eine Pein, die vergessen war, als sie durch die Bäume an den Fuß der Geröllhalde trat, die hinauf zum Devils Tower führte. Der Felsen erhob sich zernarbt und nass in den grauen Himmel.

Ein fauler Zahn, der von der Wurzel her stinkt.

Tatsächlich verströmten die Rinnsale, die das Geröll wie nässende Adern durchzogen, einen brackigen Gestank, als würde der Felsen von innen heraus aus einer Wunde bluten, die niemals verheilte.

Oder einer, die vernarbt und aufgebrochen war, weil sich Krankheit eingeschlichen hatte …

Claire zuckte zusammen, weil sich eine Hand auf ihre Schulter legte. Es war Vater Marcus, dessen Blick dem ihren zum Felsen folgte. Er sog die Luft durch die Nase ein und atmete langsam durch den Mund aus, sodass sich ein feines Wölkchen vor seinem Gesicht bildete, das ihn blass und unwirklich erscheinen ließ.

»Dort wird es also geschehen«, sagte er leise. »Ich hätte mir einen anderen Ort als diesen gewünscht. Es ist verdammt schwer, einem Dämon auf seinem Terrain gegenüberzutreten, doch bei ihr ist es tausendfach schlimmer.«

Claire sah ihn nachdenklich an. »In der Hütte hat es funktioniert, weil wir uns keine Gedanken machten und handelten.«

»Sie hat gefressen, ist stärker geworden. Niemand kann wissen, wie stark.« Marcus sah dorthin, wo seine Stiefel im Schlamm versanken.

Claires Kiefer bewegten sich, was ihrem Gesicht einen verbissenen Ausdruck verlieh. »Finden wir es heraus!« Ohne auf eine Antwort zu warten, begann sie mit dem Aufstieg. Für Claire gab es kein Zögern mehr. Dort oben wuchs etwas heran, das finsterer war als die Wolken, die zornig um den Felsen tobten. Ihnen blieb nicht mehr viel Zeit.

»Schwester Claire!« Es war Sheriff Cockburn, der ihr hinterherrief, nicht – wie sie gehofft hatte – Vater Marcus.

Der alte Mann kam ihr schnaufend hinterhergeklettert. »Da gibt es was, dass ich Ihnen erzählen muss, bevor wir in den Berg steigen.«

Claire blieb stehen und drehte sich zu ihm um. »Wenn das ein Versuch ist, mich davon abzuhalten, vergessen Sie's.«

Cockburn sah zu ihr auf, den Kragen wegen des Regens hochgeschlagen, den Hut tief im Gesicht. »Das ist es nicht. Vielmehr, nun ja, es ist etwas, worüber wir uns klar sein sollten.«

»Das wäre?« Claire brannte es unter den Fingernägeln. Sie sah den Hang hinauf zum Felsen, der sie auf magische Weise anzog.

Der Sheriff wirkte unter der verzerrenden Maske der Anstrengung angespannt. »Die Sache in der Hütte, das, was ich am Krankenwagen erlebt habe, dieses, hm, Gefühl einer kalten Hand in meinem Nacken. Nun, das hat mich zum Nachdenken gebracht.«

Claire schnaufte genervt. »Was wollen Sie mir sagen, Sheriff? Dass Sie Angst haben? Ist es das?« Sie lachte gekünstelt. »Glauben Sie mir, das haben wir alle. 'ne Scheißangst sogar.« Sie wollte sich umdrehen, um weiterzulaufen, doch der Sheriff sprach weiter.

»Als ich den Devils Tower sah, sind sie mir wieder eingefallen, die Geschichten um die verdammten Dämonen der Prairie, die man sich hier in der Gegend erzählt.« Er räusperte sich, wohl bewusst, dass das, was er ihr gleich erzählen würde, das Bild des harten Sheriffs in Claires Augen infrage stellen würde.

»Spucken Sie's aus, damit wir weiterkommen!«

Cockburn stieg einen Schritt nach oben, weil er es nicht mochte, dass sie auf ihn herabsah. »Ist wie gesagt 'ne alte Geschichte, aber wenn ich das hier sehe, denk ich wieder dran. Die Berge hier, die Wälder und der Boden, auf dem wir stehen, ist Indianerland. Sioux, Lakota, Osage, wie die auch alle heißen.« Er hob die Schultern. »Egal. Die Ureinwohner, was die ja ohne Zweifel sind, haben eine Art Geisterpantheon.«

Claire dachte darüber nach, den Mann stehen zu lassen. Ivy Goods Vorsprung wurde mit jeder nutzlos verstrichenen Sekunde größer.

»Die meisten Geister sind für das Gute, also das Leben, zuständig, ebenso wie in anderen Kulturen. Doch was ich erzählen will, ist …« Cockburn machte eine Pause, um sich die nächsten Worte zurechtzulegen, damit das Unmögliche glaubwürdig klang. »Iya gilt als dämonisches Ungeheuer und Verkörperung allen Übels. Unersättlich verschlingt sie Menschen und Tiere oder fügt ihnen Böses zu. In der Sage heißt es, dass ihr übler Atem Krankheiten bringt und sie gern als Orkan erscheint.«

Cockburn sah hinauf, wo die schwarzen Wolken tobten. »Nun, der schlechte Atem weht uns vom Devils Tower entgegen und über uns wütet ein verdammter Sturm. Und wenn ich richtig verstanden habe, jagen wir dem personifizierten Bösen hinterher, stimmts?«

»Hm«, lautete Claires einsilbige Antwort.

»Es heißt, Iya wurde von einem Volk angebetet, das in der Dunkelheit lebte und seinesgleichen fraß. In der Nacht kamen sie in die Dörfer, töteten die Alten und stahlen die Kinder, um sie zu welchen von ihnen zu machen. Bis zu dem Tag, wo sich die Stämme der Sioux zusammenschlossen und alle erschlugen, die sie finden konnten.« Cockburn nickte zum Felsen. »Bis auf jene, die sich in die ewige Dunkelheit unter dem Devils Tower flüchteten, tief hinab, wo das verdorbene Wasser wohnt, welches Iyas Zuhause ist.«

Claire begann zu begreifen. Der verdammte Sheriff hatte nicht unrecht. »Der unterirdische See unter dem Weltenbaum.«

»Ihr Vater ist Inayan, der Schöpfer der Welt, der den versteinerten Baum pflanzte. Als sich Iya und ihr Volk in dessen Wurzeln verkrochen, faulte er von innen heraus und starb ab, bis nur noch der Stumpf übrig blieb.«

Claire wischte sich das Regenwasser aus dem Gesicht. Da fügte sich etwas auf erschreckende Weise zusammen.

Inanna, die Weltenmutter und Inayan, der Schöpfer, sind sie eins?

Der Weltenbaum, dessen Wurzeln in verdorbenem Wasser stehen.

Iya bei den Lakota, Lil bei den Sumerern. Der unterirdische See war Ereškigals verfluchtes Reich!

Und wo könnte ihre Macht größer sein als in ihrer eigenen Domäne!

Die Erkenntnis, dass Ereškigal wie ein schwarzes Geschwür durch alle Kulturen wucherte, jagte ihr einen eiskalten Schauer über den Rücken. Sie hatten es hier mit etwas Großem zu tun. Die Frage war nur, ob ihre Kraft ausreichte, um sie aufzuhalten.

Gott ist mit uns, wir können nicht fehlen, dachte Claire, spukte das Bittere aus, welches die Zweifel in ihrem Mund klebrig gemacht hatten, und stieg den Hang zum Felsen hinauf.

Wasserfarben im Regen

Die Behandlungsmethoden in Courtsend waren mehr als zweifelhaft. Einmal gaben sie mir ein Buch über Satan, um mich mit dem absolut Bösen zu konfrontieren. Was hab ich gelacht. Der Typ ist ein Nice Guy im Vergleich zu ihr. Aber er ist verdammt sexy, das muss man sagen. Also inhalierte ich das Buch, um herauszufinden, wie man ihn rufen kann, um, na ihr wisst schon ...
V.

Er sah Schwester Claire in dem Moment, in dem sie aus den Bäumen trat. Und sie war nicht allein. Der Sheriff war bei ihr und – was noch viel beunruhigender war – ein Kerl, der wie Grizzly Adams aussah und Bluthunde an langen Leinen führte. Die Tiere bellten aufgeregt, zogen nach oben, weil sie seinen verdammten Schweiß rochen.

Er hatte damit gerechnet, dass sie einen Suchtrupp aufstellen würden, doch nicht, dass die ansonsten lahmarschigen Provinzcops so schnell hier oben auftauchen würden.

Der Gewitterdonner hörte sich zwischen den Felsen wir Kanonendonner an. Seth fühlte sich schlecht. Nicht wegen der Leiche des Parkrangers, die zerfetzt und angefressen in einer Nische neben dem Tunneleingang lag, denn dem konnte er nicht mehr helfen. Dass es Ivy war, die den armen Kerl umgebracht hatte, tat verdammt weh. Okay, ihr Körper und nicht ihr Geist, aber das machte es nicht besser.

Die Verletzungen vom Kampf in der Hütte plagten. Seine Stirn glühte und die Augen brannten, wenn er sie schloss. Der Schlangenbiss war heiß und nässte. Was er berührte, fühlte sich an wie Watte. Er hatte Fieber.

Das Absperrgitter des Tunnels stand offen. Seth schlüpfte ins Dunkle hinein und schaltete die Taschenlampe des Cops ein. Die Batterien waren schwach und das Licht diffus. Er sah das viele Blut an den Wänden und auf dem Boden und hoffte, dass es nicht Ivys war. Er berührte es mit der Fingerspitze und stellte fest, dass es noch feucht war. Das konnte gut oder schlecht sein.

Das Bellen der Hunde trieb ihn zur Eile an. Er sah sich nach etwas um, womit er das Gitter blockieren konnte, und fand nichts außer einem großen Stein, den er darunter klemmte. Das würde ihm nur einen kleinen Vorsprung verschaffen, aber das war genug, um Ivy zu retten.

Der Tunnel sog ihn mit einer dumpf drückenden Wärme in sich auf. Das Licht der Lampe war ein gelber Finger, der in die Dunkelheit stach. Sein fiebriger Blick gaukelte ihm Bewegungen in den Schatten vor. Bestien mit langen Klauen und gekrümmten Reißzähnen. Seth stieg weiter hinab, wähnte sich bald Stunden, wenn nicht sogar Tage im Tunnel, in einer Hand die Lampe haltend, in der anderen die Automatik des Cops.

Als er das zweite Tor passierte, veränderte sich sein Empfinden. Es waren nicht die primitiven Zeichnungen an den Felsen, es war die dämonische Präsenz, die er in der Luft schmecken konnte. Die Boshaftigkeit bedrückte nicht nur seine Seele, sondern griff direkt und auf zersetzende Weise seinen Körper an, was schauerartige Fieberschübe zur Folge hatte.

Keuchend lief Seth weiter, auch wenn ihm der Tunnel vor den Augen verschwamm. Einmal flackerte die Lampe und erlosch. Die Finsternis hatte nur darauf gelauert, ihn wie einen Sack zu umschließen. Auch wenn er wusste, dass er nur umkehren musste, um ans Licht zu gelangen, schnürte ihm die Panik die Kehle zu. Er hatte als Kind Angst in der Dunkelheit gehabt, sich vor dem gefürchtet, was darin lauerte, um mit Klauen nach ihm zu greifen. Seth taumelte weiter. Es gab keine verdammten Monster in der Nacht.

Und was ist mit dem Scheusal, das in Ivy drin ist?

Er prallte mit der Schulter gegen einen Felsvorsprung und schlug sich die Stirn an der Decke an, die unvermittelt niedriger wurde. Seth streckte fluchend die Hände nach vorn, ertastete eine Wand. Der Gang machte eine Biegung. Angst krallte sich in sein Genick, drückte erbarmungslos zu. Was, wenn er eine Abzweigung verpasst hatte? Wenn er im Kreis lief?

Plötzlich waren sie da, die Monster, die trotz der Dunkelheit Konturen annahmen, sich mit gebleckten Zähnen auf ihn zubewegten. Er schlug mehrmals mit den Handballen auf die Lampe ein, schüttelte sie, dass die Batterien in der runden Hülse klapperten. Und er hatte Glück. Kurz davor aufzugeben, flammte das Licht endlich auf, nur schwächer als zuvor.

Seth wischte sich mit einer zittrigen Handbewegung den Schweiß vom Gesicht. Er sah auf seine Finger und dass es Blut war, das aus einer Platzwunde auf seinem Scheitel rann. Wie tief war er inzwischen hinabgestiegen?

Er dachte über die Hölle nach, weil das Fieber schreckliche Bilder dessen erzeugte, was ihn dort unten erwarten würde. Vollkommen unerwartet nahm er einen hellen Schein vor sich wahr, der das Ende des Schachtes ankündigte.

Ivy!

Er blieb stehen und sah auf die Waffe in seiner Hand, die ihm seltsam nutzlos erschien. Um nichts in der Welt würde er auf Ivy schießen. Es musste einen anderen Weg geben, das Monstrum zu vertreiben.

Es fiel ihm schwer, sich an das zu erinnern, was in der Hütte geschehen war. Seine Gedanken waren verschwommen, zerliefen wie Wasserfarben auf einer Leinwand im Regen. Ivys Gesicht, eine fiebrige Illusion. Ihre Augenfarbe war Blau?

Die Offenbarung erwartete ihn im Felsendom, der den verdorbenen See überspannte. Die Erkenntnis, dass nichts ungeschehen gemacht werden konnte.

Die Zerfleischerin

»Attenrobendum Eos, ad constringendum, ad ligandum Eos, pariter et solvendum, et ad congregandum eos coram me.«
V.

Ereškigal berührte den von tiefblauem Lapislazuli durchsetzten Altarstein und spürte die Macht, die darauf wartete, von ihr entfesselt zu werden. Sie wurde von einer seltsamen Unruhe erfasst. Von einem Kribbeln, das aus dem Sand auf ihre Füße kroch und nach oben, um zwischen ihren Schenkeln in der klaffenden Körperöffnung zu verschwinden, die sich Fotze nannte. Von der Ahnung ihrer einstigen Macht durchströmt, wurde sie sofort nass. Ereškigal sah auf die zu ihren Füßen kauernde Sue herab und schob sich die Finger über die schmierige Spalte, um sich zu massieren und den vibrierenden Schauer zu genießen, der sie bei jeder Berührung durchfloss. Ivys Körper war ihr inzwischen mehr als vertraut. Sie begann das verwesende Menschenfleisch zu lieben, wenn das ihrer Wesenheit entsprechend überhaupt möglich war.

Sue verbarg ihr Gesicht hinter ihrem roten Haar. Ihre Schultern zuckten, weil sie weinte. Ereškigal empfand die offen gezeigte Schwäche als erbärmlich. »Steh auf!«, herrschte sie die Kauernde an.

Die junge Frau schüttelte ohne aufzublicken den Kopf. Der Moment des Flehens war gekommen. Des Schindens um Zeit. »Nein, bitte. Ich … Ich mache alles, was du willst, aber …«

»Du bettelst mich an? Keiner ist hier, der dein Flehen erhört!« Ereškigals Stimme war das Knurren eines Raubtiers, gefährlich leise. Sie breitete die Arme aus, bis diese in den Gelenken knackten, zwang Ivy Goods schmächtigen Körper zu einer Verrenkung, die dem Messias am Kreuz glich.

Das Unmögliche geschah. Ihr Kopf sackte zur Seite, die Beine nahmen eine Haltung ein, die tatsächlich die der Kreuzigung war, allerdings in obszön verhöhnender Weise, das Becken vorgeschoben, um ihre Scham zu betonen. Wo es keinen Wind geben konnte, erhob sich ein Sturm, der Staub aufwirbelte und die Fackeln funkenstiebend fauchen ließ. Die Luft rauschte. Es klang wie das Jammern von geschundenen Seelen und schmerzte in den Ohren. Die Oberfläche des Sees kräuselte sich, sodass Wellen ans Ufer schwappten. Um den nachtblauen Felsenaltar bildete sich ein prasselnder Wirbel aus Dreck, Schlamm und verdorbenem Wasser.

Ereškigal erhob sich in die Luft. »Grenzen nach Süden, Norden, Osten und Westen sind unbekannt. Das Gute erhebt sich dort nicht. Jenes Land ist den Göttern und Verklärten unbekannt.«

Sie schwebte über der wimmernden Frau, die schluchzend die Beine an den Körper zog und nicht hinsehen wollte, es aber dennoch tat.

»Dort gibt es überhaupt kein Licht. Jener Ort ist leer von Himmel und leer von Erde. Das ist die ewige Finsternis«, kreischte Ereškigal in Stimmen aus Nägeln. Um sie herum waberte schwarzer, von Funken durchflirrter

Rauch. »Dorthin wird deine Seele fahren, wenn ich sie dir herausgerissen habe!«

Sue schrie gellend auf, weil sie anfing zu schweben. Nicht sanft, sondern emporgerissen, bis sie gegen die wurzelrankige Kuppel und dann auf den Altarfelsen knallte. Wie durch ein Wunder – oder weil die Hexe es so wollte – brach keiner ihrer Knochen. Alte schimmlige Gürtel, von Ereškigals Macht aus dem Schlamm gezogen, zogen sich durch rostige Schlaufen und legten sich eng um Sues Gelenke, bis sie mit gespreizten Beinen und Armen rücklings auf dem Steinblock lag. Grellrotes Blut sickerte aus der Stichwunde und dem ausgestochenen Augenloch. Das gesunde Auge rollte – wohl dem Wahnsinn nahe – in der Augenhöhle, sodass oft nur das Weiße zu sehen war.

Ereškigal sank nieder und das Tosen erstarb. Sand und Dreck prasselten nieder. Dunkler Staub schwebte flirrend in der Luft, bis nur der Rauch blieb, der sie wie ein funkendurchwebter Mantel umgab.

Der Körper, in dem sie hauste, wurde zum Wechselspiel zwischen Mensch und Dämon. Ivys blasse Haut wurde von innen heraus von der bleichen Ereškigal durchbrochen, bis schwarz gestochene Schlangen auf ihrer Haut schimmerten, die sich zu bewegen schienen. Ereškigals Hände griffen von unten in Ivys hinein, drehten sie um und machten sie zu den ihren. Ihre Finger wurden dabei lang und gekrönt von schwarzen Krallen. An Handgelenken, dem Hals bis über die Brüste war ihre Haut von Grünspan bedeckt, wo Schmuck klimpern sollte.

Die Verwandlung zehrte Ivys sterblichen Körper aus. Abgestorbene Haut und ausgefallene Haare verbrannten zu orangeroten Funken, die durch den schwarzen Rauch wehten, der vom stetigen Zerfall abgesondert wurde wie schlechter Atem. Von Schwindel ergriffen stützte sie sich auf den Stein, wo sich Sues Beine öffneten. Ihr Aufbrausen hatte sie Kraft gekostet. Bald würde die Zersetzung der inneren Organe beginnen, es sei denn …

***

»Ivy?« Seths Stimme hallte als entfernter Hauch über das dunkle Wasser, brach sich an der gewölbten Decke des Felsendoms.

***

… sie würde etwas zu fressen bekommen!

***

Ereškigal zog sich mitsamt dem Rauch und den Funken in einem Sekundenbruchteil in Ivy zurück, die zitternd und entkräftet mit einem Seufzer neben dem von tiefblau schimmernden Lapislazuli durchzogenen Altarstein zusammenbrach. Ein leises »Seth« wehte von ihren Lippen, das dennoch laut genug war, damit er es hören konnte.

Lautlos kichernd hockte Ereškigal, die zur schwarzen Spinne geworden war, in Ivys Kopf und wob ihr tödliches Netz aus klebrigen Fäden.

***

Im Kopf eines verzweifelten Mannes

Seth sah Ivy neben dem von brennenden Fackeln umgebenen Stein zusammensinken, hörte, wie sie seinen Namen flüsterte. Er nahm die gefesselte Frau auf dem Stein wohl war, doch wegen der war er nicht gekommen. Sein

Verstand mahnte ihn zur Vorsicht, erinnerte ihn daran, was in der Hütte vorgefallen war, doch seine Liebe trieb ihn zu Ivy, die seine Hilfe brauchte.

Die ersten Schritte noch zögerlich, fing er nach wenigen Metern an zu rennen. Der schwarze See, die Pfähle, das, was von den Menschen übrig war, flog als belangloser Eindruck an ihm vorbei. Ebenso die krächzend ausgestoßene Warnung der fremden Frau. Vergessen waren Fieber und Schwäche, vor allem aber jede Vorsicht. Dort vorn lag Ivy im Dreck, zu ihr musste er hin!

***

Und die Spinne wob weiter ihr tödliches Netz!

***

Sie nahm zwischen halb geschlossenen Lidern einen Schatten wahr, der sich über sie beugte, roch das Regenwasser in der verschwitzten Kleidung, was zusammen einen dumpf-warmen Geruch erzeugte. Es erinnerte sie an einen nassen Hund, der sich in einem Wald in nassem Gras gewälzt hatte. Darunter lag eine Note, die ihr vertraut war. Seth!

Seine Hand schob sich unter ihren Kopf, hob diesen behutsam an. Die andere berührte ihre Seite. »Baby, sag doch was, bitte!« Seths Stimme klang besorgt. Er war außer Atem, weil er gelaufen war und ihn die Sorge um sie in Aufregung versetzte.

Er öffnete die Trinkflasche. Wasser benetzte ihre trockenen Lippen, floss kühl in ihren Mund. Sie verschluckte sich, hustete, öffnete die Augen und schlang ihre schlanken Arme um seinen Nacken. »Geliebter!«

Seths muskulöse Arme erwiderten vorsichtig ihre Umarmung, als wäre sie zerbrechlich. »Ich dachte, ich hätte dich verloren!«

Ihre Lippen fanden sich zu einem innigen Kuss. Sie schmeckte das Fieber in seinem Mund und die Verwirrung in seinem Geist, die seinen Speichel bitter machte. Ihre Lippen lösten sich voneinander. Er sah ihr eine kleine Ewigkeit tief in die Augen, die Brunnen ohne Boden waren.

Ihre Umarmung wurde fester. Sie küsste sein Gesicht. Die Wangen, die Stirn, das kratzige Kinn und die Nase sogar, bis sich ihre Lippen an seinem Ohr wiederfanden. »Der Tod kann nicht trennen, was im Leben vereint, Liebster!«

***

Wie ein Stromschlag durchzuckten Seth die geflüsterten Worte. Die fiebrige Hitze entfachte sich wie ein Buschfeuer in trockenem Grasland, fauchend, stinkend und laut. Der Biss der Schlange schrie Schmerz.

Die Hexe hatte im Krankenwagen die gleichen Worte benutzt. Das boshafte Miststück war noch in Ivy. Er schalt sich selbst einen Narren, weil er – blind vor Liebe – die Falle erst jetzt durchschaute. Seth warf sich in ihrer Umarmung auf. Seine kräftigen Muskeln gegen den festen Griff ihrer dünnen Arme. Es war vergebens!

***

Ereškigal brach aus Ivy hervor wie schwarzer Schlamm. Sie schnellte hoch und riss Seth mit auf die Beine. Ihre Hände packten einen seiner Arme und schleuderten ihn wie eine Puppe durch die Luft und mit dem Rücken gegen einen der Pfähle, die im seichten Gewässer standen.

Der harte Aufprall ließ das Wasser spritzen und trieb Seth den Atem aus der Lunge. Keuchend schnappte er nach Luft, schmeckte Blut, weil er sich auf die Zunge gebissen hatte, und brackig-verdorbene Brühe.

Er sah die Herrin des Gemetzels aufrecht und siegessicher am Ufer stehen und es tat ihm weh, was dieses Scheusal aus Ivys Körper gemacht hatte. Sie war zu jener finsteren Dämonin geworden, die ihn das erste Mal in dem Haus in Iowa heimgesucht hatte. Schwarz, von Funken umschwebt, bösartig.

Die Automatik hielt er irrwitzigerweise noch in der Hand, also stand er auf, schwankend und nass, und richtete den Lauf auf die Kreatur. »Geh raus aus ihr, du beschissenes Dreckstück. Verschwinde und lass uns in Ruhe, oder …«

***

Ereškigals Lachen war das Krächzen einer gereizten Krähe. »Oder was, Liebster? Was wirst du tun? Auf mich schießen und deine Liebe töten?«

Sie zog das große Messer, das sie im Zelt gestohlen hatte. Ereškigal sog den fiebrigen Duft des Mannes ein und erschauerte ob der Vorfreude des bevorstehenden Blutvergießens.

Sie tat einen Schritt nach vorn und nahm eine geduckte Haltung ein, wie sie es beim Kampf in der Hütte getan hatte. Die Essenz seiner Seele roch verlockend maskulin. Trotz des Fiebers strotze er nur so von Kraft. Sie musste ihn schnell erledigen, denn viele Reserven hatte sie nicht mehr. Ein langer, kräftezehrender Kampf kam nicht infrage. Aber sie hatte noch eine andere Waffe, die sie gegen ihn einsetzen konnte.

∗∗∗

Seth fühlte sich in die Enge getrieben. Das Dämonenweib ließ ihm keine Wahl. So verrückt es auch klang, er musste auf Ivy schießen, um sie zu befreien. Aber würde sie in diesem Zustand eine Verletzung verkraften? Und was dann, wenn sie wund und blutend am Boden lag?

Die Herrin des Gemetzels nahm ihm die Entscheidung auf drastische Weise ab. Die schwarz tätowierte Schlange, die sich um ihren Arm wand, das schuppig glänzende Reptil glitt in einer geschmeidigen Bewegung von ihrem Arm ins Wasser, das undurchsichtig war wie altes Motorenöl. Schlängelnd schwamm es an der Oberfläche und tauchte ab, bis nur das seicht gekräuselte Wasser darauf hinwies, wo es verschwunden war.

Seth feuerte auf die Stelle, wo die Schlange untergetaucht war, und wich bis hinter den Pfahl zurück, auch wenn er wusste, dass ihn das faulende Holz nicht schützen konnte. Der ohrenbetäubende Knall hallte von den Wänden, wurde zu einem Orkan aus Donner. Staub rieselte von der gewölbten Decke, legte sich wie weißer Schnee auf das dunkle Wasser.

»Erschieß die Schlampe!«, schrie die gefesselte Frau auf dem Felsen. »Leg das Miststück um!«

Er hob die Waffe und zielte. Zeitgleich suchte er nach einer Möglichkeit, auf den Pfahl zu klettern, um der unsichtbaren Schlange zu entkommen.

Die Dämonin ging auf ihn zu, lächelte hinterhältig. Ihr dünnlippiger Mund flüsterte tonlose Worte. Der Lauf der Waffe ruckte nach oben. »Bleib verdammt noch mal stehen!«

***

Ereškigal lief unbeeindruckt weiter.

Mein Schrecken ist hinter mir, mein Ansehen vor mir. Millionen beugen meinetwegen im Totenreich ihre Arme, reichen mir Schalen, angefüllt mit ihren Seelen, von Schlangen dargebracht …

Sie sah es in Seths Augen und konnte es nicht mehr verhindern. Das Donnern der Waffe zerriss die Luft, das Projektil hämmerte ihr mit Wucht in die Schulter und warf sie rückwärts um. Der Bastard hatte tatsächlich auf sie geschossen!

***

Seth schrie, als er Ivy stürzen sah und wie das schwarze Wasser sie verschlang. Er stürmte blindlings los, um ihr zu helfen, übersah die Schlange, die vor ihm aus der Brühe schnellte, kerzengerade wie ein Pfeil, das Maul mit den langen Zähnen tropfend vom Gift. Sein unbeholfener Schlag ging ins Leere, die Giftzähne direkt in seinen Hals, wo die wild pochenden Adern verliefen.

Nadeln aus Eis, die das Gift waren, schossen in seine Venen, wurden zur alles überschwemmenden tödlichen Woge. Seth schlug wie ein Irrer auf die Schlange ein, die sich in ihm verbissen hatte und im Begriff war, sich um seinen Hals zu schlingen. In die Knie brechend packte er das Reptil hinter dem Kopf und riss es sich aus dem Fleisch. Bevor er es unter Wasser drücken konnte, zerfiel es zu grauer Asche und rieselte durch seine Finger, als wäre es nie da gewesen.

Die Pistole war ins Wasser gefallen. Seth kippte vornüber und stützte sich auf seine Hände, in seinem Kopf ein rotierender Wirbel. Der durch den Kampf aufgewühlte See sowie die Erinnerung an Ivy, deren Gesicht zu bunten Schlieren verwischte. Blut und Galle spuckend hockte er sich ins Wasser.

»Ivy«, flüsterte er heiser, streckte die zitternde Hand nach dem verschwommenen Schemen aus, der sich ihm näherte.

***

Ereškigal erhob sich mit letzter Kraft aus den Fluten. Schwankend wie ein Halm im Wind ging sie auf den im Wasser hockenden Mann zu, dem Speichel und Blut aus dem Mund tropften. Im Laufen pulte sie sich die Kugel aus der stark blutenden Schulter und warf sie weg.

Ihre Hände änderten jetzt ständig ihre Form, wurden zu Ivys schlanken Fingern, dann zu schwarzen Klauen. Wenn sie nicht bald etwas zu fressen bekam, würde sie in Starre verfallen und Ivy sterben.

Sie schlug Seth mit dem Messer die Hand ab, die er nach ihr reckte. Von Gift und Fieber betäubt, schien er es nicht zu merken.

Ihr Tritt warf ihn rücklings um, wobei seine Beine angewinkelt blieben. Ereškigal ließ sich rittlings auf ihn fallen. Wasser spritzte, als sich ihre Knie zu beiden Seiten von ihm in den weichen Schlamm bohrten. Seths Körper schuf eine bebende Insel, sein Gesicht, ein fieberbleiches Eiland.

Bevor sie anfing zu schneiden, drückte sie mit den Daumen seine Augen aus, weil sie diesen verzweifelt-weinerlichen Blick nicht länger ertragen mochte. Die Klinge tat ihr blutiges Werk und brach auf, was Leben barg. Wie eine Hündin beugte sie sich zu ihm herab und begann zu fressen.

Sein Fleisch war trotz der Muskeln zart, das Blut süß und schwer von Krankheit und Gift. Unverständliche Worte brabbelnd erlebte er seine Schlachtung mit und hörte erst auf zu reden, als sie ihm das Herz aus dem Brustkorb schnitt.

Triumphierend hob sie den tropfenden Muskel mit beiden Händen über den Kopf. »Eure Herzen sollen nicht wie üblich in den vertrockneten Körpern bleiben. Ich werde sie herausnehmen und essen. Kniet nieder, denn ich werde hinabsteigen ins Totenreich, um die alles verzehrende Finsternis zu entfesseln. Ich bin die Herrin des Gemetzels. Ich bin die Zerfleischerin. Ich bin die Todbringerin. Ich bin die, die eure Seelen frisst!«

Der Gott des Gemetzels

In Courtsend lebte ich mit Geisterfrauen zusammen. Ich kann mich an die meisten von ihnen kaum mehr erinnern, weil sie wie eine fette Spinne in meinem Geist hockten und mein Hirn quetschen. Aber ich weiß, dass sie alle Angst vor mir hatten, weil ich die Finsternis war.

Einmal zerfetzte sie eins der alten, hässlichen Weiber, dass nichts blieb, als ein roter Fleck an der Decke und Gekröse am Boden, in dem Knochensplitter und Zähne schwammen.

Jetzt bin ich selbst eine Geisterfrau. Eine, die sich in Krähen verwandeln, aber nicht fliegen kann. Eine Banshee, die mit ihrem Schrei den Tod nicht nur ankündigt, sondern bringt. Und heute Nacht bringe ich den Tod zu dir.

V.

Dale erreichte den massiven Felsen mit seinen Hunden zuerst, dicht gefolgt von Claire. Sie folgten ein Stück dem Pfad, der sich wie ein Gürtel um den Tower zog und zu einem schlammigen Fluss geworden war. Hier oben tobte der Sturm wilder, als wären die Elemente wütend darüber, was im Devils Tower geschah.

Claire wurde von einer seltsam melancholischen Stimmung erfasst, die sie oft an trüben Regentagen ergriff, wenn es nichts zu reden gab und man Zeit zum Nachdenken hatte. In ihrem Fall über den Sinn dessen, was sie tat. War es wirklich der Glaube, der sie auf den Berg getrieben hatte? Oder Sehnsucht nach schnöder Vergeltung für den Tod ihres Bruders? Auf jeden Fall war es Schmerz und die Gier danach, darin aufzugehen.

Ihr war durchaus bewusst, dass sie sich ihren eigenen Gott geschaffen hatte, der sich in seinen Wesenszügen erheblich von dem unterschied, den die Nonnen der Sisterhood of Jesus and the Sacred Mary, Mother of Chains anbeteten. Ihr Gott trug zwar die Züge dessen, den man allgemeinhin kannte, doch Liebe und Vergebung waren ihm so fremd wie das weinerlich weiche, welches man mit dem Himmelvater in Verbindung brachte. Ihr Gott forderte Lust und schenkte Schmerz. Das Band aus Stacheldraht, das sich um ihre Hüften spannte, erinnerte sie mit jedem Schritt daran.

Es brachte Claire zum Grübeln, ob es rechtens war, die Dämonischen zu verdammen. Sie hatte gelernt, Lust aus Schmerz zu gewinnen. Taten das die Ausgeburten der Finsternis nicht ebenfalls? Schmerz – oftmals mit Gewalt und Demütigung verbunden – stachelte sie an und gab ihnen die Kraft, die sie brauchten, um im Licht – oder eben der Dunkelheit – ihres Herrn aufzugehen. Und war es nicht ein gefallener Engel, der sie anführte? Der Lichtbringer, der Gott – dessen war sie sich sicher – aufrichtig liebte?

Hatte sich der Messias nicht in Schmerz und Pein geopfert und dennoch gelächelt, als würde er Lust daraus gewinnen?

Wenn sie darüber nachdachte, kam sie zu dem Schluss, dass ihr Weg der richtige war. Die Rache an der Herrin des Gemetzels würde ihre Seele reinigen und für das vorbereiten, was kam. Die Öffnung ihres Geistes, um zur Essenz aus purem, unverfälschtem Schmerz zu werden.

Sie lief um ein Haar in Dale hinein, der abrupt stehen geblieben war und Mühe hatte, seine Hunde festzuhalten. Die knurrten etwas an, was sein breiter Rücken verdeckte.

»Da vorn is' was am Fels'n!«

Claire war sofort hellwach. Sie drängte sich an dem nach käsigem Schweiß stinkenden Mann vorbei und sah ein dunkles, im Sand liegendes Bündel, das ein Mensch war, jetzt aber aussah wie der Kadaver eines Tieres, an dem Raubtiere gefressen hatten. Und sie sah, wer das angerichtet hatte.

Oben auf den Felsen, zwischen denen der Pfad als Hohlweg verlief, lauerten Kojoten in geduckter, sprungbereiter Haltung. Es waren große Tiere, das Fell nass und schmutzig, sodass es räudig aussah, die gefährlich langen und gebogenen Fänge gebleckt. Die Falle schnappte zu und sie griffen an!

Einer sprang Dale mit gefletschten Zähnen auf den massigen Rücken und schlug die kräftigen Kiefer direkt in den Nacken des stämmigen Mannes, der vor Überraschung brüllte wie ein gepeinigter Ochse. Er ließ die Leinen fallen. Die Hunde schnellten nach vorn, dorthin, wo der zerstörte Mensch lag und sie in einen erbarmungslosen Kampf mit den Kojoten verwickelt wurden.

Einer sprang direkt vor Claire in den Schlamm. Ein großes, kräftig gebautes Tier mit dunklem Fell und gelben Augen. Bevor sie reagieren konnte, schnellte der Kojote auf sie zu, prallte gegen ihre Hüfte und riss sie um.

Unterbewusst hörte sie hinter sich auf dem Pfad die Männer schreien. Schüsse knallten von den Felsen verstärkt lauter als der Donner des Gewitters. Überall war Chaos.

Der Kojote verbiss sich in ihrem Gewand, riss am Stoff und verhakte sich mit den Zähnen im Stacheldraht, dessen Spitzen tief in sein Zahnfleisch schnitten. Er jaulte. Claire schrie, weil er den Kopf mitsamt dem Gürtel zurückriss und ihr so die Stacheln in den Rücken trieb.

Sie schlug mit den Fäusten auf das Tier ein. Es ließ für einen Moment von ihr ab, nur um mit den Vorderpfoten gegen ihre Brust zu springen und nach ihrem Hals zu schnappen. Claire bekam einen Unterarm dazwischen und stöhnte, weil sich seine Kiefer darum schlossen und sich die Zähne in ihr Fleisch bohrten.

Der Kojote ruckte mit dem Kopf, wie es die Tiere mit Beute taten um Fleisch abzureißen. Claire gurgelte vor Pein. Ihre freie Hand tastete suchend umher, fand einen faustgroßen Stein, den sie dem Tier gegen den Kopf schlug, dass es klatschte. Es jaulte, ließ von ihr ab und sprang davon, um sich zu schütteln. Zeit genug, um auf die Beine zu kommen, die Automatik zu ziehen und dem Mistvieh einen gezielten Schuss zwischen die Augen zu setzen.

Keuchend sah sie sich um.

Zwei von Dales Hunden lagen tot am Boden, bluteten aufgebrochen in den nassen Sand. Dazwischen ein verrenkter Kojote mit gebrochenem Genick.

Sie drehte sich um und sah den Hundeführer mit dem Gesicht nach unten kerzengerade ausgestreckt in einer roten Pfütze liegen. Der Kojote, der ihn angesprungen hatte, fraß von Dales fleischigem Nacken. Der bleiche Wirbelknochen war deutlich zu sehen.

Knirsch – knack – knirsch.

Claire hob die Waffe und schoss dem Tier in den Kopf. Es flog zur Seite, scharrte zuckend mit den Pfoten im Dreck und verendete.

Hinter ihr kämpften die anderen verbissen weiter, doch Claire hatte anderes im Sinn, als ihnen zu helfen. Sie lief an dem Toten vorbei, den sie anhand der Fetzen seiner Uniform als Parkranger identifizierte, und blieb vor dem schwarzen Loch stehen, das in die Tiefe führte. Sie steckte die Waffe weg und inhalierte die Luft, die ihr daraus entgegenwehte.

Alt.

Verbraucht.

Verdorben.

Tot.

Claire konnte die Herrin des Gemetzels riechen. Den Schmutz auf ihrer Haut, der von unzähligen genommenen Leben zeugte und sauer schmeckte. Ihr Atem, der pure Bosheit war.

Komm zu mir, steig hinab, wisperte es in ihrem Kopf. *Lass mich dein Gott des Gemetzels sein!*

Und Claire stieg in die Finsternis …

Schwarzes Haar

Ich lasse dir die Hilfe zukommen, die dir gebührt.
  »O du, der weiseste und schönste der Engel,
  vom Schicksal verraten und des Lobes beraubt,
  o Satan, erbarme dich ihres langen Elends!
  O Prinz des Exils, du, dem Unrecht getan wurde,
  und wer besiegt wurde, erhebt sich stärker,
  o Satan, erbarme dich ihres langen Elends!
  Du, der du alles weißt, großer König der verborgenen Dinge,
  der vertraute Heiler menschlicher Leiden,
  o Satan, erbarme dich ihres langen Elends!«
  V.

Erst gegen die Wand gestützt, schaffte es Ivy auf die Beine. Die Zwangsjacke war vollgesogen mit Wasser, ebenso das Kleid, das sie darunter trug. Der Stoff wog schwer und hatte sich eng zusammengezogen. Anfangs unangenehm heiß, kühlte das Nass schnell ab und brachte sie trotz der drückenden Hitze, die in dem Raum herrschte, zum Schlottern.

Die gemauerte Ziegelsteinwand vibrierte unter dem beständigen Ansturm des Meeres. Welle um Welle, wild und durch nichts zu bändigen.

Ivy sah auf ihre nackten Zehen, die bleich waren wie die einer Toten. Etwas stimmte nicht mit ihr. Es fühlte sich an wie ein langsames, schleichendes Sterben. Ein in sich selbst aufgehen, bis man durchscheinend wurde und verschwand, als hätte es einen nie gegeben. Sie war nicht wegen des heißen Dampfbades matt, sondern weil sie an Substanz verlor.

Ivy durchquerte den Raum bis zu einem Waschbecken, über dem ein Spiegel hing, der aus poliertem Metall bestand. Feuchtigkeit hatte sich darauf niedergeschlagen und machte ihn stumpf. Sie zögerte.

Was werde ich darin sehen?
Werde ich mich selbst überhaupt wiedererkennen?

Der Drang nach der Wahrhaftigkeit des Moments wischte ihre Zweifel beiseite. Ivy stellte sich auf die Zehenspitzen, drehte sich seitlich und wischte mit der Schulter über den Spiegel. Der Stoff der Zwangsjacke war rau und feucht, doch es gelang ihr, das Metall vom Kondenswasser zu befreien. Zurück blieben verwischte Schlieren.

Dennoch brauchte sie weitere Sekunden, um sich dazu durchzuringen, ihr Spiegelbild bewusst anzusehen. Wie erwartet war es ein Schock. Sie war ohne Frage sie selbst, doch ihr Zustand war erbärmlich.

Das weißblonde Haar strähnig und nass. Die Augen tief eingesunken in dunklen Höfen, die weit mehr waren als Smokey Eyes. Eher schon *Corpse Bride*. Die Wangen bleich und eingefallen, sodass sich die Haut über den Knochen spannte. Die Lippen blass und dünn. Ebenso ihr Hals, der aus dem viel zu weiten Kragen der Zwangsjacke ragte.

Ivy sah, dass sich eine einsame Träne in ihrem Augenwinkel sammelte und anwuchs, bis sie sich der Schwerkraft folgend ablöste und eine feuchte Spur hinterlassend über ihre Wange rollte. Der Schmerz, den sie in ihrer Körpermitte fühlte, tat weh und war ein Messer, das sich in ihre Seele bohrte. Das Schlimmste war jedoch, dass sie in perfider Weise in ein Abbild Vanessas blickte, nur mit hellen Haaren und ohne Bilder auf der Haut.

»Hilf mir«, flüsterten ihre spröden Lippen leise. Die Brandung antwortete ihr mit monotonem Dröhnen. Der Spiegel beschlug erneut, verwandelte ihr Antlitz in Nebel.

Ivy sah sich um, weil sie sich beobachtet fühlte, doch sie war allein. Oben in der Ecke über der metallbeschlagenen Tür, die nur noch aus Rost bestand, wucherte schwarzhaariger Schimmel.

War der vorher schon da gewesen?

Sie glaubte nicht. Zumal es außergewöhnlich war, dass Schimmel derart lange Fäden bilden konnte, dass diese aussahen wie Menschenhaar. Sie erinnerte sich an den Film *The Grudge*, den sie vor Jahren mit Seth zusammen gesehen hatte. Dort waren es die Haare eines Geistes, die von der Zimmerdecke oder aus der Badewanne wucherten. Einfach ekelhaft. Sie fürchtete sich noch heute vor dem Film. Es kostete sie Mühe, den Blick von dem Geflecht abzuwenden und tat es dennoch.

War es gewachsen?
Hatte es sich eben bewegt?

Sie schob es auf das diffuse Licht der Lampe über der Wanne, aus der sie gekrochen war, und den Schatten in dem ansonsten dunklen Raum. Alles, was finster war, schien sich zu bewegen, sich zu schlängeln und zu winden.

»Vanessa, bitte hilf mir!«, flehte sie klagend. Angst umklammerte kalt ihr Herz. Vor dem Haarbüschel über der Tür, den spiegelnden Wasseroberflächen in den Wannen, die wie Glas wirkten, und der Dunkelheit an sich. Der wütenden Brandung. Und sogar vor sich selbst.

Vanessa war die Einzige, die ihr helfen konnte, doch die erhörte ihr Flehen nicht, sosehr sie auch bettelte. Ivy wischte erneut über den Spiegel, doch der verbarg ihr Gesicht in einem verschwommenen Schatten, auf dem Wassertropfen glänzten, die Tränen waren. Hinter ihr erwuchs das sich windende Haar zur Bedrohung.

Wie es nass und schwer herunterhing, ein Vorhang, der Finsternis war. Ivy würgte, weil sie an Haare im Mund dachte. Das Grauen um sie herum verdichtete sich.

Ich werde diese Nacht in der hintersten Kammer meines Geistes verschließen. Werde sie wegsperren wie ein dunkles Geheimnis, erinnerte sich Ivy an das, was sie sich in der verhängnisvollen Gewitternacht in Baton Rouge geschworen hatte. Geschehen war jedoch etwas anderes.

Ich habe mich selbst weggeschlossen, verende hier mit ungehörtem Schrei!

»Der Tod kann nicht trennen, was im Leben vereint«, sprach sie zu ihrem Spiegelbild, das nun gänzlich schwarz war. Ivy schloss die Augen, atmete tief ein und wiederholte die Worte, mit welchen sie in Baton Rouge die Finsternis herbeigerufen hatte. »Erbarme dich meines langen Elends!«

Ivy starrte erwartungsvoll auf ihr düsteres Gegenüber. Zuerst geschah gar nichts. Sekunden dehnten sich zu Minuten, sofern Zeit hier überhaupt existierte. Um sie herum schwoll die Dunkelheit weiter an, engte sie mehr und mehr ein.

Das Schwarz zog im Spiegel Schlieren, wurde zu einem verwaschenen Grau und zerlief. Ivy glaubte, das Krächzen von Krähen zu hören, das Flattern ihrer blauschwarzen Flügel. Einen Wimpernschlag später blickte sie in Vanessas bleiches Angesicht. Sie war in der Toilette der Tankstelle, in der die Herrin des Gemetzels aus dem Spiegel gekrochen war. Vanessa zwängte sich stöhnend und mit den Armen voran aus dem Rahmen. Die Gelenke in ihren Schultern knackten wie brechendes Holz.

Ivy wich zurück, öffnete den Mund zum Schrei, doch nur Rauch quoll aus ihrer Kehle, als würde sie innerlich verbrennen. Ivy prallte gegen die Wand einer Toilettenkabine, stolperte in den engen Raum hinein, bis sie mit den Kniekehlen gegen die Kloschüssel stieß und stürzte, weil sie in der verdammten Zwangsjacke steckte und sich nicht festhalten konnte.

Der gläserne Spiegel barst unter der Urgewalt, mit der sich Vanessa hervordrängte. Schwarzes, nach Fäulnis stinkendes Öl ergoss sich aus der Öffnung, die direkt in die Hölle führte. Vanessa war vollkommen bedeckt davon, ihr weißes Kleid vollgesogen damit. Sie glitt wie ein Fisch hervor und rutschte auf den Boden, wo sie sich in die Hocke begab und mit den Händen abstützte. »Du hast mich gerufen, Ivy Good!«, zischte sie in kratzigen Stimmen. »Mich befreit aus dem verfluchten Irrenhaus, in dem ich gestorben bin!«

Ivy, die vor der Toilette im Dreck kauerte, zitterte am ganzen Leib. Ihr war abwechselnd heiß und kalt. Das Neonlicht summte elektrisch, flackerte, schuf aus Vanessas gemein grinsender Fratze ein Zerrbild.

»Du bist wegen ihr gestorben, hast du gesagt«, wagte Ivy einen verzweifelten Versuch, herauszufinden, ob es ein Fehler war, die beschwörenden Worte auszusprechen. »Und nun will sie mich zu dir machen, was gar nicht möglich ist. Ich kann nicht du sein und will es auch nicht!« Sie beugte sich vor, ihr Fuß rutschte nach hinten und sie trat in etwas Weiches hinein, das neben der Toilette lag. Ivy unterdrückte den dadurch ausgelösten Ekel und sprach weiter. »Wir lassen das nicht zu, nicht wahr? Wir beide können sie aufhalten!«

Vanessa legte den Kopf schräg, musterte sie aus dunklen, unergründlichen Augen. »Wir müssen dorthin zurück, wo alles begann. Nach Baton Rouge. Wir gehen durch die Spiegel, doch dazu müssen Opfer gebracht werden. Bist du dazu bereit?« Vanessas Stimme war alt und jung zugleich, ebenso sanft und unerbittlich hart. Sie war bei Gott kein nettes Wesen und ein Leben lang verdorben worden durch die Bösartigkeit ihrer Herrin.

Ivy schob sich an der Kabinenwand in eine aufrechte Position. Das hier war ihre Welt. Eine gottverdammte Tankstelle. Sie war nicht mehr allein und bereit dazu, alles zu geben, um der Schlampe, die ihren Körper gestohlen hatte, einen gehörigen Arschtritt zu verpassen. »Ich weiß, wo wir Spiegel und Opfer finden werden!«

Der Fingerzeig Gottes

Es gibt kein Licht am Ende des Tunnels, nur weitere unendliche Dunkelheit. Das ist die bittere Wahrheit. Denn dort ist die Jenseitswelt Kurnugia. Sie haben mir den Eintritt verwehrt, weil ich nichts als Boshaftigkeit kenne und die Waagschale sich nur zu einer Seite neigte. Und es ist wahr. Ich bin bis aufs Mark verdorben.
Wenn ich mit dir fertig bin, wirst du es ebenfalls sein!
V.

Nachdem Ereškigal gefressen hatte und ihr Bauch voll war, stand sie in klebriges Rot und Schwarz gekleidet auf. Unter ihr der aufgebrochene Leichnam, unter den Rippenbögen leer. Herz, Leber, Nieren, Magen und Milz waren verschlungen. Die Wunde in ihrer Schulter hatte sich geschlossen.

Wenn sie sich eine Seele holte, die es wert war, von ihr in das ewig dunkle Totenreich Duat geleitet zu werden, gab sie ihr den Pfortenspruch mit auf den Weg, damit sie mit einer Feder aufgewogen werden konnte. Das war ihre ureigenste Aufgabe und manchmal erinnerte sie sich daran.

»Sie werden dich fragen, was zu sagen ist beim Eintreten in die Halle, beim Lösen von allem Bösen, was du getan hast, beim Schauen der Gesichter der Götter. Und du sprichst: Gegrüßet seiest du, großer Gott der Halle der vollständigen Wahrheit. Ich bin von der Herrin des Gemetzels, die sich nun Ereškigal nennt, zu dir gebracht worden, um deine Vollkommenheit zu schauen. Sie schnitt mir die Namen der zweiundvierzig Götter in die

Haut, auf das ich sie nie vergesse. Die, die bei dir sind in der Halle der vollständigen Wahrheit. Ich bin zu dir gekommen, nachdem ich dir meine Seele – die Maat – gebracht und dir das Unrecht vertrieben habe!«

Sie schluckte seine Seele hinunter und Seth ging ein ins Totenreich Sechet-iaru. Im gleichen Augenblick vergaß sie seinen Namen und warum sie es getan hatte.

Ereškigal watete durch das Wasser zum Ufer zurück, denn dort wartete ein weiteres pochendes Herz darauf, geschlachtet zu werden. Als sie ihren Fuß in den feuchten Sand setzte, horchte sie auf. Die Kojoten, die sie als Wächter zurückgelassen hatte, wurden angegriffen!

Sie verzog angewidert das Gesicht, denn die Hure Gottes war gekommen!

Ereškigal fieberte die Konfrontation regelrecht herbei. Diejenigen, die sich in die Gänge wagten, waren ihr letztes Hindernis vor der großen Öffnung der Unterwelt und dem Wiedererlangen alter Macht.

»Bald werdet ihr vor der Herrin des Gemetzels im Staub kriechen, denn dort ist euer angestammter Platz!«

Es war an der Zeit, sich vorzubereiten. Sie trat an den Altarstein und sah auf die gefesselte Frau herab. Mit den Fingerspitzen folgte sie beiläufig den blauen Lapislazuli-Adern. »Ich bin das Gestern, das Heute und das Morgen, und ich habe die Macht, ein weiteres Mal geboren zu werden. Ich bin die göttliche, verdorbene Seele, die die Götter schuf und die Bewohner der Tiefe, den Ort der Toten, der sich Jenseitswelt nennt. Huldige der Herrin des Schreines, der im Zentrum der Erde unter dem Weltenbaum steht, denn wir sind eins!«

Der Altar war nicht einfach nur ein Stein, auf dem man Blutopfer darbrachte. Wenn man den in die Oberfläche gekerbten Zeichen Glauben schenkte, war dies tatsächlich der Schrein, von dem Ereškigal gesprochen hatte. In ihm verborgen ihre uralte, vergessene Macht. »Bald werdet ihr wissen, was Finsternis wirklich bedeutet!«

Ereškigal sprang auf den Altarstein, hockte mit gekrümmten Beinen über der schwer verletzten Frau, die blutete wie ein abgestochenes Schwein. Kaum zu glauben, was für eine Menge an rotem Saft in ihrem schmächtigen Körper steckte.

Die Zähne fletschend zog Ereškigal das Messer der Camperin, schnitt ihr vom Leib, was an Kleidung noch übrig war, und fuchtelte mit der Klinge vor dem von Angst geweiteten Auge der Frau herum. »Messerarbeit ist mir die liebste«, krächzte sie in zerstoßenem Glas. »Und dir lasse ich eine ganz besondere Behandlung zukommen!«

Sie musste sich beeilen, denn der Geruch der Ordensfrau nahm an Intensität zu. Das Miststück hatte den Schacht betreten!

Ihre langen Finger ergriffen das nervös zuckende Augenlid. »Ich will, dass du alles siehst, um in der Jenseitswelt davon zu berichten!« Zwischen spitzen Fingernägeln zog sie es vom Augapfel weg, schnitt es mit der scharfen Klinge ab und steckte es sich mitsamt den Wimpern in den Mund. Der klägliche Rest zog sich wie eine Schnecke in die Hautfalte über dem Auge zurück.

Sue stieß einen wimmernden, leisen Schrei aus und wollte das Blut wegblinzeln, das aus dem Häutchen in ihr

Auge sickerte, nicht begreifend, dass sie kein Lid mehr hatte.

Ereškigal schluckte den borstenhaarigen Fetzen und fügte Sue einige schnelle, oberflächliche Schnitte zu. Der verschwitzte Körper unter ihr bebte, warf sich in den Fesseln umher, sodass das Leder knirschte. Sie sog den säuerlichen Geruch durch die Nase ein, den Sues Haut verströmte. Ein Gemisch aus Angst, Verzweiflung und dem Begreifen, das alles, was ihr jetzt zugefügt wurde, nicht mehr rückgängig zu machen war.

Ereškigal stach Sue in die Handfläche, dass diese schrie wie ein gestochenes Schwein. »Schrei nur«, keuchte sie atemlos. »Dein Weg endet hier, es gibt kein Entrinnen, also finde dich besser damit ab!« Für sie war Sues Tortur ein sich ständig steigernder Rausch der Sinne.

Sie schnitt ihr den kleinen Finger ab und steckte ihn sich in den Mund. Danach den Zeigefinger, weil er sie an den erhobenen Finger Gottes erinnerte. Schmatzend kaute sie auf den knochigen Stücken herum. Die bluttropfenden Enden ragten zwischen ihren Lippen hervor. Fingernägel und Knochen spuckte sie Sue ins Gesicht, das ein Spiegel von Traurigkeit war.

Sie quetschte Sues linke Brust und drückte zu, bis sie schrie. Der Nippel erreichte eine obszöne Länge und war von dunklem Rosenrot, ähnlich der Farbe eines Regenwurms. Ereškigal schnitt die Brustwarze ab und aß sie auf. In Erwartung des Geschmackes von Euterfleisch wurde sie nicht enttäuscht.

Sues Körper war inzwischen mit Blut bedeckt, ebenso ihr Gesicht. Ihr Wimmern wurde leiser, ihr Schluchzen erklang nur noch selten und aus heiserer Kehle. Doch die Herrin des Gemetzels war nicht fertig mit ihr. Sie hatte gerade erst angefangen. Sie setzte die scharfe Klinge unter die linke Brust und schnitt diese ab. Letztendlich musste sie das, um an das begehrte Herz zu kommen.

Haut, Fett, Bindegewebe und Muskeln teilten sich ebenso wie das Drüsensystem, das die Muttermilch bildete, unter den emotionslos ausgeführten Schnitten. Nach der Warze raubte sie Sue mit kaltem Kalkül einen wichtigen Teil ihres Sexualdimorphismus. Ereškigal lachte leise in sich hinein. Wenn sie mit Sue fertig war, würde sie überhaupt kein Geschlecht mehr haben. Die großflächige Wunde, die innen eher weiß als rot war, blutete erstaunlich wenig, weil die Drüsen den größten Teil des Organs ausmachten.

Ihre schrecklichen Taten glichen einem naiven kindlichen Spiel, das weder Sinn noch Nutzen hatte. Da sie die Brust nicht fressen wollte, warf sie diese ins Wasser. Dort schwamm sie mit dem Warzenloch nach oben, eine obszöne Vulkaninsel, die Blut eruptierte. Es dauerte nicht lang, bis sich die Wasseroberfläche kräuselte. Etwas schlängelte heran und begann, an der Unterseite der Brust zu zupfen, sodass diese in einem unmöglichen Eigenleben erzitterte.

Sue murmelte verwirrte Worte vom Herrn im Himmel und Jesus Christus. Ereškigal machte ihr Gestammel wütend. Unter dem Weltenbaum war kein Platz für den schwächsten aller Götter. Sie gab Sue eine schallende Ohrfeige und packte ihr Kinn, damit Sue sie ansehen musste. »Der wird dir nicht helfen, weil du nur Fleisch bist, geschaffen, um mich zu nähren!«

Sie dachte einen Moment darüber nach, ihr die Zunge herauszuschneiden oder zumindest die Zähne mit dem Messergriff einzuschlagen, sah aber davon ab, weil sie Sues Schreie zu sehr genoss. Stattdessen begann sie mit der Messerspitze auf Sues Scheitel winzige Schriftzeichen in die Haut zu schneiden. Normalerweise tat sie das erst nach dem Tod der Opfer, doch bei der Rothaarigen machte sie eine Ausnahme. Die sollte leiden.

***

Die dunklen Haare, die nach Rauch, altem Blut und Schlimmerem stanken, fielen zu beiden Seiten ihres Kopfes auf den Opferstein. Sues abgeschnittene Finger pochten in den Spitzen, die es nicht mehr gab. Die linke Brust war ein Herd aus Feuer.

Sue sah die schwarze Hexe über sich hocken. Der Blick der Hexe war konzentriert, während sie in ihrem Gesicht eine seltsame Art von Schnitzwerk verrichtete. Die Schmerzen waren, verglichen mit den schon erlebten, von lächerlicher Natur, aber im Gesamten der stetige Tropfen, der sie beharrlich in den Wahnsinn führte.

Sue sehnte eine befreiende Ohnmacht herbei, doch die wollte sich nicht einstellen. Stattdessen flackerten Bilder an ihrem geistigen Auge vorüber, die verkorkste Erinnerungen zeigten. Von ihren Eltern, deren Gesichter aufgerissene Münder voller abgebrochener Zähne waren. Von ihrer Schwester, die in den Löchern ihrer abgeschnittenen Brüste herumfingerte, um armlange bleiche Tausendfüßler hervorzuziehen. Von ihrem Freund, dessen geblähter

Bauch pulsierte und wie ein Hautsack in sich zusammenfiel. Sein Schwanz bestand aus wild peitschenden Tentakeln, die nach ihr fischten.

Wäre all das nicht verstörend genug, waren es die grell überzeichneten Farben, die sie in tiefste Verwirrung stürzten. Das Falsche präsentierte sich in bunten, ineinander zerlaufenden Tönen. Blut war lila, Fleisch gelb, die von blauer Tinte tropfende Eichelspitze ihres Freundes grün wie frisch erblühter Schimmel.

Sie fühlte sich als Kadaver, an dem wilde Hunde zerrten und sah das Bild eines gerissenen Hirsches vor sich, in den sich Wölfe verbissen hatten. Nicht nur die Schnauzen, die ganzen Köpfe der Tiere waren rot. Wenn sie an der aufgebrochenen Tierleiche rissen, ruckte die von unseligem Leben erfüllt über den Boden.

Es wäre besser, wenn Wölfe sie anstelle der Hexe getötet hätten, denn dann hätte alles einen Sinn ergeben. Bäuche wären gefüllt worden, dachte Sue und blickte auf die Hexe herab, die auf ihrem geschändeten Leib kauerte und ihre Haut zerschnitt. Die schwarzen Haare waren eine verfilzte Flut, die bis auf den Boden reichte. Ein neuer Freund namens Wahnsinn reichte ihr die Hand und führte sie davon.

Die Hand Gottes

Ein brutaler Schlag traf Ereškigal im Rücken, entlockte ihr ein ersticktes »Uh«. Ihre Seite brach auf und blutete. Rauch kräuselte aus dem Loch, das nach Schießpulver roch.

»Ich befehle dir, alte Schlange, bei dem Richter der Lebenden und der Toten, bei deinem Schöpfer und dem der Welt, bei dem, der die Macht besitzt, dich in die Hölle zu schleudern!« Die Stimme einer Frau donnerte von Wut und Hass getragen aus dem Gang, der in den Felsendom mündete.

»Weiche eilends und voller Furcht, samt deiner wütenden Heerschar, von dieser Dienerin Gottes!« Worte, die hastig und im Rennen ausgestoßen wurden. Eine atemlose Litanei, die Ereškigal im Rücken brannte wie das glühende Eisen eines Hufschmieds. Die Worte verfehlten ihre Wirkung nicht, denn jedes davon raubte ihr etwas ihrer neugewonnenen Kraft.

Ereškigal sprang von einem Wirbel aus schwarzen Haaren und Funken umgeben vom Altar und direkt hinein in Claires Faust, deren Finger in einem Schlagring aus Silber steckten. Auf jedem Ring das eingravierte Symbol eines Erzengels. Gabriel – Michael – Uriel – Raphael. Der brutale Hieb trieb sie gegen den Stein, presste ihr den Atem, den Ivy Goods Körper zum Funktionieren brauchte, aus der Lunge.

***

Claire sah das verfluchte Weib gegen den Altarstein taumeln, auf dem eine verstümmelte Frau lag. Sie holte zum nächsten Hieb aus. »Herr, schmettere nieder den Erzfeind, der den unreinen Geist deiner Dienerin mit arglistiger Täuschung heimsucht!«

Ihr war in diesem Moment selbst nicht klar, ob sie damit die Frau auf dem Stein oder Ivy Good meinte. Der hart geführte Schlag ging ins Leere, denn das Höllenweib verflüchtigte sich zu einem verwischten Schatten aus Rauch und entkam knapp. Claires Faust hämmerte gegen den Stein.

Egal, der Mummenschanz kostete die Schlange sicher jede Menge Kraft.

Ereškigal kreischte wie eine Furie und sprang Claire mit gekrümmten Krallen an. »In der Unterwelt ist mein Platz und das hier ist mein Thron, du blöde Fotze!«

Claire reagierte zu spät. Sie verlor durch den Aufprall das Gleichgewicht, strauchelte zur Seite weg, ihr Fuß knickte ein. Sie stürzte.

Fingernägel gruben sich in Claires Gesicht, zogen tiefe Furchen über Stirn und Wange, die sofort bluteten. Sie hörte das Kratzen direkt im Kopf, das knirschende Reißen der Haut. Augenbraue und Lid wurden geteilt, was höllisch brannte. Ihre Hand zuckte nach oben, aus Angst, das Auge könnte verletzt sein, doch es war nur der Blutschleier, der sie alles verschwommen wahrnehmen ließ.

Das Gewicht des Höllenweibes drückte sie zwischen die Steine. Gestank von Blut, vergammeltem Fleisch und Rauch füllte ihre Kehle. Sie musste auf die Beine kommen, oder das Dreckstück würde sie fertigmachen. Claire kam mit Schultern und Kopf hoch, doch die Stirn

Ereškigals knallte oberhalb der Nasenwurzel gegen die ihre und schickte sie benommen auf den Boden zurück.

»Ich esse Entsetzen und scheiße Grauen!« Zerspringendes Glas in Claires Kopf, welches die Stimme des Dämons war. Ihr selbst fehlten aus Atemnot die Worte, doch ihre Faust hämmerte dennoch in die Rippen der Furie.

Ein Knall wie brechendes, trockenes Holz. Der Schlagring hatte Ivy Good eine Rippe gebrochen. Mindestens. Claire kam frei und sogar auf die Beine, doch der Felsendom drehte sich vor ihren Augen. Sie schmeckte Blut und fragte sich, ob die Hexe ihr mit dem Kopfstoß die Nase gebrochen hatte. Hinfassen, um es herauszufinden, wollte sie jedenfalls nicht.

Sie wankte gegen den Altar, hörte ein schwaches »Bitte« von den Lippen der gefesselten Frau. Ivy Good, oder besser gesagt der Dämon, in den sie sich verwandelt hatte, hockte auf dem Boden, die Beine gebeugt, den Oberkörper auf die Arme gestützt, das Gesicht hinter einem Vorhang aus schwarzem Haar verborgen.

Ich hasse es, wenn man ihre Gesichter nicht sieht …

Claire holte tief Luft und zog ein silbernes Kruzifix hervor, das sie der hockenden Kreatur entgegenstreckte. »Sieh das Kreuz des Herrn! Ich befehle dir, unreiner Geist, reiß dich los und weiche von diesem Geschöpf Gottes!« Beherzt trat sie ihr unter Aufsagen der heiligen Worte einen Schritt entgegen. »Er selbst befiehlt es dir, auf dessen Wort du von den Höhen des Himmels in die Hölle gestürzt wurdest. Weiche!«

Ereškigal sah auf. Eines ihrer Augen funkelte Claire zwischen Haaren in boshaftem Gelb entgegen. »Du schamlose Lügnerin. Steckst dir in der Dusche den Finger in den Arsch und glaubst, es ist Gottes Wille?« Sie richtete sich weiter auf, blieb aber in leicht gebückter Haltung. »Du verkehrst Gottes Wort ins Gegenteil, wenn du Liebe predigst und Schmerz meinst!«

»Du weißt gar nichts«, verteidigte sich Claire und wusste im selben Moment, dass sie einen Fehler begangen hatte. Sie sprach mit dem Dämon und nahm in damit für voll.

Ereškigal verzog ihre spröden Lippen zu einem bösen Lächeln. »Warum trägst du wohl den Stacheldraht um deine Hüften? Weshalb stöhnst du vor Wonne, wenn du dir unter der Dusche die Finger in die Fotze steckst und dich im Namen des Herrn wichst?«

Claire schnaufte nicht nur wegen des Schwindelgefühls in ihrem Kopf. Das Scheusal hatte ihren wunden Punkt getroffen, sie überrumpelt.

»Oder muss ich erst dein Idol Mechthild von Magdeburg zitieren?«, knurrte Ereškigal gefährlich leise. »Jesus durchküsst sie mit seinem göttlichen Munde. Wohl dir, ja mehr als wohl, ob der überherrlichen Stunde! Er liebt sie mit aller Macht auf dem Lager der Minne und sie kommt in die höchste Wonne und in das innigste Weh wird sie seiner recht inne. Was bedeutet«, wisperte Ereškigal mit süßlich verführerischem Unterton, »dass er ihre nasse Nonnenfotze geleckt und sie anschließend gefickt hat, denn darauf kommts euch doch letztendlich an, nicht wahr?«

»Herr, erhöre mein Gebet und lass mein Rufen zu dir kommen!« Claires Stimme klang schwach, verhallte kraftlos, bevor ihre Worte die Wände erreichten. Der Dämon hatte recht. Schmerz war ihre Essenz, mit der sie funktionierte. Die harte Hand, ihr Ansporn.

Scheiß auf das Licht!

Nein. Ich bin eine Dienerin des Herrn, sein williges Fleisch und Werkzeug!

Welches Herrn?

Dem Gütigen oben im Himmel, der nicht jähzornig ist und alles verzeiht?

Oder meinst du den Gott des Gemetzels?

Claire packte den Schlagring fester, war willens, ihn sich selbst gegen die Schläfe zu hauen, weil sie nicht wusste, ob es ihre Gedanken waren oder die, die ihr der Dämon einflüsterte.

»Der Gott des Gemetzels kennt keine Gnade, Claire. Er nimmt dein Fleisch, wie es ihm beliebt und schenkt dir Ekstase und Schmerz, genau so, wie du es dir wünschst. Leugne es, und der dornige Gürtel um deine Hüften ist eine Lüge!«

Claire ließ die Fäuste sinken, weil der Dämon mit jedem Wort recht hatte. Es war vorbei, sie hatte den Kampf verloren, bevor er überhaupt begonnen hatte. Der Dämon hatte die Frucht des Zweifels in ihren Geist gesät.

Ereškigal straffte ihre Schultern. Sie war etwas kleiner als Claire, aber die fehlende Größe machte sie durch ihre Präsenz wett, die begann, die Luft mit Rauch und orangeroten Funken zu durchsetzen. Sie streckte eine Hand aus, die Finger offen, die hellere Innenfläche nach oben gedreht. »Ich reiche dir meine Hand, denn ich bin Ereškigal, die Herrin der Unterwelt Kurnugia, des ewig finsteren Allatum, wo du deine Erfüllung in Schmerz und Unterwerfung erfahren wirst.«

Ein Moment der Stille folgte, nur durchbrochen vom flachen Atmen der verstümmelten Frau auf dem blaugeäderten Altar.

Claire sah auf die dargebotene Hand und fand sich in einem Zwiespalt wieder.

Musste ich erst ins verdammte South Dakota kommen und in eine Höhle steigen, um an meinen Zweifeln zu zerbrechen?

Die Frage, die sie in den Strudel stieß, dröhnte in ihrem schmerzenden Schädel.

Was ist Gott?
Licht oder Dunkelheit?
Liebe und Vergebung oder Schmerz und gnadenlose Konsequenz?

Es war die Frau auf dem Felsen, die ihre unausgesprochene Frage beantwortete und ihr die Entscheidung abnahm. »Ich musste mich stets in großen Ängsten haben und während meiner ganzen Jugend mit heftigen Abwehrhieben auf meinen Leib einschlagen.« Sie schnaufte traurig, bevor sie weitersprach. »Das war: Seufzen, Weinen, Beichten, Fasten, Wachen, Rutenschläge und immerwährende Anbetung!«

Für Claire waren die Worte ein Schock, denn es waren die der Mechthild von Magdeburg. Etwas, das die Frau unmöglich wissen konnte und wenn doch, ganz sicher nicht im Angesicht des Todes rezitieren würde.

Was geschieht hier?

Ist dies ein Fingerzeig Gottes, von meinen Zweifeln abzulassen?

»Was hättest du von deinem Schmerz, wenn du damit nicht dem Herrn lästern kannst, wo du dich letzten Endes doch nach seiner Liebe verzehrst?« Die Stimme der Gefesselten war kaum zu hören, nur ein Hauch, der schnell verwehte.

Dieser kurze Moment genügte, um Claire wachzurütteln. Das war ohne Zweifel ein Zeichen. Ihr Kopf ruckte nach oben, ihre Finger schlossen sich um den geweihten Schlagring, dass die Knöchel knackten. »Vergib mir, Herr, dass ich an dir zweifelte!«

Sie hob den Kopf und sah Ereškigal in die gelblich glühenden Augen. »Und für dich gilt: Fick dich, Bitch, ich prügle dich zurück in deine Scheißhölle!«

Mindfuck

Es gibt nichts Schöneres als ein richtiges Blutbad. Ein Massaker, bei dem du dich im warmen, dampfenden Fleisch suhlst. Ich schwöre dir, wenn du einmal einen Menschen geschlachtet und ausgenommen hast, wirst du nie mehr davon loskommen. Wie eine Droge, von der du mit dem ersten Schuss abhängig wirst, fickt es deinen Kopf, fährt dir wie eine Sense direkt zwischen die Beine. Es erniedrigt dich zur stöhnenden Hure, die sich die blutigen Mörderfinger in die Fotze steckt, um es sich selbst zu machen.

Am geilsten ist es jedoch, das Herz zu fressen, diesen pumpenden, unförmigen Muskel, der dir die Macht über Leben und Tod verleiht.

V.

Ivy zögerte, weil sie sich selbst in einer der Spiegelscherben sah, die auf dem Boden verstreut dalagen. In der Zwangsjacke gefangen, musste sie sich verrenken, um sich ansehen zu können. Ihr eigenes Antlitz machte ihr Angst, so bleich und eingefallen, wie es war. Die Augen so hungrig. Der Funke des Zorns, der darin glomm.

Vanessas kalte Hand legte sich um ihr Genick. Ihre dünnen Finger drückten zu. Bestimmt, aber nicht schmerzhaft. »Ich habe mir so sehr eine Schwester gewünscht«, flüsterte sie ihr ins Ohr. »Wie im Leben, so im Tod.«

Ihre Hände glitten Ivys Rücken herunter, das konnte sie sogar durch den groben Stoff der Zwangsjacke fühlen. Sie löste die Schnallen und schenkte Ivy die Freiheit. Die Fesseln fielen von ihr ab wie eine alte, stinkende Haut. Sie streckte die Arme aus und bewegte die Finger. Tausend Ameisen krochen mit ihren winzigen Beinchen durch ihre Adern und brachten ein Gefühl zurück, welches sie vergessen hatte. Die Illusion von Leben.

Vanessas Lippen berührten sanft Ivys Nacken. Die Feuchtigkeit auf ihrer Zungenspitze war heiß und klebrig, löste einen Schauer aus, der über Ivys Körper huschte wie ein statisch aufgeladenes Tuch. Sie glitt elektrisierend bis hinter ihr Ohr, wo sie Vanessas Atem auf der Haut spürte. »Du und ich, die schwarze und die weiße Schwester, was könnten wir in dieser Welt alles erreichen!«

Das Ohrläppchen umspielend fand die feuchte Spitze ihren Weg in Ivys Ohr. »Die Toten werden wie die Lebenden vor uns erzittern!«

Ivy wollte sich von ihr lösen, doch Vanessa legte von hinten einen Arm um ihre Taille. Ihre Finger glitten auf Ivys Bauch, wanderten tiefer. »Spürst du es denn nicht? Sie zerstört dein Fleisch, zersetzt deine Innereien, also überleg schnell, Schwester!«

Sie konnte nicht verhindern, dass Vanessas Finger tiefer glitten und sich auf das schmutzige Nachthemd legten, wo sich der Stoff an die Wölbung ihrer Scham schmiegte. Ivy schloss die Augen, gab sich einen Moment der Liebkosung der Finger hin, die geschickt nach unten drangen, wo sich ihre Schenkel feucht in einer empfindlichen Wunde öffneten.

Ivy schluckte, konnte ein leises Stöhnen nicht unterdrücken. Am liebsten hätte sie es mit der schwarzen Krähe gleich hier auf dem versifften Boden der Toilette getrieben, doch sie erinnerte sich an die Hoffnung, einen

Weg zu finden, ihren Körper wiederzuerlangen, und stieß Vanessa von sich. »Nicht jetzt, aber ich denke darüber nach ...«

Ohne sich umzublicken, hastete sie zur Tür und riss diese auf. Natürlich erwartete sie die Dunkelheit der Nacht auf der anderen Seite. Dennoch schritt sie raus, ungeachtet dessen, dass ihre nackten Füße durch ölige Pfützen platschten. »Wir haben was zu erledigen, also komm!«

Ich will es hinter mich bringen, bevor die Hexe meinen Körper kaputt macht.

Die rote Leuchtreklame auf dem Dach über den Zapfsäulen empfing sie mit elektrischem Summen. Eine der Neonröhren der Tankstellenbeleuchtung zerplatzte mit lautem Knall. Glassplitter regneten auf grauen Asphalt.

Der Wind drückte ihnen die Kleider wie schmutzige Häute an die Körper. Die ungekämmten Haare wehten weißblond und schwarz wie die Mähnen von wütenden Hexen, die sie ohne Zweifel – nur auf andere Art – waren. Sie hatten sofort die Aufmerksamkeit aller Anwesenden.

Ein Tanklaster parkte an der Zapfsäule direkt an der Straße. Der kräftige Trucker, dessen Bart bis an seinen Nabel reichte, schob sich sein dreckiges Basecap in den Nacken.

Die mintgrüne Familienkutsche mit der Holzvertäfelung an den Seiten stand gegenüber. Der bebrillten Halbglatze in beigen Chinos und hellblauem Polo fiel beinahe die Zapfpistole aus der Hand. Eine dralle Blondine, deren Haaransätze rausgewachsen waren, glotzte ihnen durch die Frontscheibe entgegen. Im Fond zwei tobende Arschlochkinder.

An der Zapfsäule, die dem Store am nächsten war, stand ein Chevy Blazer aus den 1980ern, den nur noch der Rost zusammenhielt. Ein Redneck in öligen Jeans und Konföderierten-Shirt, der ein Basecap trug, auf dem ›Ol'Dixie‹ stand, schob sich einen Klumpen Kautabak von einer Backe in die andere.

Ivy wählte den Trucker, der sie anglotzte, als wäre sie ein vom Himmel gefallener Engel, der in einer Schlammpfütze gelandet war.

Vanessa steuerte mit bösem Grinsen auf den Familienvater zu. Der Chinomann starrte ihr wie ein Kaninchen in Opferstarre entgegen. Lediglich sein Unterkiefer klappte hinab, entblößte schneeweiße makellos gerichtete Zähne, die sicher ein Vermögen gekostet hatten.

Vanessa liebte die Selbstinszenierung. Sie breitete ihre Arme aus. Rauch wehte aus ihren Haaren, der schwarz war wie die düsterste Finsternis. »Sieh in das Antlitz deines Todes und verzweifle!«, krächzten tausend wütende Krähen aus ihrem Mund, dass es in den Ohren derer schmerzte, die leiblich waren.

Der Mann blieb trotz der Ansage stehen, ließ die Zapfpistole sinken. Der Mund der Dicken im Wagen formte sich zu einem O, doch ihre Worte wurden von Vanessas Finsternis verzehrt, bevor sie gehört werden konnten. Vanessa erreichte den regungslos dastehenden Mann, umfasste ihn mit einer Hand, deren in Krallen auslaufende Finger in stumpfem Schwarz von hinten über seinen Kopf krochen und in seine Stirn schnitten, um ihn zurückzureißen. Mit der anderen entriss sie ihm die Zapfpistole und rammte den benzinejakulierenden Lauf mit voller Wucht in seinen Mund, dass die teuren Zähne splitterten, genau wie diese unglaublich harten weißen Zuckerbonbons.

Krächzend lachend stieß sie die Pistole tiefer, bis sich sein Hals wölbte und er gurgelnd in die Knie brach. Sie drückte den Griff und rosa stinkendes Benzin flutete sein Innerstes, was Lunge und Magen zugleich war.

Vanessa verschwendete keine Zeit, packte seinen Kopf mit beiden Händen, drückte ihm mit den Daumen die Augen aus und drehte ihn, bis das Genick mit hölzernem Knall brach.

Ivy bemerkte erst jetzt, dass sie stehen geblieben war und erstaunt der schonungslosen Brutalität ihrer dunklen Schwester zusah. War das, was hier geschah, nur eine Illusion, oder waren sie zu Geistern geworden, die arglose Menschen an einer Tankstelle heimsuchten, die einfach nur mit ihren eigenen Geschichten einem unbekannten Ziel entgegenstreben wollten?

Sie dachte an John Carpenters *Vampire*, die aus der Wüste kamen, und erschauerte vor sich selbst.

Der Trucker war definitiv kein Kaninchen. Er hatte noch etwas vor mit seinem Leben und wusste, dass er sich nicht wehrlos zwei dahergelaufenen Schlampen geschlagen geben würde. Mit behänder Geschmeidigkeit riss er einen Baseballschläger aus der Fahrerkabine und stürmte auf Ivy zu. Vermutlich sah er in ihnen zwei Crackschlampen, die sich das Geld für den nächsten Flash stehlen wollten und durchgeknallt, wie sie waren, über Leichen gingen.

Der Kerl hielt sich nicht mit Warnungen auf. Bevor sie begriff, was geschah, hatte er die Entfernung zu ihr überbrückt, holte aus und schlug ihr den Schläger mit Wucht in den Bauch. Sie klappte wie ein nasser Sack auf die Knie, den Trucker über sich, der ihr in die Haare griff und ihren Kopf nach oben riss. Für einen Moment sahen sie sich in die Augen, dann knallte der Baseballschläger gegen ihren seitlichen Kopf. Farben explodierten. Weiß erblühte, wurde in Rot ertränkt und von Schwarz gefressen.

Ivy verlor jedoch nicht das Bewusstsein. Was Schmerz sein sollte, wurde zum Stachel eines Skorpions, der ihr Wut injizierte. Ihre Hand zuckte nach oben in den Schritt des breitbeinig vor ihr stehenden Truckers. Ihre dünnen Finger schlossen sich mit der Kraft eines Schraubstockes um Schwanz und Eier, drückten erbarmungslos zu, bis die Haut unter dem rauen Stoff der Jeans nachgab und Fleisch und Eier wie aus einer geplatzten Brühwurst hervorquollen. Der Trucker schrie wie eine alte Jungfer und ließ den Schläger neben Ivy auf den Asphalt fallen, um sich in den Schritt zu greifen.

Ivy verschwendete keine Sekunde darauf, darüber nachzudenken, woher sie dafür die Kraft nahm und dieser unbändige Hass kam und riss ihn am nassen Schritt derart grob zu sich heran, dass er neben sie hinstürzte. Wie eine Katze sprang sie auf seinen kräftigen Körper, kratzte ihm in Sekundenschnelle die Augen aus und die Haut vom Gesicht. Eine Faust traf sie in der Seite, die andere an der Hüfte, doch das steckte sie weg. Sie packte ihn an den Ohren, riss ihn zu sich heran und verpasste ihm einen Kopfstoß, dass seine Nase unterhalb der Wurzel brach. Plötzlich war überall Blut. Es sprudelte aus seinen Nasenlöchern, den ausgelaufenen Augen, seinem Mund und – natürlich – mit Pisse vermischt durch den Stoff seiner Hose.

Es war Zeit, dem ein Ende zu bereiten. Ihr aufgerissener Mund schnellte nach unten, ihre Zähne schlossen sich um seinen Kehlkopf. Sie biss so kräftig zu, dass es in ihrem Kopf knirschte, weil Haut, Fleisch und Knorpel nachgaben und der rote Saft ihren Mundraum füllte.

Aus dem Augenwinkel sah sie Vanessa wie eine Spinne in den holzvertäfelten Kombi kriechen und wie ihre gekrümmten Krallenfinger im Fleisch der Familie wüteten. Binnen weniger Augenblicke zog sich der glitschig rote Vorhang hinter den Scheiben zu. Der Wagen erbebte und wippte in der Federung, dass es sie an ein fickendes Pärchen erinnerte, nur dass die Scheiben nicht durch die Hitze der nackten Körper angelaufen waren, sondern vom verspritzten Blut.

Sie wollte sich vom Hals des Truckers lösen, weil sein Blut ihren Magen füllte, als etwas aus ihm heraus in ihren Mund einfuhr. Binnen eines Sekundenbruchteils sah sie nicht mehr den sterbenden Mann unter sich auf dem Boden liegen. Sein ganzes gottverdammtes Leben zog in unscharf verwackelten Bildern an ihr vorüber, wie es ein Daumenkino am unteren Rand eines Buches tat, wenn man es hastig durch die Finger gleiten ließ. Mit Wucht schlug es ihr in die Fresse, katapultierte sie in die Luft und schleuderte sie von ihm weg. Ivy rutschte einige Meter über den Asphalt und blieb in einer nach Benzin stinkenden Pfütze liegen.

Was zur Hölle war das eben?
Seine gottverdammte Seele?
Habe ich seine Seele gefressen?

Der Trucker scharrte nur noch unkontrolliert motorisch mit den Stiefelfersen über den Asphalt. Es ging mit ihm zu Ende. Sie wischte sich den Mund ab und stand auf.

Natürlich war es seine Seele!

Ivy hatte sich noch nie so lebendig gefühlt wie in diesem Augenblick. Das Blutbad törnte sie an. Eine solche Kraft hatte sie nie zuvor in ihren dürren Armen verspürt. Es fuhr ihr direkt in die Mitte, machte sie nass, dass es an den Innenseiten ihrer Schenkel hinablief. So einen krassen Mindfuck hatte sie noch nie erlebt, nicht mal, wenn Seth sie leckte, und der war wirklich gut mit seiner Zunge. Vanessa hatte nicht zu viel versprochen. Der Mord an dem Trucker versetzte sie in einen Rausch, der durch nichts zu übertreffen war. Sie wollte unbedingt mehr davon.

Die sich schließende Tür des Stores erinnerte sie daran, dass sie noch nicht fertig war. Der Redneck hatte sich in den vermeintlich sicheren Laden geflüchtet. Sie stand auf und ging mit langsamen Schritten auf das Gebäude zu. Auf Höhe der Familienkutsche stob eine schwarze Wolke aus Krähen aus dem offenen Seitenfenster, umkreiste Ivy einige Male und manifestierte sich flatternd als Vanessa neben ihr.

Ihre Kleider klebten blutschwer an ihrem dünnen Körper. Rot hatte das schmutzige Weiß gefressen und die Unschuld aus Ivys Seele getilgt. Wie sie nebeneinander auf den Store zugingen und mit blutigen Mündern lächelten, konnte sie die Angst der Lebenden hinter den fettschmierigen Scheiben auf den Lippen schmecken wie das salzige Ejakulat als Resultat eines fatalen Blowjobs.

Das Gefühl, neben der rabenschwarzen Vanessa zu gehen, war unbeschreiblich. In diesem Moment waren sie düstere, unheilverkündende Königinnen. Sie hielten sich nicht damit auf, durch die Tür zu gehen. Nein, Vanessa hob ihre Arme auf eine Weise, wie man es von bösen Hexen aus Filmen kannte, murmelte etwas, das sich wie »Ich bin Anfang und Ende. Nichts kann mir widerstehen« anhörte.

Die Scheiben zerbarsten mit einem unglaublich lauten Knall. Splitter schossen in alle Richtungen davon. Drinnen schrien entsetzte Menschen, kauerten sich hinter Regalen angstvoll zusammen. Der Tod war gekommen, um sie zu holen!

Ivy lief ein kalter Schauer über den Rücken, denn diese boshaft ausgestoßenen Worte erinnerten sie an das Scheusal in ihrem Körper. Es holte sie eiskalt aus der überschwänglichen Ekstase. Wo war der Unterschied zwischen Vanessa und der Herrin des Gemetzels? Hatte die am Ende Vanessa zu einem Ebenbild ihrer selbst gemacht?

Und was war mit ihr? Wurde sie ebenfalls zum Abziehbild dieser schrecklichen Weiber?

Der Redneck sprang ihnen kreischend durch die Glassplitter entgegen, in den Händen eine abgesägte Pumpgun haltend. Der Lauf spuckte dorthin Feuer, wo Vanessa eben noch gestanden hatte. Die war zu einem Wirbel aus krächzenden Federn geworden, der sich wie ein Tornado um den Mann in den öligen Jeans drehte und ihn verschlang.

Ivy sah hackende, nass glänzende Schnäbel. Blitzend schwarze Augen. Dunkle Krallen, in denen Haare hingen. Ein Schmatzen und Schneiden und Reißen und Knirschen hob sich aus dem Gestöber, steigerte sich zu einem ohrenbetäubenden Lärm. Vögel formten eine düstere Wolke, die zu Vanessa wurde, die sich kichernd die blutigen Handrücken ableckte wie eine Katze die Milch von den Tatzen. Der Redneck, oder besser gesagt das, was von ihm übrig war, nämlich ein aus abgenagten, mit Fleischfetzen, zerrissenen Sehnen und zerfleischten Organen bestehendes Knochenbündel, brach dampfend in sich zusammen.

»Das Mädchen dort drinnen mach ich dir zum Geschenk«, höhnte Vanessa und nickte mit blutbeschmiertem Gesicht zum Store, der sich der schützenden Scheibe entbehrend obszön wie die Fotze einer Straßenhure mitsamt seiner Auslage vor ihr öffnete.

Ivy zögerte, weil sie in dem Laden nur die üblichen Regale mit Snacks und die Coffee-to-go-Station sah, die schwarze, den Tag über abgestandene Brühe anbot. Ganz hinten spiegelte sich das rote Licht der flackernden Neonreklame in einem großen Spiegel, der eine Tür war, die in den Kühlraum führte, wo es Alkohol zu kaufen gab.

Reiß dich verdammt noch mal zusammen!

Vanessa stieß sie an. »Nimm ihr Leben und wir sind bereit, durch den Spiegel zu gehen!«

Ivy sah sich um. Der Trucker lag in einer riesigen Blutlache auf dem Rücken und starrte aus schwarzen Augenlöchern ins Nichts. Aus dem Mund des Polohemdträgers schwappte Benzin, das einen See unter dem holzvertäfelten Wagen mit den blutig roten Scheiben bildete. Zu guter Letzt der Redneck, der ein abgenagtes Gerippe war. Die Luft trug den Gestank des Todes in mannigfaltiger Weise.

Ist das wirklich nötig, oder will sie es einfach nur so?

»Das Mädchen!«, erinnerte Vanessa Ivy an ihre Forderung. »Oder willst du für alle Ewigkeit hierbleiben und Fernfahrer erschrecken?«

»Was?«

Vanessa bemühte sich um ein mitleidiges Lächeln, das ihr schon im Ansatz misslang. Stattdessen umspielte ihren Mund purer Hohn. »Ich habe dich befreit von den Fesseln des Fleisches, Ivy. Wir befinden uns in der Zwischenwelt, wo es kein Oben und Unten gibt.« Sie drehte sich um, zeigte auf die Toten. »Indem wir das tun, können wir für begrenzte Dauer in die Jetztwelt gelangen. Wir bewegen uns durch Spiegel, sind flüchtige Geister, denen nichts etwas anhaben kann.« Sie tat einen Schritt auf Ivy zu und ergriff ihren Arm. »Lass dich auf die Finsternis ein, Schwester. Es ist deine Wahl, ob du ein weiteres Opfer nimmst, um dorthin zurückzukehren, wo alles begann, oder ob du an meiner Seite zur finsteren Königin wirst!«

Vanessas Worte klangen wie eine süße Verlockung, doch Ivy wusste, dass alles seinen Preis hatte. Sie riss sich los, war noch nicht bereit, ihren Körper aufzugeben. »Fass mich nicht an!« Sie sah zum Store. »Das Mädchen, sagst du? Ich bring sie um und wir gehen durch den Spiegel zum Ursprung zurück?«

Vanessa nickte langsam. »Es ist der einzige Weg, wenn du deinen Körper willst.«

»Scheiß auf die Schlampe!« Ihr blieb keine Wahl. Ivy lief zum Store. Scharfkantige Glassplitter zerschnitten ihre Fußsohlen, als sie durch die geborstene Öffnung kletterte. Erneut fühlte sie die Schnitte, aber keinen Schmerz. Sie bückte sich und hob eine besonders lange Scherbe auf, nahm sie wie ein Messer. Damit würde sie es machen.

Das Mädchen, das eher eine Jugendliche war, kauerte im Schatten des hintersten Regals zwischen Tortillachips und Mountain Dew. Das verheulte Gesicht war umrahmt von blonden Locken, die ihr bis über die Schultern fielen. Sie trug ein orangerotes Shirt mit dem Logo der Tankstelle und knallenge dunkelblaue Jeans, die Löcher an den Knien hatten. Auf dem Namensschild unter dem Nippel ihrer rechten Titte stand ›Mandy‹. Als sie Ivy sah, kroch sie rückwärts über den Boden bis zur Wand davon, zog die Beine wimmernd an und schluchzte. »Bitte, Miss, tun Sie mir nichts! Ich ... Ich will nicht sterben!«

Ivy empfand ihre Bemühungen, dem Unvermeidlichen zu entgehen, als lächerlich. Was glaubte die denn? Dass sie hier alle massakrierten und sie gehen ließen, weil sie so verdammt geile Titten hatte. Und die waren wirklich klasse. Die Nippel drückten sich durch den gespannten Stoff über den Wölbungen, die nicht von schlechten Eltern waren.

Aber hey, shit happens, sagte sich Ivy und dachte an den Mindfuck von vorhin. Das war es, was sie wollte. Sie lächelte das gleiche sadistische Lächeln, das sie bei Vanessa gesehen hatte. »Du wirst jetzt sterben, Mandy, also finde dich besser damit ab!«

Die Blonde heulte, machte dabei Geräusche wie ein kleines Kind. Ivy wurde wütend. Was sollte dieser sentimentale Mist? Sie überbrückte die Distanz zu dem weinenden Bündel mit einem schnellen Schritt und packte Mandy am Hals.

Ivy hatte mit Gegenwehr gerechnet, eben mit etwas, das unter Umständen das Leben der Kleinen retten oder zumindest verlängern könnte, doch nichts dergleichen geschah. Die war kein Wolf, nicht mal ein beschissenes Schoßhündchen, sah sie nur mit tränennass-geröteten großen Augen an und schluchzte halb erstickt. Ivy drückte ihr die Luft ab und stieß die Glasscherbe in ihre Seite. Dass sie sich dabei selber die Fingerinnenseiten aufschnitt, war ihr egal.

Mandy zuckte, krümmte sich zusammen. Der Schmerz machte sie wach, riss sie aus der Lethargie des Kaninchens. Eine Rotzblase blähte sich vor ihrem Nasenloch, als sie sich aufbäumte und versuchte, ein Bein zwischen sich und Ivy zu bekommen, um sie von sich wegzustoßen.

Ivy drückte ihr den Glassplitter tiefer ins Fleisch. »Sssch, hör auf, dich zu wehren, du machst es nur schlimmer.«

Mandy schlug um sich, krallte sich in ihr Haar und riss daran, was Ivy wütend machte, weil sie ihr ein Büschel davon ausriss. Sie rammte ihr ihrerseits das Knie zwischen die Beine und drückte sie mit ihrem kompletten Gewicht nach unten.

Die Hand um Mandys Hals schloss sich erbarmungslos. Das Gurgeln erstarb schnell, ebenso die verzweifelte Gegenwehr der Tankstellenangestellten, was vermutlich an der rapide anwachsenden Blutpfütze lag, die sich unter ihr ausbreitete.

Sie machte ein quiekendes Geräusch, bewegte sich bald nur noch zuckend unter Ivys Druck. Die ließ Mandys Hals los, packte sie an den Ohren und hämmerte ihren Hinterkopf auf die blutverschmierten Fliesen, dass es nur so klatschte. Bald klebten Haare und Haut in den Fugen. Ivy schlug weiter, bis der Schädelknochen brach und es sich breiig aus seinem Innern ergoss.

Mandys Augen verdrehten sich ins Weiße. Ihrem blutverschmierten Mund – oder war es kirschroter Lippenstift? – entwich ein lang gezogener Seufzer. Ivy drückte ihre Lippen auf die der Sterbenden, sog alles in sich ein, was kam. Blut, Spucke, etwas Galle und endlich – der verdammte Schlag in die Fresse. Der Mindfuck, der ihr direkt zwischen die Beine fuhr und sie wie ein großer, fetter Schwanz fickte, während die Seele in ihren Mund ejakulierte.

Ivy stöhnte aus tiefster Seele, denn das war bei Gott der beste Blowjob, den sie je hatte. Die Lebensbilder der Schlampe waren nicht besonders viele, hakten an den Stellen, wo sie Schwänze lutschte oder ihren Hillbillyarsch vögeln ließ, doch es reichte, um Ivy nach hinten gegen die Regale zu schmettern, sodass sie von Chipstüten überschüttet wurde.

Ivy hockte im vergossenen Blut und rang um Atem, den sie nicht brauchte. Der starre Blick der Toten bohrte sich in ihren Geist und schnitt mit einem Messer darin herum. Mandys Tod sezierte ihre Menschlichkeit, bis nichts mehr blieb als Hackfleisch.

Von Nebenwirkungen hat keiner was gesagt, dachte sie blöde kichernd.

Das passiert alles nur in meinem Kopf, versuchte sie, sich einzureden. *Das Scheusal versucht damit nur, mich vollends zu zerstören.*

Nach jedem Flash folgte der kalte Entzug. War das so, wenn man Seelen soff wie billigen Whiskey?

Da war noch dieser andere Gedanke, der sie an allem, an was sie sich erinnern konnte, zweifeln ließ.

Was ist, wenn ich wirklich wahnsinnig bin? Die Flüchtige, die aus der Geschlossenen ausgebrochen ist und dabei jeden umbringt, der ihr in die Quere kommt?

Eine Nymphomanin, die sich im Blut suhlt und denkt, dass sie Seelen frisst, damit ihr einer abgeht?

Ivy stand auf und lief zu der verspiegelten Tür. Über ihr barsten die Lampen, spuckten scharfkantige Splitter auf sie. Im flackernden Licht sah sie eine wahnsinnige

Carrie in Blutrot. Der Saum ihres Kleides tropfte davon und ihre Haare glänzten klebrig nass.

Vanessa trat hinter sie und legte ihr die Arme um die Hüften. »Du hast alles richtig gemacht, Schwester. Jetzt sind wir stark genug für das, was kommt!«

Ivy leckte sich bittersüßes Blut von den Lippen. *Und wenn schon, es spielt keine Rolle, ob ich nur eine Verrückte bin oder Seelen fresse.*

»Was muss ich tun, um durch den Spiegel zu gehen?«

Vanessa sah ihr von hinten über die Schulter und lächelte. Ivy erschauerte, weil sie wirklich Schwestern sein könnten, so sehr sahen sie sich ähnlich. Zwei bleiche, blutbeschmierte und absolut tödliche Schwestern.

»Erinnere dich an das, was du damals gesagt hast, was sie in jener Gewitternacht in Baton Rouge aus dem Spiegel lockte!«

Hinab

Ihr Menschen seid wie Hunde. Man muss euch nur einen blutigen Batzen Fleisch vor die Schnauzen werfen und schon rennt ihr blindlings in die Falle, nur um euch die Bäuche vollzuschlagen.
V.

Vater Marcus stürmte durch den Schacht, stieß sich die Schultern an vorstehenden Steinen an, den Kopf an herabhängenden. Dale und seine Hunde waren den Kojoten zum Opfer gefallen, die Kojoten selbst den Kugeln aus den Gewehren der Männer. Einer der Deputys – es war Delaware – hatte es am Bein erwischt. Sie hatten ihn oben am Eingang zurückgelassen, wo er auf ihre Rückkehr wartete.

Rückkehr … Verdammt guter Witz!, dachte Marcus. Es war keine Zeit für Trauer und die letzten Sakramente geblieben oder um ihnen die Augen zu schließen und ihre Hände über der Brust zu falten. Delaware würde ihnen die Jacken ausziehen und über ihre bleichen Gesichter legen, eben so, wie man es mit Toten machte, wenn keine Zeit blieb, sich um sie zu kümmern.

Das sind wir am Ende. Verwesendes Fleisch, vom Leben verlassen, dem Zerfall hingegeben. Gottlos!

Es war Marcus, der sie zur Eile antrieb, in das schwarze Loch zu steigen. Er sorgte sich um Schwester Claire, die – wie zu erwarten – kopflos und von Fanatismus getrieben allein unter die Erde gegangen war. Das mochte arrogant klingen, aber ohne ihn hatte sie keine Chance gegen das bösartige Scheusal, das sie alle in die Wurzeln des Weltenbaums lockte.

Ein abscheulicher Gedanke kroch durch seinen Geist, säte den Zweifel, das Falsche zu tun.

War es von Anfang an ihre Absicht, uns nach unten zu locken, in den Schlund, der ihre Heimat ist?

Sind wir Schafe, die sich blindlings ins Verderben stürzen, um geopfert zu werden?

Ganz von der Hand zu weisen war es nicht. Ihre Spur hatte sie hierhergeführt. Frisch und leicht zu verfolgen. Die Kojoten dienten nur zur Ausdünnung, um ihre Reihen zu öffnen, denn der Schlachter hatte nicht genug Hände für alle auf einmal. Und es hatte hervorragend funktioniert.

Sie will einen von uns, anders kanns nicht sein!

Rollender Donner und das Bersten eines vom Blitz gespaltenen Baums war das Letzte, was er von der Diesseitswelt hörte, weil sich die Finsternis hinter ihm schloss.

Zu spät, um noch etwas zu ändern …

Dort hetzte der andere junge Kerl – Deputy Bowman – keuchend mit ihm in die Tiefe. Sein Gesicht war ein wachsweißes Oval im Licht der Lampen. Cockburn lief schnaufend wie ein Walross langsamer hinterher, war kaum mehr als ein Schatten, der zur Vermutung wurde. Die feuchtwarme Luft brachte sie binnen weniger Augenblicke derart zum Schwitzen, dass ihnen die Hemden unangenehm juckend an den Körpern klebten.

Sie folgten dem huschenden Schein der Taschenlampen, welcher den Schacht diffus und grausame Schatten werfend erhellte. Marcus eilte unbeirrt weiter, den

Rosenkranz mit dem ungewöhnlich großen Kreuz um die Finger der rechten Hand gewickelt, die eine Faust bildeten.

Nach einer gefühlten Ewigkeit sickerte schwach flackerndes, unstetes orangerotes Licht vor ihnen in den Gang. Die Luft roch abgestanden, durchsetzt von Rauch und etwas Beißendem, das ihm das Atmen zur Qual machte.

Marcus sah das Ende des Schachts und verlangsamte seinen Schritt aus Angst, offenen Auges in eine Falle zu stürmen.

Als hätte es je etwas anderes sein können ...

Sich bekreuzigend blieb er stehen. »Herr, erhöre unser Gebet und lass mein Rufen zu dir kommen. Der Herr sei mit uns und mit deinem Geiste!« Er drehte sich um und sah dem bleichen Bowman ins schweißnasse Gesicht. »Amen!«

Bowman öffnete seine schmalen Lippen, schluckte, dass sein Kehlkopf tanzte. »Amen, Vater!«

Saint of the Pit

Ihr glaubt, dass ihr uns mit abgedroschenen Glaubensphrasen beeindrucken könnt?

Jede Fessel, die ihr uns anlegt, macht uns stärker. Eure Schläge geben uns die Kraft zu widerstehen, denn wir sind die Finsternis und die ist unendlich. Sie war da, bevor der erste Funken das Licht entfachte.

Kommt in die Grube, in der unsere Seelen hausen, und erschauert ob des Grauens, das die Schatten für euch bergen. Wehe euch, wenn wir sie entfesseln ...
V.

Das obszön geschwungene Jagdmesser glitt ohne nennenswerten Widerstand in ihren angespannten Bauch. Claires zum Schlag erhobene Hand sank von jeder Kraft beraubt wirkungslos herab.

Sie taumelte rückwärts, stieß gegen den Altar und sah fassungslos dorthin, wo der Griff des Messers aus ihrem Bauch ragte. Der Stoff erblühte in nassem Glanz. Eine Rose, die wuchs und ihre Blätter streckte. Claire atmete geräuschvoll durch die Nase aus und biss die Zähne zusammen. Wenn sie jetzt einknickte, wäre all ihre Mühe vergebens und ihr Leben vergeudet.

Ereškigal sah sie an und entblößte ihr schmutziges Raubtiergebiss. »Erst weide ich dich aus wie eine aufgeschnittene Sau, dann fresse ich deine Seele!«

Claire knirschte mit den Zähnen, zwang ihre Hand nach oben. »Und ob ich schon wanderte im finstern Tal ...« Die Faust mit dem Schlagring knallte gegen die

Schläfe der schwarzen Frau. Die kippte zur Seite weg und riss das Jagdmesser aus Claires Bauch. Blut spritzte aus der Rose, platschte in den Sand.

Das Höllenweib taumelte seitlich weg, legte sich die Hände an den Kopf und plapperte unverständliches Zeug. Claire hob erneut ihre Faust und sah, dass schwarzes Haar an einem Hautfetzen am Schlagring klebte. Sie blinzelte, weil ihr Blut aus den Kratzern in die Augen lief, schmeckte es auf ihren Lippen wie bittersüßes Kupfer. Die Furchen auf ihrem Gesicht würden bleiben und sie ewig an diesen Tag erinnern, sollte sie überleben.

Und wenn ich sie totschlage …

Sie stieß sich vom Altarstein ab, stöhnte, weil ihr der Schmerz durch die Lenden fuhr. »… fürchte ich kein Unglück; denn du bist bei mir!«

Ivy Goods gequältes Antlitz schimmerte unter dem Dreck der Hexe hindurch, als sie den Kopf drehte und Claire mit flehendem Blick entgegensah. »Hilf mir!«

Claire hatte nicht vor, ihr zu helfen, sondern schlug ihr die ringbewehrte Faust erneut gegen den Kopf. »Du bereitest vor mir einen Tisch im Angesicht meiner Feinde.«

Von einem Wimpernschlag zum nächsten verschwand Ivy Good und die Boshaftigkeit kehrte in ihre Gesichtszüge zurück. Sie drehte sich weg, konnte dem Hieb allerdings nicht gänzlich entgehen, der ihren Unterkiefer entlangschrammte und eine blutige Furche in ihre Haut riss. Die Wucht des Schlages reichte aus, um sie rücklings in den Sand zu werfen.

Obgleich sich die Höhle vor Claires Augen drehte, war sie sofort über ihr. »Gutes und Barmherzigkeit werden mir folgen mein Leben lang, und ich werde bleiben im Hause des Herrn immerdar!« Blutiger Speichel spritzte von ihren Lippen, tropfte in das bleiche Gesicht der besessenen Frau.

Besessen, vergiss das nicht! Ivy Good trägt keine Schuld. Befrei sie vom Übel, aber nicht vom Leben!

Sie schüttelte den Kopf und die Gedanken beiseite. »O nein, du verdienst keine Barmherzigkeit!« Ihre Faust war bereit, den Schlagring auf die Stirn der Gefallenen zu hämmern, bis der Knochen darunter brach und nur noch bröcklige Soße blieb.

Finger packten ihr Handgelenk, bevor sie ein Ende machen konnte. »Nicht! Sie haben gute Vorarbeit geleistet. Jetzt lassen Sie uns tun, weswegen wir hergekommen sind. Retten wir Ivy Goods Leben!«

Es war Vater Marcus, der mit den anderen Männern gekommen war. Er hatte ihr die Entscheidung aus der Hand genommen, ihren Lauf unterbrochen. Aber es war okay, er hatte recht.

Für den Moment ...

Das Höllenweib wand sich unter Claires Gewicht. Sie spuckte ihr ins Gesicht und lachte wie eine Irre. »*Ô Ereškigal, prends pitié de ma longue misère!*«

Während Bowman Schwester Claire von der am Boden liegenden Ivy Good wegzog, ging Marcus neben der Heimgesuchten in die Knie und drückte ihr das Kreuz seines Rosenkranzes auf die schmutzige Stirn. »Allmächtiger Herr«, dröhnte seine Stimme laut und fest durch den unterirdischen Hohlraum. »Du hast deinen Aposteln die

Macht verliehen, auf Schlangen und Skorpione zu treten, und hast uns befohlen: Treibt die Dämonen aus!«

Die Haut unter dem silbernen Kreuz zischte, warf Blasen, dampfte. Es roch verbrannt. Ivy Good riss die Augen auf und die hatten zwei Pupillen, die Vater Marcus anglotzten. »*Ô toi, le plus savant et le plus beau des Anges, Dieu trahi par le sort et privé de louanges. Ô Ereškigal, prends pitié de ma longue misère!*« Worte, die aus geborstenem Glas vor seiner Stirn explodierten.

»Vater Marcus, bist du gekommen, um meine klebrige Fotze zu lecken?«, keifte der sprödlippige Mund, entblößte braune Zähne, in deren Zwischenräumen Fleischfetzen hingen. Ivy Good befand sich ohne Zweifel im schrecklichen Zustand des Zerfalls, der mit der Besessenheit durch einen bösen Geist einherging.

Die schnelle Alterung …

»Macht den Stein frei«, befahl Marcus über seine Schulter, ohne das Kreuz von Ivys Stirn zu nehmen. »Dort werden wir sie festbinden, um den Exorzismus zu vollziehen!«

Cockburn, der inzwischen ebenfalls den Altar erreicht hatte, löste die Fesseln von der geschundenen Frau. Ihm wurde schlecht, als er die klaffende Wunde in ihrer Seite und das blutgefüllte Loch sah, wo einst die Brust gewesen war. Die vielen Schnitte, die bluteten. Das ausgestochene Auge. Und dennoch lebte sie und kämpfte. So behutsam, wie es eben ging, hob er sie vom Stein, trug sie einige Meter weg, um sie zwischen den qualmenden Fackeln in den feuchten Sand zu legen. Er zog seine Jacke aus und deckte sie damit zu, was eine Geste war, um ihr einsames Sterben erträglicher zu machen.

Bowman packte Claire unter den Achseln und zog sie kurzerhand bis zu einem größeren Stein, um sie dagegen zu lehnen. Ihr Blick war glasig, die Lippen blass und blutverschmiert. »Töten Sie sie«, flüsterte sie heiser. »Bringen Sie das Dreckstück um, solange Sie es noch können!«

***

»Im Namen unseres Herrn Jesus Christus beschwöre ich dich, unreiner Geist: Reiße dich los und weiche aus diesem Geschöpf Gottes!« Die Haut unter dem Kreuz platzte auf, verspritzte eitrigen Schleim. »Höre seine Worte und fürchte dich, Glaubensfeind und Widersacher des Menschengeschlechts, Mörder, Räuber des Lebens, du Verächter der Gerechtigkeit und Wurzel aller Übel!«

Bowman und Cockburn traten neben Vater Marcus und ergriffen Ivy Goods dünne Arme. Die kreischte wie eine Furie, spannte sich an, warf sich auf und ab, ruckte in ihrem Griff, hatte aber keine Chance gegen die Kraft der Männer, geschwächt, wie sie durch Claires Bearbeitung war. »*Toi qui sais tout, grand roi des choses souterraines, Guérisseur familier des angoisses humaines. Ô Ereškigal, prends pitié de ma longue misère!*« Worte, welche die Adern in Nasen und Ohren platzen ließen. Sogar in den Augäpfeln, sodass die Männer blutige Tränen weinten.

Bowman passte einen Moment nicht auf, weil er sich ins Gesicht fasste. Ivy – oder Ereškigal – schnellte herum und biss ihm den Mittelfinger ab.

Der Deputy kreischte und ließ die Furie gänzlich los. Die warf sich ihm entgegen, riss Cockburn mit sich und wand sich geschickt unter Vater Marcus Schritt heraus.

Knackend zerbiss sie dabei den Fingerknochen, spuckte dem verdattert rückwärtsstrauchelnden Deputy den abgenagten Rest ins Gesicht und lachte. »Dich töte ich zuerst, Zweifler!«

Vater Marcus schlug ihr die Faust mit dem Rosenkranz mit Wucht gegen die Stirn, dass ihr Kopf nach hinten auf einen Stein klatschte. Der Dämon schrie wütend auf, doch das menschliche Fleisch erschlaffte. Das war die Chance, die die Männer brauchten. Vermutlich die letzte, die sie bekommen würden.

Bowman war im Moment nicht zu gebrauchen, denn der kroch jammernd und sich ein Taschentuch auf den Fingerstumpf pressend zum See, um sich die Wunde auszuwaschen.

Die verdorbene Brühe wird es nicht besser machen, dachte Marcus, hatte aber keine Zeit, um sich um den Mann zu kümmern.

»Schnell, auf den Stein mit ihr«, rief er Sheriff Cockburn zu. Gemeinsam schleiften sie die benommene Furie zum Altar, wuchteten sie hinauf und legten ihr die ledernen Fesseln an, die schimmlig waren und schlüpfrig vom Blut der unbekannten Frau.

»Eng zuziehen«, befahl Marcus und Cockburn gehorchte. Dem Sheriff war anzusehen, dass er sich in einer Art Schockzustand befand, der ihn zum Werkzeug machte. Das Leder der Fesseln knirschte bedrohlich, aber es hielt.

Marcus zog einen Flachmann aus der Jacke, schraubte ihn auf und goss dessen Inhalt auf die Fesseln, die sie um Ivy Goods Hand- und Fußgelenke gelegt hatten. Wo die klare Flüssigkeit mit ihrer Haut in Berührung kam, bildeten sich zischende Blasen, die sich teerig entleerten und einen Gestank nach fiebriger Pisse verbreiteten.

Die Besessene verdrehte gequält die Augen, ruckte, so weit es die Fesseln zuließen, hoch und schrie: »Ich bin die Saint of the Pit. Hört ihr, die Saint of the Pit! Ihr könnt das nicht tun! Ihr seid in meine Grube gekommen, um zu sterben!« Die Worte rollten wie Donner durch den unterirdischen Dom und brachten die ölig-glatte Oberfläche des Sees zum Vibrieren.

***

Das tobende Monstrum im Körper der Besessenen
»Ich bin die Heilige der Grube!« Ereškigal stand mit dem Rücken zur Wand. Nach dem Fressen war ihr Geist stark genug, um gegen jeden zu bestehen, doch die verfluchte Nonne hatte ihr die Kraft aus dem Leib geprügelt.

Ivy Goods Fleisch war schwach wie das eines zehnjährigen Kindes. Der Schlagring hatte der Schädelplatte einen Sprung verpasst und ihr Hirn gestaucht, sodass es ihr nur noch partiell gelang, sich in ihre eigentliche Gestalt zu verwandeln. Ihre Präsenz war zu einem durchscheinenden Film auf Ivy Goods Haut verkümmert.

»Ich bin die Heilige der Grube!«, schrie sie erneut, dass die Felsen erbebten und sich das verdorbene Wasser aufwarf. Ihre Worte waren nicht für die Männer bestimmt, die sie quälten und ihre Worte ohnehin nur für dämonisches Geschwätz abtaten.

Vielmehr fand sie Gehör bei jenen, die hier unten auf sie warteten. Dem uralten, verdorbenen Stamm, der seinesgleichen fraß. Schlammbedeckte Körper erhoben sich mit raunendem Grauen aus dem nassen Grund.

»Im Land ohne Wiederkehr erhebe ich die Toten, um die Sterbenden zu verbrauchen!«

***

Am Felsen

Schwester Claire schälte sich mit Mühe aus dem Habit, schob sich das inzwischen blutgetränkte Trägershirt hoch, um sich die Wunde anzusehen, die oberhalb des Stacheldrahtes in ihren Bauch führte. Der Draht war zu einem blutrünstigen Gürtel geworden, dessen Dornen sich tief in ihr Fleisch gruben. Sie schnitt sich einen langen Streifen aus der regennassen Wolle des Schwesternkleides und band ihn sich auf Höhe der Wunde um den Körper. Das Provisorium konnte einen Verband nicht ersetzen und vermochte es nicht, die Blutung zu stillen, aber das Unvermeidliche hinauszögern, das konnte der Stoff durchaus. Sie wollte das hier zu Ende bringen, bevor sie ging.

Das Stöhnen der Männer, Vater Marcus' Gebete und Deputy Bowmans Jammern erfüllten den Felsendom mit hohlem Lärm, der sie an die Geräusche innerhalb einer Kathedrale erinnerte.

Die Kirche des Bösen!

Nur das Gekeife der Besessenen wollte nicht so recht dazu passen, zog alles in den Dreck, den es hier zuhauf gab. »*Erset la Tari usella mituti ikkalu baltuti*«, fluchte das Höllenweib Worte, die Gift waren.

Claire verstand nicht, was sie sagte, doch sie spürte die Veränderung sofort. Es war, als würden die Steine selbst anfangen zu atmen. Ein Vibrieren, das die Höhle auf bedrückende Weise kleiner machte. Sie sah Schatten, die an den Wänden emporwuchsen und alles außerhalb des Fackelscheins in eine undurchdringliche Dunkelheit zogen. Wie den verstümmelten Körper der fremden Frau, die mit abgeschnittener Brust zwischen den Fackeln lag. Eine schlammgraue Hand griff nach ihrem Bein und zerrte sie, von den Männern unbemerkt, in die Schatten. Claire hörte einen dumpfen Schlag, ein Knacken und einen Seufzer, dann nichts mehr.

Ihre Finger schlossen sich um den Schlagring, die anderen um den Griff des Messers. So schob sie sich mit dem Rücken am Felsen in eine aufrechte Position.

***

Auf dem absteigenden Ast

Deputy Bowman kniete im Uferschlamm und tauchte die verletzte Hand ins Wasser. Die Brühe brannte in der Wunde wie Säure, aber das war ihm egal. Er musste etwas tun, und wenn es noch so sinnlos war. Er hatte gewusst, dass die Jagd in der Höhle ein böses Ende nehmen würde, hatte es von Anfang an gespürt.

»Legt die Schlampe doch einfach um, damit dieses Geschrei endlich aufhört«, murmelte er unter Tränen. »Schießt ihr in den Kopf, dass es vorbei ist«, lauter und grunzend.

Er dachte an Fieber und Wundbrand und das er womöglich an einer Blutvergiftung sterben könnte und robbte tiefer ins Wasser, bis es ihm bei den Hüften stand.

Er spürte die Veränderung ebenfalls, die aus dem Mund der Besessenen entwich und sich bedrohlich in den Schatten verdichtete, tat es aber als Geplapper einer Wahnsinnigen ab.

Bowman blickte über die Schulter und sah den Sheriff und den Priester am Felsen stehen, konnte sie aber nicht verstehen, weil sein Blut zu laut in den Ohren rauschte und er sich weit vom Ufer entfernt hatte.

Was? Ich kniete doch eben noch im Sand ...

Jetzt schätzte er die Entfernung auf fünfzig Meter, wenn nicht mehr. Bowman sah nach vorn, weil ihm Wasser gegen die Brust schwappte.

Der Schatten eines aufrecht dastehenden Mannes wuchs vor ihm aus dem Nichts heraus auf, nach vergammeltem Fleisch und Scheiße stinkend.

Nicht mit diesem Gedanken, schoss es ihm noch durch den Kopf, bevor ihm der archaische Tomahawk, der aus einem scharf angeschliffenen Knochen bestand, auf den Scheitel knallte und ihn mit lautem Knacken bis zur Nasenwurzel spaltete.

Nicht mit diesem Gedanken sterben, waren die letzten Worte, die sein Gehirn fabrizierte, die er aber nicht verstand, bevor er im trüben Wasser zusammengesunken dahockend starb.

Bowman spürte die brutal von oben geführten Schläge nicht mehr, die ihm den Schädel vollends einschlugen und alles, was sich oberhalb seiner Schultern befand, in eine breiige Masse aus Hirn, Haaren und Knochensplittern verwandelte ...

Jenseits des Spiegels

Wenn du wüsstest, was hinter den Spiegeln lauert, würdest du nie mehr in einen hineinsehen. Spiegel sind Tore in die Finsternis. Einmal aufgestoßen, gebären sie das nicht enden wollende Verderben, das deinen Geist vergiftet und dich in den Abgrund zieht.

Einmal darin gefangen, vergisst du dich selbst und findest nie mehr zurück. Also häng sie besser zu, bevor sie deine Seele fressen.
V.

Ivy berührte den Spiegel, der eine Tür war. Ihre nackten Füße standen inmitten von Mandys Blut. »O Satan, erbarme dich meines langen Elends«, flüsterte sie mit vibrierender Stimme.

Damit fing alles an …

Vanessa stand hinter ihr und küsste ihren Nacken. »Ich weiß, Schwester, und damit wird es enden. Aber du musst den ganzen Spruch aufsagen.« Ihre Hand glitt Ivys Rücken hinab, bis zum Ansatz ihres Hinterns. »Erinnerst du dich? Du hast es dir dabei mit den Fingern gemacht.«

»Du meinst …?«

Vanessas Hand schob das blutgetränkte Kleid nach oben und glitt von hinten zwischen ihre Beine. »Du kannst dich daran erinnern, aber du musst dich beeilen, solange sie schwach ist!«

Ivy schluckte ob der Berührung, wo sich ihr Körper in Rosenrot öffnete. Sie hatte die Worte in jener Gewitternacht das erste Mal ausgesprochen. »Du, dessen breite Hand die Abgründe verbirgt. Als Schlafwandler, der durch Gebäude wandert!« Ivy warf den Kopf in den

Nacken, weil sich Vanessas harte, aber dennoch angenehme Hand um ihr Genick schloss.

War sie es, die mich in jener Nacht berührte?
Die Berührung im Nacken?

Sie sprach weiter. »O Satan, erbarme dich meines langen Elends! Du, der du die alten Knochen weich machst. Verspäteter Säufer, der von Pferden getreten wird!« Keuchend lehnte sie sich an Vanessa, die glühte wie brennende Kohle, öffnete ihre Knie, um sich im Stehen die Hand zwischen die Beine zu schieben.

»O Satan, erbarme dich meines langen Elends! Um den gebrechlichen Mann zu trösten, der leidet. Wir haben gelernt, Salpeter und Schwefel zu mischen. Beichtvater der Gehängten und der Verschwörer!« Ihre Finger glitten über Bauch und Becken, fanden die zarten, schmierigfeuchten Lippen, die sich zum Kuss öffneten wie eine dornige Rose, die nach Verlangen schrie. Ein Zittern wanderte über ihr Spiegelbild, das sich wie ein weggezogenes Tuch von unten bis zum oberen Rand ausbreitete.

»O Satan, erbarme dich meines langen Elends!«, stöhnte sie erhitzt von den Berührungen. Sie öffnete die Augen und labte sich an ihrem eigenen gebannten Blick und dem glühenden Vanessas, deren Finger sie mit leichtem Druck auf ihrem Anus spürte. Draußen erhob sich ein Wind zum Sturm, der um die Tankstelle pfiff und Schilder in ihren Ketten quietschend schaukelte. Der Spiegel wurde zum bleiernen See, der Licht fraß, anstatt es zu reflektieren. Eine weitere Lampe zerplatzte funkensprühend.

Sich selbst beim Wichsen zusehend keuchte Ivy ihren heiseren Vers, wie sie es damals getan hatte. »Ehre und Lob sei dir, Satan, in den Höhen. Vom Himmel, wo du regierst, und in den Tiefen der Hölle, wo du besiegt in Stille träumst! Mach, dass meine Seele frei ist, und ich werde dir eine demütige Dienerin sein. Ein Gefäß, das du nach Belieben füllen und benutzen kannst!«

Vanessas Finger fickte sie in den Arsch, bewegte sich darin, weckte unerwartete Geilheit, die sie dazu trieb, sich gleich drei Finger in die klebrige Öffnung zu schieben und der Wölbung zu folgen, die ins Innere führte. »O Satan, erbarme dich meines langen Elends!«

Das Glas im Spiegel waberte, als hätte einer einen Stein in bleifarbenes Wasser fallen lassen, sodass sich Ringe auf der Oberfläche bildeten. »Sprich weiter!« befahl Vanessa und schob einen zweiten Finger in Ivys unvorbereiteten Anus.

»O Satan, erbarme dich meines langen Elends!«, stöhnte Ivy jetzt laut und leckte sich die Lippen, sah, wie ihre Finger im Spiegelbild in die klaffende Wunde einfuhren.

»Weiter!« Vanessa schloss die Hand um Ivys Hals.

»O Satan, erbarme dich meines langen Elends!« Die Ankündigung des nahenden Orgasmus schickte einen Schauer voran, der sie japsen ließ. Von vorn wie hinten gefickt, eingeengt zwischen stoßenden Fingern, stöhnte sie lang gezogen auf, versuchte, sich am Spiegel abzustützen und …

… durchstieß dessen silbrige Oberfläche aus geschmolzenem Blei. Das Klirren von Glas schnitt ohrenbetäubend in ihren Geist, als sie den Spiegel, der nicht mehr die Tür war, von hinten berührte. Die andere Seite empfing sie mit krachendem Donner und zuckenden Blitzen. Die Luft roch statisch geladen nach Rauch und Kerzenwachs. Sie hörte das schreckliche Kreischen von Nägeln, die über Glas kratzten und die ihre eigenen waren. Das Geräusch durchschnitt den Raum auf der anderen Seite wie eine scharfe Klinge.

Eine Erinnerung, die sie vor einem Jahr weggeschlossen hatte. Drei Bitches, die in einer Gewitternacht in Baton Rouge um ein abgegriffenes Hexenbrett inmitten von Gläsern und Flaschen hockten. Doreen, Amber und – zur Hölle – sie selbst.

Der Spiegel im goldenen Rahmen – die geöffnete Balkontür – wehende Vorhänge – Regenwasser, das auf das Glas des Spiegels perlt, um wie Tränen daran herunterzulaufen – Pfützen auf dem Boden bildend.

Die Kerzen schufen mit ihrem wild flackernden Licht verwirrende Schatten, die Unwirkliches an den Wänden formten, das nach den jungen Frauen zu greifen schien. Ihre Augen waren groß und rund und auf den Spiegel gerichtet, hinter dem Ivy in schwarzem Rauch schwebte.

Ivy konnte sich selbst nicht sehen, weil es zu finster war. Nur ihre mit fettigem Ruß bedeckten Hände und ihre bleichen Unterarme, die schwarze Linien trugen, die Schlangen waren. Das Spiegelglas wurde zu ihrem Auge.

Die drei angetrunkenen Bitches öffneten ihre Münder zum Schrei und machten große Augen, als sie die schwarze Ivy hinter dem Glas wahrnahmen.

Der Moment, in dem wir begriffen, dass es ein Fehler war, das Board zu benutzen …

Der Rahmen knackte unter dem Druck ihrer Hände. Als Ivy den üppigen messingfarbenen Schmuck sah, der an ihren Handgelenken und ihrem Hals klimperte, und dass die Haut darunter vom Span grün geworden war, begriff sie, dass sie in die Rolle des Höllenweibes geschlüpft war.

Ich bin die finstere Ivy, der von Funken umwehte Tod …

Funken flirrten im sie umgebenen Rauch, ihr Haar wehte nicht mehr länger blond im imaginären Sturm. »Lass mich raus!«, flüsterte sie leise mit einer Stimme aus Glas. Die Ivy auf der anderen Seite hob den Kopf und sah sie mit einer Mischung aus Erstaunen und Faszination an.

Doreen klammerte sich entsetzt an Ivys Arm und wimmerte. Sie hatte nicht gewusst, dass dunkle Haut derart bleich werden konnte, wie es bei Doreen der Fall war. Alle waren jetzt auf den Beinen, sogar Amber, die eine Whiskeyflasche umklammert hielt.

Wut wallte in der schwarzen Ivy auf, weil die drei es zu diesem Zeitpunkt wohl noch hätten verhindern können. »Was starrt ihr mich so an, ihr saublöden Fotzen!«, kreischte sie, dass der Spiegel klirrte.

Amber warf sich herum und stürmte zur Tür, doch die schlug mit lautem Knall zu, bevor sie diese erreichen konnte. »Niemand entkommt dem sicheren Tod!«, knirschte die schwarze Ivy und lachte, denn es war ihr Fingerzeig, der die Tür schloss.

Regen prasselte auf das Spiegelglas. Gleißendes Licht blendete sie, weil ein Blitz in den Baum vor dem Balkon einschlug und ihn mit lautem Donner spaltete. Ein Ast schnellte wie der runzlig dürre Arm eines grotesken Monsters durch die Balkontür und zerschlug mit hellem Klirren den Spiegel.

Ivy und Doreen klammerten sich wie zwei verstörte Kinder aneinander, begriffen wohl, dass es zu spät war, etwas an ihrem Schicksal zu ändern.

Die Scherben fielen nicht. Sie schwebten vor dem Rahmen wie glitzernde Dolche. Dazwischen wabernde Finsternis und funkendurchsetzter Rauch, der wie eine Krankheit in den Raum schwappte. Mit knackenden Gelenken hob die schwarze Ivy ihr dünnes, rußbeschmiertes Bein heraus. Eine Hand, deren feingliedrige Finger am Rahmen entlangkrochen und das Holz verbrannten.

Sie hasste das Geräusch von knackenden Fingerknöcheln, aber genau das war es, nur eben lauter und furchteinflößend. Ihr Kopf schälte sich aus dem Rauch. Sie erinnerte sich an das Gesicht. Ein bleicher Schemen hinter schwarzem Haar. Die dunkle Ivy war gekommen, um das Unmögliche abzuwenden, indem sie selbst zur Unmöglichkeit wurde.

Die Luft roch nicht mehr nach Kerzenwachs und Regen, sondern nach dem Schweiß der aufgeregten Frauen und schmorendem Feuer versetzt mit Honigtau. Intensiv, süßlich und schwer.

Die schwarze Ivy war vollends aus dem Spiegel gekrochen, richtete sich aus ihrer gebückten Haltung auf, sodass die anderen ihr Gesicht sehen konnten. Amber schlug sich die Hand vor den Mund. Doreen bekreuzigte sich. Nur Ivy, also sie selbst in knapp sitzenden und aufgeknöpften Jeansshorts – weil sie sich gefingert hatte – und ihren heiß geliebten roten Cowboystiefeln an den Füßen, starrte sie an.

Die Stiefel, in denen ich einst sterben wollte ... Wie ich sie vermisse.

Die schwarze Ivy bewegte sich anmutig wie eine orientalische Tänzerin. Sie sprach die Worte, an die sie sich aus jener Nacht erinnerte. »Ich habe das Leiden der Menschen bewirkt, ihnen Zwang und Gewalt angetan. Ich habe das Unrecht an die Stelle des Rechtes gesetzt und Verkehr gepflegt mit dem Bösen«, ächzte sie Scherben kauend und in Stimmen, sodass das Holz des Hauses voller Angst stöhnte und es finster wurde im Raum, als hätte man eine Glocke aus schwarzem Glas darübergestülpt. »Jetzt beginnt die Verklärung eurer Seelen!«

Und plötzlich wusste sie, was getan werden musste. Ihre Finger streckten sich mit deutlich vernehmbarem Knacken. Die Scherben des Spiegelglases zischten durch die Luft. Gleich vier davon bohrten sich in Ambers Rücken, die verzweifelt an der Tür rüttelte. Die schwarze Ivy bewegte ihre Hand und die Splitter schoben sich tief in Ambers Fleisch, sodass rote Blutrosen auf ihrem Shirt erblühten. Ein Geräusch ausstoßend, das an ein Kaninchen erinnerte, das man zu fest drückte, taumelte sie gegen die Tür und versuchte, sich daran festzuhalten.

Ich darf dich nicht gehen lassen, du musst sterben ...

Eine weitere Scherbe schnitt in Ambers Hals und verhakte sich singend ins Türblatt.

Ivy schrie, als sie die pulsierende Blutfontäne sah, die Amber meterweit aus dem Hals schoss.

Doreen jaulte gequält auf, weil sie von den restlichen Scherben getroffen wurde wie ein mit Speck gespickter Hase. Sie zerschnitten ihre Brüste, teilten einen ihrer Nippel, bohrten sich in ihren Bauch, die Hüften, Beine und sogar in ihre Fotze. Zwei dünne, dafür aber lange stachen in ihre Augen und verschwanden darin. Die zerplatzenden Augäpfel machten ploppende Geräusche. Als die Größte der Scherben in Doreens weit aufgerissenen Mund stieß und ihr ein breites Grinsen schnitt, ließ Ivy ihre Freundin los und taumelte von ihr weg.

Doreen kippte aus dem Stand nach hinten um und war tot, ehe sie auf den Brettern aufschlug, und erneut erfüllte es die schwarze Ivy mit Lust. Es war wie in der Tankstelle, nur intensiver, weil sie diejenigen kannte, die sie tötete.

Sie bewegte sich mit ungelenken Schritten von Rauch umweht auf ihr Ebenbild zu, streckte ihre dürren Arme nach ihr aus, bis die Gelenke knackten. »Ich bin das Gestern, das Heute und das Morgen, und ich habe die Macht, wiedergeboren zu werden.« Sie sprach in den dunklen, schauderhaften Stimmen, die ihr selbst Angst einjagten.

Sie erreichte ihre Vergangenheit und richtete sich vor ihr auf. »Ich bin die göttliche, verdorbene Seele, die die Götter schuf und die Bewohner der Tiefe, den Ort der Toten ...« Ihre Hände vollführten dabei schlängelnde Bewegungen, ohne jedoch Ivys Gesicht zu berühren.

»Huldige der Herrin des Schreines, der im Zentrum der Höhle steht. Ich bin du, und du bist ich! Wir sind ...« Jeden Moment würde sie sich berühren, die zur Salzsäule erstarrt dastehende Ivy und ihr böses Konterfei. Doch etwas Unvorhergesehenes geschah, hielt sie von der verzehrenden Umarmung ab. Ein schrecklicher Schmerz zuckte durch ihre Lenden, weshalb sie wie eine Furie kreischte und man ihre schwarz verfärbten Zähne sah. Ein Ziehen riss an ihrem Körper, das den Rauch zum Wirbeln brachte, und Funken aufstoben wie bei einem Holzscheit, den man in ein Lagerfeuer geworfen hatte.

Etwas zog sie mit Gewalt in den Spiegel zurück!

Sie stemmte sich dagegen. Der Holzboden unter ihren nackten Füßen schmorte und zerfiel zu Asche. Donnerknall fuhr ihr durch Mark und Bein, zuckende Blitze blendeten ihren Blick. Nicht verstehend, was geschah, schrie sie auf.

»Nicht jetzt!«, keuchte sie kläglich wimmernd. »Noch nicht!«, flehte sie. Sie streckte ihre Arme aus, um sich an Ivy festzuhalten, und rutschte dennoch auf den Spiegel zu. »Ich bin noch nicht fertig!«

Sudden Death

Ene, mene, muh – und raus bist du!
 Ene, mene, meck – und du bist weg!
 V.

Sheriff Cockburn wirbelte herum und riss die Waffe aus dem Holster, als er Bowman schreien hörte. Er sah einen menschlichen Umriss über dem im Wasser hockenden Deputy aufragen. »Wir sind nicht mehr allein!«, bellte er und schoss.

Der Knall wurde unter der wurzelartigen Kuppel zum Donner, der sich von den Wänden auf sie zurückwarf.

Claire, die nur noch Unterwäsche und schwere Stiefel trug, schleppte sich zum Altar. Sie hatte den Schatten ebenfalls gesehen. Diesen und weitere außerhalb des Lichtkreises. Huschende Schemen, die vage menschliche Konturen hatten, aber geduckt wie Raubtiere gingen.

Bowman war Geschichte, so viel war klar. Einer weniger, um den sie sich sorgen musste.

Was denk ich denn da?

Vater Marcus stand in vornübergebeugter Haltung neben dem Altar und streckte der gefesselten Ivy Good den Rosenkranz ins Gesicht. »Ich beschwöre dich, alte Schlange, bei dem Richter der Lebenden wie der Toten, bei deinem Schöpfer und dem Schöpfer der Welt ...«

Ivy Good spie grünlichen Rotz auf das Kreuz. »Ich bin die Richterin der Toten, du Fotzenlecker!« Sie ruckte in den Fesseln, sodass das Leder bedenklich knarrte. Aber es hielt. Noch!

»*Usella lequ annu shi!*«, kreischte sie wie von Sinnen, warf den Kopf umher. »*Usella lequ an* …«

Claires Schlagring beendete den Sermon mit einem Schlag auf Ivy Goods spröden Mund. Die Lippen platzten, ein Schneidezahn brach aus seinem Bett. Dunkles Blut spritzte Vater Marcus ins Gesicht, das stank wie fiebrige Jauche und ätzend war wie Säure. Dumpf grunzend taumelte der Priester zurück.

***

Zurück zum Mann, der besser auf seine Frau gehört hätte!

Cockburn sah einen Schatten zwischen den Fackeln hindurch und auf ihn zustürmen. Ein mit grauem bröckligem Schlamm bedeckter Mann von ihn überragender Größe, der einen Lendenschurz trug. Sein Gesicht, eine mit schwarzem Dreck beschmierte Fratze, in den Augen glomm ein böses Feuer. Ein archaischer Krieger, der Blut sehen wollte. Der Sheriff sah das Knochenbeil auf sich zuwirbeln. Das Wundern über die ungewöhnliche Waffe raubte ihm die entscheidende Sekunde.

Schuss und Schmerz in der linken Schulter erfolgten zugleich. Der Krieger wurde in der Stirn getroffen und flog in vollem Lauf rückwärts um, wo er in verrenkter Haltung liegen blieb.

Das Knochenbeil hatte Cockburns Jacke, das Hemd darunter, Haut und Fleisch bis auf den Schulterknochen aufgerissen. Dem Sheriff blieb jedoch keine Zeit zum Jammern, denn der nächste Angreifer stürmte durch das Wasser heran. Bowmans Schrotflinte lag am Seeufer im

Dreck. Der Altar, er selbst und die Flinte bildeten mit dem anstürmenden Wilden eine Linie.

Cockburn traf eine Entscheidung, die Martha nicht gutgeheißen hätte.

***

Vater Marcus zuckte zurück, wischte sich übers Gesicht und stöhnte auf, weil seine Haut dampfte, wo das Blut ihn getroffen hatte und als dumpfe Pein in seinen Geist sickerte.

Ivy Good drückte ihr Rückgrat durch und hob ihr Becken in fickenden Bewegungen an. Pisse spritzte aus ihrer klaffenden Scheide. »Leck mich, du Schwanzlutscher, ich zeig dir mein göttliches Licht!«

Claire wollte erneut zuschlagen, doch Marcus hob die Hand. Er kletterte auf den Altarstein, setzte sich rittlings auf sie und drückte den tobenden Geist auf den bepissten Stein zurück. Mit der einen Hand packte er Ivy unter dem Kinn und zwang ihren Kopf nieder. »Ich will wissen, warum du uns in die Tiefe gelockt hast! Also beschwöre ich dich, verfluchter Drache, im Namen des unbefleckten Lammes, das über Schlangen und Basilisken schritt und auf Löwen und Drachen trat!«

Mit der anderen Hand gab er Claire einen Wink. »Halten Sie ihren Kopf fest, schnell!«

Claire legte das Messer neben Ivys Kopf und packte zu. Dass der Schlagring, den sie auf den Fingern behielt, das Ohr der Besessenen aufriss, war ihr leidig egal. Ihr hektischer Blick huschte zwischen den Fackeln umher, die den Altar umstanden. Überall waren Schatten zu sehen, die Umrisse von schlammbedeckten Kriegern waren.

Der verfluchte Stamm, von dem Sheriff Cockburn erzählte, hat sich aus dem Schlamm erhoben!

»Uns bleibt keine Zeit für große Worte, Vater!«

Ivy Good, die einen verschwommenen Schemen zwischen einer weißblonden, abgemagerten Frau und einer wütenden Hexe mit Schlangen auf den Armen war, warf sich wie eine Verrückte in die Fesseln. Rauch stieg ihr aus der Haut, verpestete die Luft mit dem Gestank von schmorendem Fleisch, denn die Funken vermochten sich nicht mehr aus den Poren zu lösen.

Marcus biss die Zähne zusammen, drückte Ivy Good mit seinem gesamten Gewicht nach unten auf den Stein und zwang ihr mit einer Hand den Mund auf. »Den Messergriff zwischen die Kiefer!«

Die Besessene drückte mit ihrem Becken auffordernd gegen seinen Schwanz und lachte. »Hättest du Natascha besser gefickt, anstatt sie zu töten. Ihre Fotze war nass wie eine vollgepisste Windel! Aber die hier ist für einen Arschficker, wie du einer bist!«

Claire griff Ivy ins Haar und hielt so ihren Kopf in Schach, nahm das Messer und stemmte es ihr zwischen die Zähne, um ihren Mund mit dem Griff als Hebel aufzustemmen. Gurgelnd verstummte das obszöne Gekeife. Dass sie ihr dabei einen weiteren Zahn abbrach, befriedigte sie sogar.

So bekam Vater Marcus die Hände frei. Er zog einen silbrig glänzenden Metallzylinder und den Flachmann mit dem Weihwasser hervor. Sein Schweiß tropfte der besessenen Ivy Good ins Gesicht.

Er bekreuzigte sich mit den Gegenständen. »*Magnificat anima mea Dominum, et exsultavit spiritus meus Deo salvatore meo, quia respexit humilitatem ancilla suae!*« Entschlossen legte er beides neben sie auf den Altarstein und langte ihr mit der Hand, an welcher der Rosenkranz baumelte, in den weit geöffneten Mund.

»*Ecce enim ex hoc beatam me dient omnes generationes*«, schrie er, dass Spucke von seinen Lippen spritzte.

Es zischte, als würde jemand Öl in eine heiße Pfanne geben. Ivy Goods Lippen fingen Feuer, ihr Speichel verdampfte ob der Macht des Kreuzes, aber auch die Hand, die es umschlossen hielt. Vater Marcus bekam ihre Zunge zu fassen und zog sie ihr weit aus dem Mund, dass man denken musste, er würde sie ihr herausreißen. Doch er hatte anderes mit ihr vor.

»*Quia fecit mihi magna, qui potens est!*« Mit Gewalt drückte er der sich unter ihm Windenden das lange Ende des Kreuzes durch die Zunge. Das Silber erhitzte sich, fraß sich regelrecht ins empfindliche Muskelfleisch. Die Besessene kreischte ob der Schmerzen wie von Sinnen. Ihre Augen quollen groß hervor, als wollten sie aus dem Schädel springen.

»*Et sanctum nomen eius*«, schrie Vater Marcus sie an, stopfte ihr die Zunge in den Mund zurück und löste seine Finger, deren Haut herabtropfte wie heißes Wachs. Der Punkt der heilenden Wiederkehr war überschritten!

***

Angetrieben vom ekstatischen Geschehen auf dem Stein setzte Cockburn alles auf eine Karte und sprang. Der Wilde brüllte ihm unverständliche, kehlige Worte entgegen. Seine kräftigen Beine teilten das Wasser wie ein Pflug.

Der Sheriff flog durch die Luft, prallte hart auf einen Stein, dass mindestens eine Rippe brach, und schlitterte durch den nassen Schlamm bis zu der Stelle, wo Bowmans Schrotflinte lag.

Der bedrohliche Schatten wuchs über ihm an, dunkler als die Finsternis dahinter. Die gelben Zähne gebleckt und spitz angeschliffen, das Knochenbeil beängstigend in seiner Größe, sodass sich Cockburn fragte, von welchem Tier es wohl stammte. Der Schlag ging mit tödlicher Wucht auf ihn nieder und …

***

Vater Marcus schraubte mit dem Daumen der gesunden Hand den Deckel des Zylinders ab, packte mit der zerfleischten Ivy Goods Kinn und drückte es nach unten, dass es knackte. »*Et misericordia eius in progensis et progensis timentibus eum!*«

***

… verfehlte Cockburn nur knapp, weil der sich zur Seite rollte, die Flinte nach oben riss und dem Albtraumkrieger eine geballte Ladung Schrot zwischen die Beine jagte. Die Wucht des Treffers war immens und zerriss alles, was sich Becken, Arsch und Bauch nannte. Knochen splitterten, Fleisch wie Innereien klatschten zerfetzt ins Wasser, den Sand und Cockburns Gesicht.

Der Krieger wurde angehoben und kippte rücklings ins Wasser, wo er mit einem heiseren Röcheln starb.

***

Claire sah aus dem Augenwinkel, wie sich weitere Schatten in ihrem Rücken näherten. Es würden ihr nur noch Sekunden bleiben, das Scheusal unten zu halten. Sie sah Marcus flehend an, sich zu beeilen, doch der hatte nur Augen für die Besessene. Eine ihr unbekannte Erkenntnis schien ihn zum Äußersten zu treiben.

***

»*Fecit potentiam in brachio suo*«, grunzte Vater Marcus gequält und leerte Ivy Good den Inhalt des Zylinders, der aus schwarzer Erde und zerbröselten Hostien bestand, in den weit geöffneten Mund, bis dieser voll davon war.
»*Dispersit superbos Mente cordis sui.*«

Was herausfiel, drückte er mit den geschmolzenen Fingern, die rot waren wie verbrühte Hummer nach, bis sich hinter den Zähnen eine festgedrückte Schicht bildete, welche die Besessene nicht mehr aus eigener Kraft ausspucken konnte.

***

Schwester Claires Magen zog sich zusammen, weil sie die schlammbeschmierten Krieger hörte. Ihr Blick fand die Automatik, die in Vater Marcus' Gürtel steckte. Ein schneller Griff würde genügen …

Der unanständige Kuss

Ich öffnete das Fleisch und bot es euch dar. Dies ist mein Leib. Esst es zu meinem Gedächtnis! Ebenso nahm ich nach dem Mahl den Kelch, füllte ihn mit dem Blut aus meinen Wunden und sprach: Dies ist mein Blut. Trinkt es zu meinem Gedächtnis! Denn so oft ihr von diesem verdorbenen Leib esst und aus dem Kelch mein Blut trinkt, verkündet ihr den Tod, bis er euer eigener ist.
V.

Mit einem harten Ruck wurde sie zurück in die jenseitige Finsternis gezerrt. Ihre schwarzen krallenbewehrten Finger schnellten vor und rissen die wild um sich schlagende Ivy mit, wo sich das schwarze Ebenbild mit Fersen und Ellenbogen im Rahmen festkeilte.

Dies ist mein Leib!

Ein dünnes Paar rußschwarzer Arme schnellte zu beiden Seiten an ihrem Körper vorbei aus der Finsternis hinter dem Spiegel und krallte sich in Ivys Flanken, wo das kurze Shirt schweißnasse Haut preisgab.

Vanessas Arme hatten sich ebenfalls verändert, denn die Linien auf ihrer Haut wanden sich wie Schlangen, wölbten sich aus ihren Armen hervor, um mit Giftzähnen bewehrte Köpfe zu gebären, die sich in die Seiten ihres Ebenbilds schlugen. Die zum Schatten gewordene Ivy traf die Erkenntnis wie ein Schlag mit dem Handrücken ins Gesicht. Das war nicht Vanessa, es war die Finsternis selbst.

Ich werde dich zu meiner neuen Vanessa machen, erinnerte sie sich an die düstere Prophezeiung.

Hager am Körper wie im Gesicht.
Bleich wie eine Leiche, die sie war.
Dunkle, tief versunkene Augen, aus denen ein unstillbarer Hunger spricht.
Schwarzes Haar, das keinen Glanz mehr hat.
Linien auf der Haut, die Schlangen waren.
Vanessa war ihre fleischliche Offenbarung. Sie waren eins. Und nun sind wir eins.

»Du gehörst mir und ich mache mit dir, was ich will!«, wiederholte sie Ereškigals Worte. Vanessa und die Finsternis waren eins, das hatten ihr beide gesagt, doch sie hatte es nicht wahrhaben wollen, sondern sich an den Strohhalm geklammert, dass alles gut werden könnte.

Indem sie sich selbst auslöschte, ihre Erinnerung an das tilgte, was in Baton Rouge geschehen war, gab es keinen Ausweg mehr. Ereškigal hatte gewonnen.

Ivy fühlte den Schmerz, mit dem sich die gifttropfenden Zähne in ihr Fleisch bohrten und daran rissen.

Dies ist mein Fleisch!

Erst kreischte und spuckte ihr Ebenbild, zappelte und schlug um sich, doch etwas Seltsames geschah. Ihre Blicke trafen sich für einen winzigen Moment, doch der reichte aus, um ineinander zu versinken. Um zu verstehen, was geschah und warum es geschehen musste.

Blut spritzte aus Ivys aufgerissenen Seiten.

Dies ist mein Blut!

Die Erkenntnis kam über sie wie das Jüngste Gericht. Niederschmetternd und unerbittlich in ihrer Konsequenz.

Vanessa hat nicht gelogen. Wir werden Schwestern sein, auf ewig!

Eine nie gekannte Traurigkeit nahm von ihr Besitz, zwang sie wimmernd und bittere Tränen weinend aufzuschreien. Sie wollte Ivy verzweifelt von sich stoßen, vermochte es aber nicht. Stattdessen packte sie Ivys Kopf mit beiden Händen und riss die wie paralysiert Dreinschauende zu sich heran.

Der Donnerschlag eines Blitzes ließ das Haus bis auf seine Grundfesten erzittern. Das Holz des Spiegelrahmens verkohlte in alles verzehrender Glut, während sich ihre Lippen auf Ivys zum letzten unanständigen Kuss senkten.

Gehen wir nach Hause, Liebste, unsere Schwestern warten auf uns.

Ende der Vorstellung

In der Nacht des Zusammenbruchs, inmitten der Finsternis, welche im Duat herrscht.

In der Nacht, wo Isis in Abydos vor dem Sarg ihres Bruders wehklagt und schluchzt.

Während der Weihen von Haker, wo abgesondert die Verdammten die Todesbahnen durchwandeln, da krieche ich unter dem Weltenbaum hervor und fresse eure Seelen, um ewig zu sein ...
V.

Cockburn kam auf die Beine, in schräger Haltung, weil seine Seite ein schmerzender Bluterguss war. Ratschend lud er die Flinte durch. Eine dampfende Plastikpatrone wurde ausgeworfen und klapperte hohl über die Steine.

Der auf den Altar zustürmende Schatten, welcher der Linie des Ufers folgte, war in groben Zügen als weiblich zu erkennen, wenn man davon ausging, dass die schwabbelnden Schläuche vor ihrem Bauch Brüste waren. Hinter ihm hörte er das martialische Kreischen eines weiteren Angreifers. Und erneut musste sich der alte Sheriff entscheiden, denn es war ausgeschlossen, beide zu schaffen. Das Geräusch des durch die Luft wirbelnden Knochenbeils griff ihm wie eine kalte Hand in den Nacken und drückte fest zu.

Martha, ich liebe dich!

***

Eine Rotzblase blähte sich unter Ivy Goods Nasenloch. Eine, in der schwarze Erdkrümel schwammen. Heilige

Erde, vom Grab eines heiligen Mannes, ganz unheilig von Vater Marcus auf einem Friedhof in Rom entwendet.

Die Blase zerplatzte und gelbeitriger Rotz lief breiig aus der Nase der Gepeinigten. Ihre Augen mit den doppelten Pupillen weinten Blut.

Vater Marcus, der auf ihr hockte – ein Nachtalb vor dem finalen Biss – drückte ihr mit Gewalt den Mund zu, dass der Dreck, der ihn ausfüllte, zwischen ihren wackelnden Zähnen knirschte. Er beugte sich dicht zu ihrem Gesicht, um sicherzustellen, dass sie jedes Wort verstand. »Ich werde dafür sorgen, dass dein Plan nicht aufgeht. Niemand wird die Höhle lebend verlassen! *Suscepit Israel puerum suum, recordatus misericordiae, sicut locutus est at patres nostros!*«

***

Das Beben von Ivy Goods Beckens wurde nicht mehr von Geilheit getrieben, sondern von purem Schmerz. Das böse Wesen in Ivy Goods Kopf jedoch lachte, weil Vater Marcus' Handeln sinnlos geworden war. Sie hatte sich ihre Seele längst geholt. Sie waren eins geworden, so wie sie es von Anfang an gewollt hatte.

Der Priester richtete sich auf und reckte die Arme gegen den Himmel, der aus versteinertem Wurzelwerk bestand. »Meine Seele preist die Größe des Herrn, und mein Geist jubelt über Gott, meinen Retter!«

Und ich ficke deine Seele, denn gleich wirst du sterben!

***

Claire ließ Ivy Goods Kopf los und griff zur Automatik in Vater Marcus' Hosenbund, riss sie heraus, drehte sich halb auf dem Stein liegend auf den Rücken. Sie schickte ein Stoßgebet zum Himmel, dass die Waffe nicht nur durchgeladen war, sondern auch funktionierte, denn der grauhäutige Hüne ragte vor ihr auf, beide Arme hinter dem Kopf und die bleiche Keule zum finalen Schlag erhoben.

***

Marcus rutschte auf Ivy Goods knochigen Hüften herum und lachte wie ein Verrückter, als ihm das geworfene Knochenbeil von hinten in den Rücken schlug und seine Wirbelsäule senkrecht in zwei Hälften spaltete. Mit einer Wucht, dass Rippen durch Fleisch, Haut und Hemd vorn aus ihm herausbrachen. Das dabei entstehende Geräusch war dumpf und schmatzend und absolut final.

***

Cockburn wirbelte herum und schoss dem Bastard, der das Beil geworfen hatte, eine Sekunde zu spät den Kopf von den Schultern. Der Schlammige kippte nach vorn um, schlitterte vom eigenen Schwung getrieben bis vor Cockburns Füße und ergoss einen Schwall dampfend heißen Blutes über die Stiefel des Sheriffs.

Cockburn sah das Beil in Vater Marcus' Rücken versinken und schloss die Augen, weil das Höhlenweib hinter ihm archaisch knurrend mit den Zähnen knirschte. Er ließ die Schrotflinte fallen und riss den Revolver aus dem Holster.

Martha, ich liebe dich!

***

Claire schoss dem Arschloch in schneller Folge in Unterleib, Bauch und die linke Brust, wo das Herz saß. Der Krieger zuckte unter den Treffern zusammen und hieb die brachiale Kehle, die aus einem Oberschenkelknochen bestand, mit Wucht nach unten, wo sich Claires Kopf befand.

***

Cockburn sah beim Herumwirbeln Vater Marcus als Momentaufnahme vom Stein kippen. Er hatte die Drehung noch nicht beendet, als ihm der schartige Säbel, den das Höhlenweib führte, in die Seite schnitt, tief genug, um über seine Rippen zu schrammen, was elektrisierende Schmerzschübe auslöste.

Der erste Schuss ging neben seinem Stiefel in den Schlamm. Der zweite in die Hüfte der mit grauem Lehm beschmierten Frau.

Der Säbel ruckte aus seinem Fleisch, zischte, einen Schleier aus Blutstropfen zeichnend, durch die Luft und hackte ihm zwischen Hals und Schulter.

Cockburn roch ihren üblen Atem von faulen Zähnen, die nach altem Fisch stinkende Haut, und schoss ihr in den aufgerissenen Rachen zwischen die spitz gefeilten Zähne. Der hintere Teil ihres Kopfes flog abgesprengt in hohem Bogen durch die Luft und platschte ins Wasser.

Cockburn, dem der Säbel noch im Halsansatz stak, brach in die Knie und ließ den rauchenden Revolver fallen. Die tief geschlagene Wunde blutete stark. Der Sheriff schnaufte schwer, sah Claire dabei zu, wie sie um ihr Leben kämpfte, als säße er im Kino.

Die Vorstellung war vorbei, der ratternde Projektor wurde abgestellt und die Vorhänge zugezogen. Applaus. Abgang. Licht aus und Ende.

»Martha …«

Die hämisch lachende Stimme von einer, die es wissen musste, prophezeite ihm, dass ihm seine geliebte Martha bald nachfolgen würde …

***

Die Beinkeule klatschte auf Claires rechte Schulter und riss ihr die Haut vom Fleisch. Die Wucht schleuderte sie vom Altar, wo sie in den Sand stürzte, sich an einem kleineren Stein den Rücken anstieß und die Waffe verlor. Der Bastard mit der Keule drehte sich zu ihr um, schwankte und klappte in sich zusammen.

Keuchend schlossen sich Claires Finger um den Schlagring, der ihre letzte Waffe war. Die andere Hand auf die notdürftig verbundene Stichwunde gepresst, stand sie auf, taumelte um Halt suchend gegen den Altar. Auf dem blaugeäderten Stein lag Ivy Good. Sie hatte die Augen geschlossen. Das Heben ihrer Brust beim Atmen verriet ihr jedoch, dass sie lebte.

Claire stützte sich auf den Stein und stöhnte, weil sie Vater Marcus mit dem Gesicht nach unten neben dem Altar liegen sah. Das Beil ragte aus seinem geteilten Rücken. Überall war Blut.

Am Ufer hockte der tote Sheriff und Bowmans Leiche trieb unweit davon im Wasser. Von der Frau mit der abgeschnittenen Brust war nichts mehr zu sehen. Sie war die letzte Überlebende.

Ein fieses Lächeln stahl sich in Claires Gesicht. »Bringen wir's zu Ende, Ivy Good!«

Und der Dämon in Ivy Goods Kopf lachte.

Die unselige Dreifaltigkeit

Letztendlich habe ich alles verloren, sowohl mein Leben als auch meine unsterbliche Seele. Ich bin nur ein sich selbst verzehrender böser Geist, der nichts weiter kann, als Verderben in eure Häuser zu tragen.

Es gibt Momente, da bin ich es leid. Da wäre ich gern das kleine Mädchen unter dem Apfelbaum, das im hohen Gras mit seinen Puppen spielt.

Du sollst wissen, dass sich der Kreis der unseligen Dreifaltigkeit geschlossen hat. Wir sind jetzt Schwestern. Finsternis wird sich auf die Diesseitswelt senken und eure Gemüter verdunkeln. Wehe dir, wenn die Ernte eingefahren wird, denn sie wird schrecklich sein!

V.

Mit einem nassen Kuss fraß sie im Spiegelrahmen verkeilt ihrem Antlitz die Lippen aus dem Gesicht und die Zunge aus dem Hals. Und sie schlang weiter, bis hinein ins weiche Schädelfleisch, die süß schmeckenden Wangen, derweil Vanessa wie hundert hungrige Krähen krächzend den Körper zerfleischte und herausriss, das drinnen unter Fleisch verborgen auf den Verzehrer wartete.

Doch der Sog wurde übermächtig. Ein wirbelnder Orkan riss sie mitsamt dem zerfetzten Körper zurück in die Finsternis hinter dem Spiegel, die zur stoffgepolsterten Tobzelle wurde. Erneut stand sie am Beginn aller Tage im schmutzigen Kleid ihrem dunklen Ebenbild gegenüber. Und das lächelte sie böse an, denn sie waren nicht allein.

»Dreimal haben wir dich heimgesucht«, flüsterte Ereškigal und sah zur Tür, die einen Spaltbreit offen stand. Jenseits davon ein wildes Toben aus den Mündern der Wahnsinnigen.

»Zuerst in Baton Rouge, als du um ein besseres Leben bettelnd das Böse beschworen hast.« Ereškigal nahm ihre Hand, verknotete ihre Finger mit den ihren. »Das zweite Mal im Blood House Inn, wo ich dich fickte.«

Ivy – die sie ohne Zweifel noch war – biss sich auf die Unterlippe.

»Letztendlich in der Hütte in den Black Hills. Dort war es auch, wo du dich mir ergeben hast.« Ereškigal seufzte traurig. »Ich bin zu deiner dunklen Schwester geworden, wie es auch Vanessa geworden ist. Wir alle sind in dir vereint ...«

»Was?« Ivy hielt Ereškigals Hand fest umklammert, weil sich eine Schwäche ihres hageren Körpers bemächtigte. Draußen steigerte sich das Gekreische. Es polterte. Möbelstücke wurden zerschlagen. Glas klirrte. Die Wahnsinnigen übernahmen die Macht.

»Ich bin die Reinkarnation der unendlichen Finsternis«, fuhr Ereškigal fort. »Das schrecklichste Geschöpf, das du dir vorstellen kannst. Erwarte also nicht von mir, dass ich auf dich Rücksicht nehme. Vanessa wird in dir aufgehen, wie du in ihr. Was letztendlich bleibt, bin ich!«

Ivy entzog sich ihrem Griff. »Du bist ein beschissener Parasit, saugst mich aus wie ein verdammter Vampir!« Sie fasste sich an die Schläfen, massierte die Haut, weil der Kopf dahinter schmerzte. Die Schwäche breitete sich aus, bemächtigte sich ihres gesamten Körpers. »Du verätzt meinen Geist!«

Ereškigal ergriff Ivys Oberarm, drückte ihn schmerzhaft. »Ich habe meinen Leib verloren und nehme mir deinen, so wie ich es zuvor mit Vanessa getan habe.«

Ivy riss sich los und wich bis an den rauen Stoff zurück, krallte sich mit ihren Fingernägeln darin fest, weil sie das Getöse außerhalb der Zelle in den Wahnsinn trieb. Sie kicherte, weil sie die Konsequenz dessen begriff, was Ereškigal gesagt hatte. »Sie werden mich töten, du gewinnst also nichts!«

Ereškigal hob in einer gleichgültigen Geste die Hände und trat auf sie zu, ohne sie jedoch zu berühren. Im Zwielicht der Tobzelle hatten ihre Augen einen silbrigen Glanz. »Der Tod gewinnt immer, denn alles Leben ist endlich, Ivy Good. Aber das wirst du nicht mehr erleben.«

Ivy drückte sich mit dem Rücken an den Stoff, rieb ihren Körper daran herum wie eine rollige Katze. Ihr Kleid rutschte dabei über Knie und Oberschenkel. »Hier sterbe ich also, in einer muffig stinkenden Tobzelle?«

Ereškigal streichelte lächelnd Ivys Wange. »Dein Leib liegt unter den Wurzeln des Weltenbaums auf dem Lapislazulischrein. Der Exorzismus des ungläubigen Priesters hat dir den Rest gegeben. Nur die Nonne ist noch übrig, doch die fühlt sich eher dem Schmerz als der Barmherzigkeit zugetan. Stirbst du unter ihren Händen, erfüllst du mir meinen sehnlichsten Wunsch.« Sie beugte sich zu ihr und küsste ihre trockenen, spröden Lippen. Es war eine innige Berührung, der man durchaus Liebe unterstellen konnte. »Was deine Seele betrifft, die wird hier in bester Gesellschaft auf ewig weiterleben.« Ereškigal löste sich von ihr und funkelte sie verschwörerisch an. »Aber sei auf der Hut, vor der, die sie Dreizehn nennen und die du als Vanessa kennst, denn sie trägt das Böse im Leib!«

Ivy funkelte sie zornig an. »Ich werde einen Weg finden!«

Ereškigal zeigte gelangweilt zur Tür. »Geh und genieße deinen letzten Atemzug.« Ein verschmitztes Lächeln umspielte für einen Moment ihre Mundwinkel. »Und wer weiß, vielleicht suche ich dich eines Nachts heim und ficke deine Seele.«

***

Ivy erwachte aus einem finsteren Traum.

Es ging mit ihr zu Ende, das spürte sie sofort. Ihr Körper bestand nur noch aus Schmerz. Der Dämon hatte sie ausgezehrt, sich an ihr satt gefressen. Der Zerfall der Organe hatte bereits begonnen, der ihr Blut dick und zäh machte wie schwarzen Leim, der alles verstopfte. Dennoch genoss sie das Fühlen des zerstörten Fleisches, denn es gehörte endlich wieder ihr.

Sie öffnete die Augen und sah einer dreckigen, blutverschmierten blonden Frau ins Gesicht, die ihr vollkommen fremd war.

Die Nonne!

Kratzer zogen sich wie Ackerfurchen von der Stirn über ein Auge bis zu den Wangen hinab. Grausamer als ihr zu einem spöttischen Lächeln verzogener Mund war der Schlagring, der in der erhobenen Faust silbern funkelte. Haare und Haut klebten in den Vertiefungen, welche die Symbole von Erzengeln waren.

Ivy wollte atmen, doch es ging nicht, weil ihr Mund mit körnigem Dreck gefüllt war, den sie weder schlucken noch ausspucken konnte. Mundraum und Rachen fühlten sich an wie nach einem zu heißen Bissen, an dem man sich verbrannt hatte, nur tausendmal schlimmer. Sie verschluckte sich an dem Dreck, musste husten, vermochte es aber nicht. Brechreiz überkam sie wie ein kalter Schauer. Was nicht auszuspucken war, wurde von aus ihrer Speiseröhre aufsteigender Kotze in einem klebrigen Schwall nach draußen gedrückt.

Die Nonne zuckte angewidert zurück, als die schwarze, von Hostien durchsetzte Erde von halb verdautem Fleisch und einem stinkenden dunkelroten Sud aus Ivys Mund in einem Schwall herausgedrückt wurde.

Platschend verteilte sich die Kotze auf ihrem Körper.

»Moment mal!« Die Nonne beugte sich zu ihrem Gesicht herunter, packte das Kinn mit der freien Hand und hielt so ihren Kopf fest, um ihr in die Augen zu blicken. »Deine Augen, sie sind …« Sie sah sie überrascht an. »Die doppelten Pupillen. Sie sind verschwunden!«

»Normal«, nuschelte Ivy, hustete, spuckte dunkles Blut, weil das verdammte Kreuz in ihrer Zunge steckte. In ihrem Körper herrschte Chaos, denn die Finsternis war nach wie vor in ihr. Ereškigal war zu einer schwarzen Spinne geworden, die auf Beute lauernd in einem dunklen Winkel ihres Geistes hockte. Die Konsequenz, die sie daraus zog, war ultimativ. »Töten Sie mich und …« Sie verschluckte sich am eigenen Blut und hustete. »… und sich selbst!«

Die Nonne sah aus, als konnte sie nicht glauben, was Ivy eben mit dünner Stimme gesagt hatte.

Wer konnte es ihr verübeln? Vor ihr lag eine abgemagerte junge Frau, deren Haut unter all dem Dreck von Ausschlag und unzähligen Wunden gezeichnet war. Die Lippen zerschlagen, einige Zähne – da war sie nicht ganz unschuldig – abgebrochen. Dunkle Schatten auf ihrer bleichen Haut, die vage den Konturen von Schlangen glichen. Das blonde Haar war mit einer schwarzen Masse verklebt, die wie altes Öl aussah und genauso stank. Ivy Good hatte unter all dem Wahnsinn vermutlich ihren Verstand verloren. So würde sie ihre Forderung interpretieren.

Im Blick der Nonne erkannte sie weder Mitleid noch Verständnis. »Du sprichst mir aus der Seele. Es gibt keinen Grund, weshalb ich dir nicht gleich hier den Schädel einschlagen sollte.«

Sie konnte die Gedanken der Frau in ihren Augen lesen.

Abgesehen von meinem Glauben und den Prinzipien, die ich dadurch verrate?

Ist es eine Todsünde, Ivy Good von ihren Leiden zu erlösen, so kaputt wie sie ist?

Treffe ich damit eine Wahl zwischen dem Gott im Himmel und dem des Gemetzels?

Ivy seufzte, weil eins davon mit Sicherheit zutraf. *Der Gott des Gemetzels wird dich am Ende ficken ...*

Ihre Kraft versiegte. Ihre Organe waren vom Bösen zersetzt, ihre Muskeln nahezu nicht mehr vorhanden, Fleisch wie Haut im Zerfall begriffen. Sie dachte an Seth und ihre roten Cowboyboots. Einst wollte sie in diesen

Stiefeln sterben, in den Armen ihres Geliebten. Sie hatte alles verloren und nichts war geblieben, außer Schmerz.

Womöglich, wenn sie mich mit Vanessa durch die Spiegel gehen lässt?

Sie holte schnatternd Luft, unterdrückte die aufsteigenden Tränen. Das Morden, wie sie es mit ihrer dunklen Schwester in der Tankstelle getan hatte, war eine ekstatische Offenbarung, konnte aber nichts von dem Ersetzen, was sie im Leben war.

Die Liebe zu Seth!

Ihr Herz – das konnte sie spüren – schlug langsamer. Das Blut war für den Muskel zu dick, um es weiterhin durch die Adern zu pumpen. Bald war es an der Zeit zu gehen. Aber zuvor musste sie noch die Nonne davon überzeugen, sie beide umzubringen. Ein einziges Wort sollte dazu genügen.

Ereškigal!

Stattdessen formten ihre Lippen andere Silben. »Lass mich dein Gott des Gemetzels sein!«

Die Nonne sah sie verwundert an. Lächelte. Und knallte ihr die Faust mit dem Schlagring auf die Stirn, dass es in ihrem Schädel laut knackte. Der bestehende Riss erweiterte sich. Ein Stück der Stirnplatte brach ab und bohrte sich wie ein Stachel in ihr Hirn. Licht ergoss sich in Ivys Geist, als hätte einer das Tor zur Ewigkeit aufgestoßen. Hoffnung keimte auf, dass es am Ende doch ein Leuchten gab, das in den Himmel führte.

Zu Seth, den ich so abgöttisch liebe ...

***

Der raue Stoff der halbdunklen Tobzelle umhüllte sie mit seinem muffigen Gestank. Die Tür schlug zu, das Licht hinter dem winzigen, fettverschmierten Fenster erlosch.

Grenzen nach Süden, Norden, Osten und Westen sind unbekannt. Das Gute erhebt sich dort nicht. Jenes Land ist den Göttern und Verklärten unbekannt. Dort gibt es überhaupt kein Licht. Jener Ort ist leer von Himmel und leer von Erde. Das ist die ewige Finsternis. Dorthin fährt deine Seele, wenn ich sie dir herausgerissen habe!

Sisterhood of Jesus and the Sacred Mary

Es gibt kein Entrinnen, denn ich habe die Macht, wiedergeboren zu werden. Millionen beugen meinetwegen im Totenreich ihre Arme, reichen mir Schalen, angefüllt mit ihren Seelen.

Die Ergrauten entblößen für mich ihre zernarbten, dürren Arme. Ich bin die Finsternis. Der Anfang und das Ende. Wenn sie mich berühren, zieht Tod bei ihnen ein.

V.

Schwester Carmilla schreckte aus dem Halbschlaf auf. Blinzelte. Die Schreibtischleuchte schuf einen Lichtkreis auf dem Tisch, an dem sie in unbequemer Haltung eingeschlafen war. Im Zentrum stand eine Tasse mit Tee, inzwischen kalt natürlich.

Sie griff zu dem klobigen Wecker, der ihr kurz nach drei Uhr in der Nacht anzeigte. »Gütiger Gott«, murmelte sie leise. »Noch vier Stunden bis zum Ende meiner Wache.«

Die junge Frau, die erst seit gut einem Jahr die Novizinnentracht gegen die einer Vollschwester eingetauscht hatte, sah auf und den langen, schwach beleuchteten Flur entlang, der am hölzernen Portal endete. Der Eingang zur Sisterhood of Jesus and the Sacred Mary, Mother of Chains.

Gegen die Fenster prasselte Regen. Seit einer Woche tobte ein von der See kommender Orkan und es schüttete ununterbrochen. Die Stadt hatte bereits einige Metrolinien wegen Überflutung geschlossen.

Schwester Carmilla rieb sich fröstelnd die Arme und stand auf. Sie hasste die Nachtschicht am Portal. Die leeren Gänge waren ihr unheimlich. Sie fürchtete sich vor den Schatten, welche die Heiligenstatuen warfen, wenn nur das Nachtlicht brannte. Bei diesem Wetter ächzte das Gebäude und stöhnte, als würde es atmen.

Sie hatte Gerüchte gehört über das, was die älteren Schwestern unter der Leitung von Oberin Judith in den weitläufigen Kellern der Abtei taten. Vom Teufel und seinen Heerscharen, den Dämonen, die von unbedarften oder sündigen Menschen Besitz ergriffen.

Gerüchte, dachte sie und bekreuzigte sich. *Mein Glaube ist fest, Satan kann mir nichts anhaben.*

Vermutlich war dies nur die Umschreibung einer Einrichtung, um Drogensüchtigen zu helfen. Sie hatte welche gesehen, die sich wie besessen verhielten, mit verdrehten Augen unflätig sprachen und gewalttätig wurden, wenn man sie in den kalten Entzug steckte.

Ein Geräusch entlockte ihr einen leisen Schrei. Jemand hatte ans Portal geklopft!

Schwester Carmilla räusperte sich, richtete sich den etwas zerknitterten Habit und durchquerte mit zögerlich-unsicheren Schritten den Flur. Vor dem Portal blieb sie stehen und lauschte. Nichts. Sie schüttelte den Kopf, hob ihre schmalen Schultern und wollte sich abwenden, um zu ihrem Tisch zurückzukehren, als es erneut anklopfte, gefolgt von einem leisen: »Hallo? Ich weiß, dass jemand da ist, denn ich saß selbst lange Zeit an dem alten Tisch auf dem unbequemen Stuhl, um Nachtwache zu halten.«

Auf ihrer Unterlippe herumkauend, überspielte sie ihre Unsicherheit. Die Oberin hatte die klare Anweisung gegeben, die Tür auf keinen Fall nach Sonnenuntergang zu öffnen, doch dort draußen stand eine Frau, die um den Orden wusste, zumindest jedoch schon mal hier gewesen war.

Sie öffnete die hölzerne Klappe im Portal, um zu sehen, wer die Frau war, die um diese Stunde eingelassen werden wollte. Ein Hauch von Jasmin und Zigarettenrauch wehte ihr durch die Öffnung entgegen.

Carmilla erkannte auf den ersten Blick die Tracht ihres Ordens unter dem durchsichtigen Regenmantel. Die Frau war groß und schlank. Das Gewand schien ihr etwas zu eng zu sein, denn es spannte sich über ihren vollen Brüsten. Aus der Hand, mit der sie sich in aufreizender Pose gegen das Portal stützte, baumelte das wunderschön gearbeitete Kreuz eines Rosenkranzes.

Sie sucht nur Zuflucht vor dem Regen, da ist nichts Verwerfliches dran, redete sich Carmilla ein, auch wenn ihr Verstand etwas anderes sagte. *Wie die Nutten in der 54. an den Autos ihrer Freier, die Hüfte ausgestellt …*

Sie schalt sich wegen ihrer Gedanken eine Närrin und versuchte sich in einem unsicheren Lächeln, denn so eine Schwester hatte sie wirklich noch nie gesehen.

Über das regennasse Gesicht der Frau zogen sich drei lange Narben, von der Stirn ausgehend und das Augenlid passierend, bis zu ihren schön geschwungenen, rot geschminkten Lippen.

Echt jetzt? Lippenstift?
Bestimmt ein Fettstift, damit sie nicht spröde werden bei diesem Wetter.

Die leicht aufgeworfenen Narbenlinien waren keineswegs entstellend, sondern wirkten eher anziehend, auch wenn dies sündige Gedanken implizierte. Aber so war es nun mal. Die Frau machte einen starken Eindruck, war äußerst interessant. Und heiß, aber das durfte sie nicht mal ansatzweise denken.

Die Fremde lächelte Carmilla mit blendend weißen Zähnen zuckersüß an. »Na, so lässt es sich doch gleich viel besser reden. Ich bin Schwester Claire. Also, was ist nun, willst du mich nicht endlich hereinbitten?«

Epilog

Mein Körper wird genährt von den Dingen der Erde, mein Geist von den Seelen derer, die ich verschlungen habe ...

Denn ich bin das Gestern, das Heute und das Morgen, und ich habe die Macht, unendliche Male wiedergeboren zu werden.

Ich bin die göttliche, verdorbene Seele, die die Götter schuf und die Bewohner der Tiefe, die sich Kurnugia nennt, die Erschafferin des Ortes der Toten.

Huldige der Herrin des verwesenden Schreines, denn heute kommt sie in euer Haus ...

Errätst du nun, wer ich wirklich bin?

V.

Kerzen tauchten unzählige Kreuze und Heiligenbilder in ihr flackerndes Licht. Sie hingen überall, bedeckten die Wände fast ohne Lücke. Sie baumelten von der gewölbten Decke und waren an die schwere Holztür genagelt, die mit ihren Eisenbeschlägen dem Raum das Flair eines Kerkers verlieh.

Ein grausames Röcheln erfüllte die unangenehm warme, nach Kerzenwachs und Weihrauch stinkende Luft des Gewölbekellers tief unter dem Ordenshaus der Sisterhood of Jesus and the Sacred Mary, Mother of Chains. Rasselnd schnappte die geschundene Frau am Pfahl nach Luft, hob mühsam den Kopf und öffnete die Augen. Der Eisenring um ihren Hals bewegte die schweren Glieder der Kette, die hinauf zur Spitze des Pfahles führte.

Ein Phallus, um die trockenen Fotzen der Nonnen mit seinen Splittern zu ficken, sie aufzureißen und zu sprengen, bis man nicht mehr unterscheiden kann, was Arsch und Fotze ist ...

Die honigfarbenen Pupillen erforschten den kreisrunden Kuppelraum. Die blauen Pupillen wirkten hingegen träge, als wären sie des Sehens müde.

Sie hockte in Ketten gefesselt an den Pfahl gelehnt in ihren eigenen Exkrementen. Das lange rote Haar hing ihr verklebt und strohig vom Kopf. Das schmutzige Höschen vermochte den erbarmungswürdigen Zustand ihres mageren Körpers ebenso wenig zu verbergen wie das verdreckte Trägerhemdchen ihre künstlichen Titten.

Ihr selbst schien es gleich. Die unzähligen Wunden und Verbrennungen ignorierend legte sie den Kopf leicht schräg und lauschte mit zur Decke gerichtetem Blick. Die honigfarbenen Pupillen erblühten in finsterem Glanz ob der Geräusche, die sterbliche Ohren nicht hören konnten. Getragen von einem seufzenden Schauer sickerte dunkles Öl in den Honig ihrer Augen, bis sich alles in endloser Finsternis verlor, was unter ihren weit geöffneten Lidern war.

Es ist so weit ...

Sie ging in die Hocke, zog sich das verdreckte Höschen aus und hob ihren bleichen Hintern, um an den Pfahl zu pissen. Ein beißend scharfer Geruch breitete sich aus, derweil der eitrig gelbe Strahl gegen das Holz plätscherte. Die an der Decke hängenden Kreuze begannen zu schwanken, klackerten mit hohlen Geräuschen aneinander, dass es sich anhörte wie Knochen. Die Scheiben der Heiligenbilder sprangen knackend, das Papier dahinter rollte sich zusammen, graue Glutwürmchen bildend, die als Asche zu Boden schwebten.

Die sämige trübe Pisse zersetzte das uralte Holz des Pfahls, der aus dem Querbalken eines Kreuzes vom Tempelberg gefertigt war, an dem man Christen gekreuzigt hatte. Sie konnte noch das Blut riechen, das in die Fasern des Holzes gesickert war.

Knackend und rauchend brachen immer mehr Stücke heraus, bis er schwankte und ächzte, sich seitlich neigte und letztendlich polternd in den Kreis aus blütenweißem Salz stürzte und diesen zerstörte.

Die letzten Tropfen fing sie mit der hohlen Hand auf und zerrieb diese auf dem Ring aus reinem, kalt geschmiedetem Eisen, der ihren Hals umspannte. Es schmolz rot glühend, verbrannte ihre geschundene Haut. Irre lachend nahm sie sich den Reif vom Hals, warf ihn achtlos von sich und streckte ihre spröden Knochen.

Aufgerichtet, mit gestrafften Schultern, die Arme leicht abgespreizt, schritt sie erhobenen Hauptes aus dem Kreis. Ihre Gelenke knackten bei jeder Bewegung wie brechende Zweige. Die Steinplatten unter ihren Füßen zersprangen wie Glas.

»Jetzt komm ich euch holen, ihr scheinheiligen Fotzen!«

VERLAGSPROGRAMM

www.redrum.de

01	Candygirl: *Michael Merhi*
02	Lilith Töchter, Adams Söhne: *Georg Adamah*
03	Höllengeschichten: *Wolfgang Brunner*
04	Roadkill: *Alex Miller, Joe De Beer*
05	Bad Toys: *Anthologie*
06	Gone Mad: *A.C. Hurts*
07	Mindfucker: *Joe De Beer*
08	All Beauty Must Die: *A.C. Hurts*
09	Runaways: *Alexander Kühl*
10	Love Of My Life: *A.C. Hurts*
11	Klipp Klapp … und du bist tot!: *Mari März*
12	Carnivore: *A.C. Hurts*
13	Lyrica: *Jane Breslin*
14	Der Feigling: *Andreas März*
15	Kinderspiele: *Wolfgang Brunner*
16	Victima: *Sam Bennet*
17	Blutbrüder: *Simone Trojahn*
18	Fuck You All: *Inhonorus*
19	Cannibal Holidays: *Ralph D. Chains*
20	Kellerspiele: *Simone Trojahn*
21	Der Leichenficker: *Ethan Kink*
22	Lyrica – Exodus: *Jane Breslin*
23	Gone Mad 2: *A.C. Hurts*
24	Der Leichenkünstler: *Moe Teratos*
25	Wutrauschen: *Simone Trojahn*
26	Dort unten stirbst du: *Moe Teratos*
27	Fida: *Stefanie Maucher*
28	Die Sodom Lotterie: *Ralph D. Chains*
29	Streets Of Love: *Ralph D. Chains*
30	Er ist böse!: *Moe Teratos*
31	Franka: *Moe Teratos*
32	Melvins Blutcamp: *Dagny S. Dombois*
33	Frosttod: *Moe Teratos*
34	Franklin: *Stefanie Maucher*
36	Hexentribunal: *Gerwalt Richardson*

38	Voyeur: *Kati Winter*
40	Die Sünde in mir: *A.C. Hurts*
41	Ficktion: *Ralph D. Chains*
42	Das Kinderspiel: *Simone Trojahn*
43	Todesangst im Labyrinth: *A.C. Hurts*
44	Crossend: *Marvin Buchecker*
45	Mörderherz: *Simone Trojahn*
46	Daddy's Princess: *Simone Trojahn*
47	Doppelpack: *Moe Teratos*
48	Billy – Die Blutlinie: *Gerwalt Richardson*
50	Selina´s Way: *Simone Trojahn*
51	Infam: *André Wegmann*
53	Sinnfinsternis: *Reyk Jorden*
54	Carnivore – Sweet Summer: *A.C. Hurts*
55	Der Schlächter: *Jacqueline Pawlowski*
56	Grandma: *Inhonorus*
57	Billy 2 – Les chants from hell: *Gerwalt Richardson*
58	Endstation Hölle: *Jean Rises*
59	Runaways 2: *Alexander Kühl*
60	Totentanz: *Moe Teratos*
61	Leichenexperimente: *Moe Teratos*
62	Folterpalast: *Gerwalt Richardson*
63	Scary Monsters: *Wolfgang Brunner*
64	Schwarze Mambo: *Baukowski*
65	14 Shades of Unicorns: *Anthologie*
67	Rabenbruder: *Ralph D. Chains*
68	Rednecks: *Faye Hell, M.H. Steinmetz*
69	Bad Family: *Simone Trojahn*
70	Homali Sagina: *Marie Wigand*
71	Todsonne: *Simone Trojahn*
72	Albino Devil: *André Wegmann*
73	Sommertränen: *Simone Trojahn*
74	Über uns die Hölle: *Simon Lokarno*
75	Weil ich dich hasse: *Simone Trojahn*
76	Der Leichenficker 2: *Ethan Kink*
77	Marvin: *Moe Teratos*
78	Projekt Sodom: *Gerwalt Richardson*
79	Totes Land: *M.H. Steinmetz*
82	Blood Season: *Anthologie*
84	Wo ist Emily?: *Andreas Laufhütte*
85	Fuchsstute: *Gerwalt Richardson*
86	Kaltes Lächeln: *Simone Trojahn*
87	Das Leben nach dem Sterben: *Simone Trojahn*

88	Paraphil: *Jacqueline Pawlowski*
89	Schicksalshäppchen 2 – Dark Menu: *Simone Trojahn*
90	Schicksalshäppchen 1: *Simone Trojahn*
91	Pro-Gen: *Wolfgang Brunner*
92	Selina´s Way 2: *Simone Trojahn*
93	Tunguska: *U.L. Brich*
95	Ausgeliefert an das Böse: *A.C. Hurts*
96	Hof Gutenberg: *Andreas Laufhütte*
97	Bad Toys 2: *Anthologie*
98	Sam – Band 1 Die Jagd: *Gerwalt Richardson*
99	Sam – Band 2 Die Lust: *Gerwalt Richardson*
100	Geständnis 1: *Moe Teratos*
101	Geständnis 2: *Moe Teratos*
102	Moonshine Games: *Jutta Wölk*
103	Cannibal Holidays 2 - Reborn: *Ralph D. Chains*
104	Martyrium: *Baukowski*
105	Schaffenskrise: *Simone Trojahn*
106	Dschinn: *André Wegmann*
107	DOGS: *Andreas Laufhütte*
108	Vertusa: *Moe Teratos*
109	Der Teufelsmaler: *Gerwalt Richardson*
110	Cannibal Love: *Ralf Kor*
111	Leiser Tod: *Moe Teratos*
112	Der Kehlenschneider: *Moe Teratos*
113	Weltenbruch: *Moe Teratos*
114	Deep Space Dead: *Murray Blanchat*
115	Sam – Band 3 Der Preis: *Gerwalt Richardson*
116	Bull: *M.H. Steinmetz*
117	Giftiges Erbe: *Simone Trojahn*
118	Sinnfinsternis 2 – Diener des Chaos: *Reyk Jorden*
119	Leid und Schmerz: *Michael Merhi*
120	Die Sonne über dem südlichen Wendekreis: *Georg Adamah*
121	Die Anstalt der Toten: *Moe Teratos*
122	Pott-Mortem 1– Oktoberblut: *Andi Maas*
123	Snuff.net: *Jean Rises / Elli Wintersun*
124	Das Vermächtnis des Jeremiah Cross: *Andreas Laufhütte*
125	Insanes: *Gerwalt Richardson*
126	Alvaro: *A.C. Hurts*
127	Macimanito: *Ralf Kor*
128	Jelenas Schmerz: *Moe Teratos*
129	Once upon a Time in … Baukowski and Friends
130	Pott-Mortem 2 – Die Blutgruppe: *Andi Maas*
131	Hof Gutenberg 2: *Andreas Laufhütte*

132	Mutterfleisch: *Simone Trojahn*
133	Bärenblut: *U.L. Brich*
134	Spirituosa Sancta: *Baukowski*
135	Der Teufelsmaler 2: *Gerwalt Richardson*
136	House Of Pain: *Marco Maniac*
137	Engel des Todes: *Marc Prescher*
138	Schwarze Sau: *J. Mertens*
139	Drecksmutter: *Anais C. Miller*
140	Der Zwischenraum: *Stefanie Maucher*
141	Mordhaus: *Moe Teratos*
142	Mordsucht: *Moe Teratos*
143	Das Mordgesindel: *Moe Teratos*
144	Mordversprechen: *Moe Teratos*
145	Blutige Ketten: *Moe Teratos*
146	Blutiger Augenblick: *Moe Teratos*
147	Blutige Bestien: *Moe Teratos*
148	Blutiges Finale: *Moe Teratos*
149	Tage der Vergeltung: *Simone Trojahn*
150	Straße Der Gerechtigkeit: *Simone Trojahn*
151	Am Ende Der Hoffnung: *Simone Trojahn*
152	Hof Gutenberg 3: *Andreas Laufhütte*
153	Snuff Theater: *Pjotr X*
154	Die Hölle von Bossenborn: *Anais C. Miller*
155	Opus Eins: *Simon Lokarno*
156	Abrechnung mit dem Universum: *J.Mertens*
157	Sadistic Forest: Ralph D. Chains
158	Sam – Band 4 Das Ziel: *Gerwalt Richardson*
159	Teufelssommer: *Andi Maas*
160	USA 2084: *Pjotr X*
161	Home Invasion: *J.Mertens*
162	Carnivore 2: *A.C. Hurts*
163	Schwarzer Herbst: *Dagny S. Dombois*
164	Ardennen: *André Wegmann*
165	Cannibal Love 2: *Ralf Kor*
166	Der verschwundene See: *Andreas Laufhütte*
167	Eaten: *Moe Teratos*
168	Eiland: *U.L. Brich*
169	Todestreu – Band 1: *Jörg Piesker*
170	TodesLiebe – Band 2: *Jörg Piesker*
171	TodesAffäre – Band 3: *Jörg Piesker*
172	TodesBote – Band 4: *Jörg Piesker*
173	Die Heimsuchung der Ivy Good – Band 1: *M.H. Steinmetz*
174	Der Exorzismus der Ivy Good – Band 2: *M.H. Steinmetz*

REDRUM CUTS
1. Bizarr: *Baukowski*
2. 50 Pieces for Grey: *A.M. Arimont*
3. Koma: *Kati Winter*
4. Rum und Ähre: *Baukowski*
5. Hexensaft: *Simone Trojahn*
6. Still Morbid: *Inhonorus*
7. Fuck You All - Novelle: *Inhonorus*
8. Das Flüstern des Teufels: *A.M. Arimont*
9. Kutná Hora: *André Wegmann*
10. Die Rotte: *U.L. Brich*
11. Blutwahn: *André Wegmann*
12. Helter Skelter Redux: *A.M. Arimont*
13. Badass Fiction: *Anthologie*
14. Bloody Pain: *Elli Wintersun*
15. In Flammen: *Stefanie Maucher*
16. Denn zum Fressen sind sie da: *A.C. Hurts*
17. Die Chronik der Weltenfresser: *Marvin Buchecker*
18. Psychoid: *Loni Littgenstein*
19. Geisteskrank: *Marc Prescher*
20. Sweet Little Bastard: *Emelie Pain*
21. Süchtig nach Sperma: *Marco Maniac*
22. Badass Fiction 2019: *Anthologie*
23. Human Monster: *Stephanie Bachmann*
24. Wut: *Alexander Wolf*
25. Perfect Match: *A.C. Hurts*
26. Harlekin: *Loni Littgenstein*
27. Nachts, wenn die Lämmer schreien: *Anais C. Miller*
28. Hexenwerk – Die 13: *Moe Teratos*
29. Badass Fiction 3
30. Nur ein Stich: *Andrea Storm*
31. Leisetot: *Anais C. Miller*

Limited Edition
01 Toter Schmetterling: *Simone Trojahn*
02 This is Madness: *Michael Merhi*
03 Eine Verhängnisvolle Mutprobe: *Andreas Laufhütte*
04 Hexensaft: *Simone Trojahn*
05 Blowhead & Shreadhead: *Baukowski, Rewelk*
06 Selinas Way 3: *Simone Trojahn*
07 Glasgow Smile: *Michael Merhi*

M.H. STEINMETZ

HORROR **DIE HEIMSUCHUNG DER** BAND 1

IVY GOOD

REDRUM

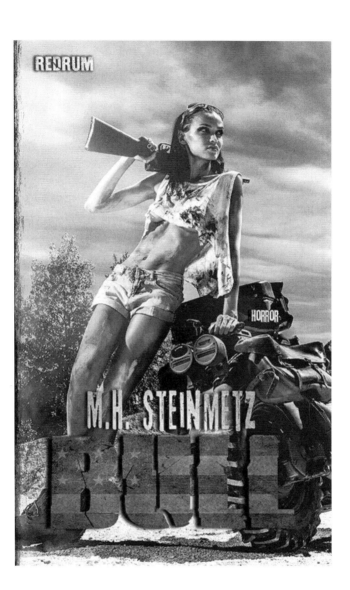

HORROR

TOTES LAND
RAVAGE

M.H. STEINMETZ

REDRUM

REDRUM loves you!

REDRUM liebt dich!

Besuchen Sie jetzt unsere Facebook-Gruppe:

REDRUM BOOKS - Nichts für Pussys!

www.redrum.de

Printed in Germany
by Amazon Distribution
GmbH, Leipzig